NON-FICTION WORKS OF CHEN DANYAN

BEING
THE
PEACE HOTEL

成为和平饭店

陈丹燕 著

上海文艺出版社
Shanghai Literature & Art Publishing House

序

从2003年开始写《外滩：影像与传奇》第一稿，到2012年写完《成为和平饭店》最后一稿，我的"外滩三部曲"（《外滩：影像与传奇》、《公家花园的迷宫》、《成为和平饭店》）写了十年。

1937年，美国作家豪塞在他描写外滩的书里写道：外滩是上海外置的心脏。而我，则在六十多年后描写了外滩如何成为新中国上海无可争辩的象征。上海是个反复经历沧海桑田剧变的都会，而外滩，则是这种剧变的纪念碑。

2014年，我的"外滩三部曲"集合成套，在外滩所在的城市——上海出版印行。时至今日，我想，自己努力承担了对养育我的城市的作家使命——尽我所能，为这条充满象征并不断变化的河滩留下有血肉的历史细节，为它的过去与现在，更为它的将来。

作为一个作家，我在十年来用文字和照片对自己居住的城市的探索中，摸索着表达它层层叠叠故事的写作方式，写作手法和词语库。我在努力尽到一个作家的本分。作为自幼随父母迁徙而来的移民，我是在长年对上海往事的探究中渐渐认同它为家乡的。

外滩三部曲，是我生命中最重要的工作。

陈丹燕

2014年6月29日

华懋饭店的行李标签

PAGE-01
一、勺子

PAGE-41
二、桂花酒

PAGE-73
三、纪念碑·壹

PAGE-121
四、纪念碑·贰

PAGE-161
五、传真

-CONTENTS-

费尔蒙特和平饭店的杯垫

PAGE-197
六、毡帽

PAGE-231
七、纪念碑·叁

PAGE-283
八、纪念碑·肆

PAGE-323
九、私人生活

PAGE-361
十、其他

-CONTENTS-

PIECE.01

勺
子

三个穿丧服的人站在殡仪馆出殡处的门口，天上斜雨霏霏。

褐色的薄木棺材被抬上黑色灵车的后厢时，夏工之本能地挺身往前，准备搭把手帮忙。"别摔着。"他一片空白的脑子里缓慢地闪过这个念头，就像这一个多月来，他在父亲床前帮忙护士和护工照顾病中的父亲，心中时时注意的一样。接着，他反应过来了，便收住步子。

棺木往长长的车厢深处滑去，发出沉闷的摩擦声。棺木一端贴着一张纸，上面陌生的字迹，毫无感情地，工整地写着"夏亭芳灵柩"。正是这张迎面撞来的字条点醒了夏工之。

穿黑色制服的殡仪馆职员上来关上车门，"呼"地一声，眼里"夏亭芳灵柩"几个大字消失了。不过乌亮的车厢盖上，倒映出了四张从丧服的黑色中浮现出来的面孔。唯一微笑着的，是照片里的脸。那是个容长脸儿的中年男人，一头乌发用发蜡整整齐齐梳成三七开，夹大衣勃克领里的羊毛薄围巾里，露出雪白的衬衣领子。他的眼睛里带着一股旧时代商人的机灵劲。他比另外三张脸都要年轻，开朗，精明，优渥，好像与他们毫不相干似的。

夏农之的喉咙里突然发出一声陌生的呜咽。这声音吓着了她，她禁不住望了望四周。她看见哥哥铁青的脸，紧抿着的，以至于只剩下一条缝的嘴唇，这嘴唇的样子很像爸爸。她心里有点不着边际。再看见母亲惨白的脸，母亲脸上姣好的轮廓至今都没有走形，头发仍旧梳成一个发髻，整齐地盘在脑后。她浮肿的眼帘里含满了泪水，但却没有狼藉地流得满脸。这仍旧是夏农之多年前熟悉的彬彬有礼，控制良好。于是，夏农之确定，刚刚那声响亮的呜咽是自己发出来的。她就是打破这石头般静默的那个不审慎

一、勺子

的人。她连忙在口腔中压低下颚，缩紧自己的喉咙，控制住自己。在她身体似乎是本能的反应过后，她吃惊地意识到，本以为自己终于脱胎换骨，但从前那个如母亲般坚如磐石的自己，还悄悄住在身体的至深处。

灵车溅起地上的雨水，缓缓启动。夏工之连忙跟上车子。夏农之搀了母亲一下，也跟在后面。雨水落在脸上，仿佛是陌生的眼泪。灵车极慢地向前开了几分钟，慢慢加快了速度。夏工之随之疾走，他似乎不明白，灵车怎么可能不等家属，就擅自开走。他心里想，爸爸已经不能自理，一步也离不开人，怎么能自己走开。于是他回过头来，询问似的看看妹妹，这次已经不该追了吗？

一个多月前，父亲被送进病房时，护士拿了张纸塞给他，说，病人很危急，急诊间已经给用上了急救药，让他马上去付费。他拿上钱就跑。那天也是下着小雨，一路上都是浅浅的水洼。那时他混乱的脑子里只留下护士吩咐的一句话，这是急救药，得马上去付钱。

他一步踏进水洼里。水洼里的水溅到裤腿里，袜子瞬间变得又湿又凉。夏工之突然觉得自己的身体好像刹那间回到了少年时代，在上海潮湿的冬天里奔跑，黑色帆布的回力球鞋常常溅起冰凉的雨水，袜子湿了，小腿上一片冰凉。父亲骑着部蓝翎牌脚踏车，跟在后面。父亲盯住他长跑，因为医生说过，少年时代增强体质，能带好他小时候的哮喘病。那时他刚刚发育，声音变得很难听。"米奇！不要跑呀，爹爹已经用上药了。"身后传来妹妹的劝慰。听到有人叫他小时候的名字，感觉太奇怪了。他回过头去看了一眼，妹妹站在住院部的屋檐下，她的身体几乎是幼年时代的两倍，看上去极像父亲年轻时的样子。她虽说是二妈所生，比自己小十几岁，但彼此感情却一直很好，没有通常同父异母孩子之间的隔膜。从前她总是信赖地仰着头发黄黄的圆脑袋，对自己言听计从。如今，则是以手足之间才能提供的安慰，安慰了自己的焦躁。

这次也是雨中。夏农之苍白的手捂着口鼻，眼泪涟涟地向他摇了摇头。夏工之再次收住了脚步。"就到这里了？"他不相信地问自己。当时，父亲败坏的身体上，各种管子被一一从各种洞眼里拉出来时，他也这样不相信地问过自己。要知道，爹爹上大学的时候是学校篮球队的前锋呀！夏工之的三步投篮，是十岁的时候，由爹爹教会的呀。爹爹在学校里抱着篮球的照片还登在《良友》杂志上的呀，夏工之看着妹妹红肿的脸，不相信。

灵车眼看就到了窄弄的街口，转上了街道，消失在右边的围墙后。夏工之这才急了，拔脚便往前追去。平躺在车厢里的那个人，从你第一眼看这个世界时就在眼前，不论以后有多遥远，他都是世界理所当然的一部分，幸与不幸，都紧紧相连，见与不见，都紧紧相连。现在他已被黑色汽车带离。从今往后，不必避到天涯海角。从今往后，无论走到哪里，全都找不到他，不能摸到他，不能听到他，永远不能。生活中第一次发生这样的事，它几乎就是不可能的代名词。

追到街口的夏工之看到的是一条对某人永失父亲这件事毫不知情的马路。那里车水马龙，情侣们脸上散发着梦幻般的笑意，城市高架路就横在街道上空，无数汽车在那里无声地飞奔。这么多年来，他不知梦见过多少次失去父亲的时刻，父亲从楼上跌下来，或者别人在梦里说，还不快回家，你爹爹自杀啦，或者爹

一、勺子

爹在晚饭桌上，若无其事地用剪刀戳着自己的太阳穴，二妈却笑眯眯地给他剥一只蟹钳。梦中的自己永远是个少年，场景则永远是光线幽黯的春日黄昏。可他唯独没想到，这惊天动地的时刻终于到来时，这条大街竟是这样无动于衷的样子。

爹爹终于消失了。

夏工之的头发，在幽黯的雨天里，是微微浮动的雪白一团，就好像浮动在心中的茫然所失。

夏工之雪白的短发令夏农之心中震动。父亲过身后，夏农之为他擦洗更衣，她发现即使是已九十七岁的父亲，他脑后稀疏的头发还是夹杂着些许黑发。米奇的头发却比父亲的头发还要苍白。多年不见，他已然变成了一个干瘦的内地老人，甚至说话时带着一些新疆人的口音。虽然大家都回到上海，吃的是幼时一样口味的饭菜，但她分明在他呼出的口气里闻到一股粗重的西北气味，那是一股生大蒜在肉体中发酵，又透过温暖的消化道冉冉升起的刺鼻气味。在夏农之看来，如自己一样，米奇肉体的内部都已经改变了。

这是一对分离比相聚的时间长得多的兄妹。夏工之毕业后，就响应国家号召远去新疆。夏农之却在大学毕业后，马上设法远去美国。他们兄妹都在远离父母的地方落地生根，脱胎换骨，与本地人结婚生子，约好了似的，没有教过自己孩子一个字的家乡话。他们一头沉入浩瀚的日常生活之中，难得回家探望父母，直到父亲病重。他们的父母也从未去他们的家里探望过，从未召集过哪怕一次新年团聚，他们简直就不认识第三代。夏农之在换美国护照时，早已用回了自己1952年前的名字，明妮。她在美国中西部安静小城的生活中成功地埋葬掉"夏农之"这个名字。但看起来,夏工之却是从生理到地理,完全埋葬掉了穿黑色回力球鞋,骑蓝翎脚踏车,着迷于海涅诗歌的忧郁的"米奇"。

三个穿着丧服的人站在南京东路街口斯沃琪艺术中心门口,等待过街红灯转绿。夏农之远远望见和平饭店大门上黑色铸铁的拱门,还有黑色窗框上两条猎犬护卫盾牌的标志。童年时代的情形突然浮现,那时六岁?也许五岁。多年前的那个早晨,他们三个人也是站在南京东路街口,望着街对面。那时对面墙上的黄铜牌子还未被卸下,上面写着SASSOON HOUSE。那时街这边也不是斯沃琪艺术中心,而是汇中饭店。

那时街对面大厦的墙根下有一列长长的队伍,都是心事重重,满脸晦气的成年男人。他们穿着倒是很整齐。大多数人穿着端正的中山装,也有人穿三件套的西装,或者外加一件哔叽呢西装大衣。他们脚上的皮鞋也大都是系带的。爹爹默不做声地过了街,站到了队伍的末尾。他向他们挥挥手,要他们别再干等着了。可是那天米奇却执意要看到爹爹进了黄铜把手的旋转门才肯离开。

那种从记忆中浮现出来的郑重其事的装束,黑压压的沉默,如今却让夏农之对应上了殡仪馆刚刚结束的葬礼。

那是1952年的春天。那天早上,母亲站在门厅里,一样样递给爹爹大衣和围巾,好像就要哭出来似的。爹爹身边站着哥哥,他没去上学,定要陪爹爹去沙逊大厦开会,好像陪爹爹去医院看急诊一样。

一、勺子

"明妮,"母亲叫她,"明妮来跟爹爹再会。"

夏农之磨磨蹭蹭地从挂外衣洋伞的壁柜旁边走上前去。

家里人都站在门厅的亮处,看不清他们的脸。只看见米奇胸前衣扣的反光。

爹爹远远伸过手来,拍了拍她的脑袋,似乎叫她不要怕。他手指上有一股龙虎万金油的气味,用来提神的。她一直睡在父母卧室旁边的小套间里,夜里醒来,能看见父母房间里亮着灯。他们最近总是通宵磋商。有时他们噼里啪啦打算盘轧账,有时他们说到小黄鱼大黄鱼什么的。爹爹白天瞌睡,就用万金油提神。母亲就在厕所里吸骆驼牌香烟,吸完烟,嚼一撮茶叶祛掉烟味。夏农之虽然幼小,但都看在眼里。

爹爹手掌沉甸甸的。但他无名指上褪下多日的金戒指,此刻又不同寻常地戴上了。她心里害怕,觉得爹爹一去就不会回来了。如今,夏农之想起来,这种怕,似乎过了半个世纪后,终于变为现实。但爹爹的模样却直接从葬礼的照片上,走回到街对面的回忆中。中间那漫长幽黯,就宛如殡仪馆那条长长窄弄的岁月被一笔勾销。

哥哥耐心等待爹爹穿戴好,便哗地一下打开门,像警察一样站在门口,握着门把手,等待大家出门。走廊里涌来一股热咖啡气味,那是对面教授家在煮咖啡。他们家生活依旧安稳,与从前的夏家相仿。

母亲突然一把拉起夏农之的手,随他们一起出了门。母亲说,反正也没什么事,不如大家一同去送爹爹开会。到南京东路捻号开会,总归算是光荣的。说着母亲将夏农之一推,推到爹爹与哥哥当中，自己则在另一边挽住爹爹的胳膊。

　　这下，一家人又好像去公园。外滩公园的堤岸边，能看到从入海口进来的远洋船，爹爹过去常常教他们兄妹认识蒸汽烟囱旁边的外国旗。母亲米色的华达呢夹大衣下，露出小腿后侧，玻璃丝袜后侧的袜筋纹丝不歪。

　　爹爹深灰色的哔叽呢大衣下摆处露出黑色系带的皮鞋。夏农之对这双纤尘不染的英国皮鞋印象深刻，后来她一直都强烈建议自己的丈夫买CLARKS的系带皮鞋穿，最好是黑色的。因为这是夏农之记忆中安稳生活的最后一瞥，这种联系，不用心理医生分析，她自己都能分析出来。

　　红灯转绿，夏农之发现母亲走下街沿时脚步虚浮。她连忙挡了母亲一下。母亲竟然像所有的老人那样头重脚轻，夏工之却像那些贫寒的老人一样，穿了一双杂牌子的白色旅游鞋。

　　报纸上都说和平饭店新修好的大堂富丽堂皇，即使过了几十年再现于上海滩，它的阔气仍是亚洲之最。他们三人走过旋转门，却有一步跨入大教堂的震动，连母亲都忍不住仰头张望。金色的光线自天而落，到处充满上个时代考究的花纹与线条。这地方，似乎一粒钻石落在大路的尘埃里多年，却突然发现它竟然在原处完好无缺。只是他们三个黑衣人，被周身散发出来的一股与这炫耀华美格格不入的沮丧笼罩着，好像罩在玻璃钟罩里残破的旧钟表一样，被放置在这闪闪发光之地，对比强烈。

　　夏工之心中一震，原来爹爹当年走进来交代问题的地方，是这样的光芒四射。

　　母亲放低下巴，悠悠地说，这里修好以后，竟是比大战以后她

一、勺子

与爹爹来吃冰激凌时还要堂皇。顿了顿,又叹道,你们的爹爹此生实在是个喜欢摩登东西的人,可惜他这次没了眼福、口福。

他们走进咖啡座,在团团围起的沙发上落了座。

母亲又说,这个下午茶她来会钞,算是爹爹请你们吃的。她四顾后,抬手指指天上,似乎向一双儿女指出他们爹爹如今所在的方向。

"奶茶。"夏农之与母亲相继对走路像尾金鱼似的服务生说,"大吉岭的,或者锡兰的。"

"咖啡,就上清咖啡。"夏工之说。

"要一个HIGH TEA吧。"夏农之又对服务生说。

小时候,下午母亲常常在家里备了奶茶和华夫饼干当点心。现在,印度大吉岭已经不再出产红茶,锡兰也早已改名为斯里兰卡,想想,这是多少年过去了。此刻,咖啡座的一角,灯光明亮地泻下,照亮一八角桌,一高背椅。那里有个外国女人正在朗读一本关于茶叶的书,作为背景声音。竟然,南亚的第一株茶树是传教士从中国的云南偷运出去的。"因此,南亚的红茶,应该也是中国红茶。"那女人的声音沉静柔和,是那种非常适合回忆、带有启发性的声音,从高高的天花板上匀称地落下,洒在他们四周,仿佛是那些让夜显得格外渊静的夜色。

三个即使脱下黑色外套,仍旧满身晦气的人静静面桌而坐,空荡荡的桌面上遍布茫然。

茫然也像煮开的水散发白色烟气那样,从他们身体深处冉冉升起。他们的亲人已经离开,葬礼已经结束,肉体已经消失在焚化炉里,亲人病危时的担忧与劳累,惴惴不安的预感,目睹亲人被病痛折磨时内心经受的折磨，回顾往事时内疚的痛苦，面对死别时的震惊，多日来的心力交瘁，此时寂静无声地结束了。这结束里，有种明知不能阻挡，却仍令人难以置信的决断。

大限到来的那天夜里，夏农之眼看着监护仪上，爹爹的心跳渐渐慢下来。从二百跳降到六十跳时，爹爹早已筋疲力尽的痛苦表情突然消失，就像一阵风吹开天上薄云一样，爹爹的脸豁然松弛，甚至出现了一丝笑意。夏农之看了看守护在旁的医生，她以为出现转机了。可医生没有应答她。然后，爹爹的心跳一路慢下来，慢到了三十跳，紧接着就变成一道绿色的直线。夏农之以为监护仪坏了，又看看医生，医生开始在爹爹身上再放一台心电图，爹爹胸前软绵绵的，有种奇怪的舒适。可是，突然，绿色的曲线再次出现，上升到六十跳，只是不停地震动颤抖。夏农之忍不住指着它叫起来。医生这时才开口，他说，这是死亡后的心脏痉挛。

就在几天前，爹爹久病过世，过程都这样反复，所以夏农之不适应葬礼后这种干净利落的结束，也许，是心里犹有不甘。

她张开自己的右手，仔仔细细地看。最后送走爹爹时，她将自己的手塞到爹爹散开的手掌里，像小时候一样。那里尚存依稀暖意。夏农之望着自己手上的纹路想，它，这双手，从此再也摸不到爹爹的手了？这种茫然，就像在深水中下坠的感觉，并不痛苦，只是什么也抓不住。它像光滑的桌面泛着的光芒那样，真切，却是反光。这是金灿灿的光线，从大堂的八角玻璃顶上均匀落下的光线。

夏农之突然想起来，小时候的某一天夜里，被妈妈摇醒，领到父母的卧室里。床上放着金灿灿的一大堆，爹爹坐在床边的矮

一、勺子

沙发上一言不发。妈妈说，明妮，你睁大眼睛看看清楚，这是家里的金货，明天以后，你就再也见不到它们啦。

以后，自己再也看不到爹爹了。夏农之想，爹爹与床上的金货，都已变成心中那种能感到，却无从触摸的记忆。

大堂里渐渐拥挤起来，面向南京东路的门口积聚了许多人，那些人手里都拿着一只统一写着"卷宗"二字的牛皮纸大信封，好像来交什么东西。看上去，他们彼此大多认识，但却很少交谈。然后，他们的队伍寂寂无声地延伸而来，却不是进咖啡座里，而是一直走进酒吧。酒吧原先"马与猎犬"的名字还在石头的门楣旁，但看这些男人们惶恐和自惭形秽的样子，显然不是去酒吧间喝点什么这么轻松的事。

夏工之在人群里找到一张熟悉的面孔，那是荣毅仁。他在照片中见到过这张脸。

他穿着深色的夹大衣，领口露出一条雪白的衬衣领子，与爹爹当年的装扮很相似。实际上，爹爹与他当年还算是圣约翰大学历史系的同系校友。荣毅仁英俊挺拔，比队伍里的其他人差不多要高出整整一头。虽然他看上去文质彬彬，非常内敛，但他也有成竹在胸的威严。荣毅仁手拿一只牛皮纸信封，随队伍缓缓向酒吧移动。

接着，他又认出在队伍里的刘鸿生和郭琳爽，还有郭棣活和胡厥文，那队伍里唯一的女人是汤蒂因，她端正的圆脸上有一对意志坚定的明亮眼睛，在男人们的队伍里格外醒目。她是上海的金笔大王。

这是1952年4月。站在沙逊大厦墙根下的队伍走进了大厦。当年这里是上海市增产节约委员会办公室，是"五反"运动中上海市委最终圈定的三百零三个著名资本家集中学习过关之处。

　　经历了从1月到4月，上海两百多个资本家和小业主经不起"五反"运动冲击而自杀的黑色早春，经历了身体上的冲击，经历了道德危机和自尊心崩溃，幸存的资本家最后被集中到了这里。夏工之日夜动员爹爹自新，在吃饭时说，甚至在爹爹睡觉前刷牙时，靠在厕所间的门框上，也要说上两句。有次说得太急，口中自动说出一句："你不要影响大家的政治前途！"自己却被这句突如其来的话吓住了。这不是别人天天灌进自己耳朵里的话吗？这一日，它终于自动跳到自己舌头上来了。就好像在清水里滴进去墨汁，顷刻，满盆皆乌。

　　当时爹爹头上戴了顶二妈用蓝色丝线勾的压发帽，满嘴牙膏沫，好像没听见一样，手上却顿了顿。

　　其实，他想说的是："你难道真是要钱不要命的吗？"不知为什么却没说出口。

　　那时正值上海老板的自杀风潮，有人夫妇双双在七层楼公寓自杀。有人从国际饭店的屋顶花园跳下来，自己没摔死，却砸在过路的黄包车上，将黄包车夫压死了。还有人怕自己跳黄浦江自杀，死不见尸，会被怀疑逃亡，连累到家属的生活，孩子的前途，就选择跳楼自杀，而且事先在衣服口袋里放好注明自己身份地址的小纸条。

　　夏工之心中一笑。父母双无的孤儿，这就是今天他已然成为的角色，可见怕终究是没有用的。

一、勺子

　　这队人身上有种二战时犹太人身上诡异的惊恐气氛。他们在金黄色的灯光里晃动着深色的背影,如履薄冰般走在闪闪发光的大理石地上,他们头上金光灿烂的八角亭好像天堂的入口般华丽,他们的衣服却摩擦着发出呜咽般琐细的声音,好像行尸走肉。那就是最后一夜,夏工之在父亲终于答应自己将家里所有浮产全都退赔,绝不留一片金叶以后,从大菜间的桌前站起来,摇摇晃晃走回卧室时的样子。父亲的背影像刀刻一样留在夏工之的眼底,从未淡去。

　　郭琳爽宽大的脸上有种隐忍的不快。荣毅仁的脸上什么不快也找不到,只有深如渊壑般的镇静。他们都面临着将两代人创下的庞大家产悉数交给国家的命运,但郭琳爽脸上的不甘衬托出了荣毅仁的抱负。这个荣家的庶出子实在是不简单。

　　最早全面向工作组投降的那个资本家,瘦高个子,身穿一套薄呢的人民装,戴着人民帽,是南下干部的装束,却没有人家的气势,让人想起"沐猴衣冠"这四个字。如今人家要他说自己做过什么,他就说自己做了什么。所以,他是来给这些人做榜样报告的。相比起来,爹爹虽然灰溜溜的,却还算周身工整。能看出来,这队列里的大多数人都已崩溃,虽然还勉力支撑着体面,但内心已像爹爹那样放弃一切是非判断,只有荣毅仁,他像漂浮在惊涛骇浪上灯火通明的巨轮,漂浮中有任重道远的沉稳与坚强。

　　政府将选择过的重要资本家集中到华懋饭店交代五毒问题,保全了他们在工人中的面子,防止他们自杀,也逐个坐实了他们经营中的五毒。"我们就像生了梅毒的人,表面上看看个个都好,可到医院检查,个个都有暗病。"这是日后上海的统战官员周而复的小说《上海的早晨》里，资本家们聚餐时的对白。夏工之在偏远寂寞的边陲，工余细细考据这段被迅速湮灭的历史，他想象着爹爹将自己比喻成梅毒患者，他体会到这个比喻里晦暗并受辱的心情。

这是1952年，资本家们从旧时代的佼佼者直落向一个被强力消除的阶级，他们终于明白，自己已从上海民族工业缔造者的身份，转变成没立足之地的罪人。这一年的四月，冠生园老板洗冠生被工人围困在办公室里两天后，跳楼自杀。而荣毅仁却从华懋饭店学习班里冉冉升起，成为由毛泽东首肯的全国第一个红色资本家明星。

夏工之跟着这行队伍，一直相跟进酒吧里。

原来那里放了一排排的长条木凳子，布置成会场的样子。吧台里没有穿白衣的酒保，没人将调好的鸡尾酒递出来，是穿黄色军装或者蓝色列宁装的人高坐在里面，资本家们在外面，鱼贯地将他们手中的信封交过去。吧台后面放酒的架子上，贴了各种白色纸条，上面分写着五金组，纱厂组，医药组等等各种行业的小组名称。从北京特派到上海的"五反"运动领导薄一波，将这三百个人按行业分入不同的小组，让同行业的知情人互相监督交待情况。检举别人企图隐瞒五毒的人算有立功表现，可减轻自己的五毒罪责。如此布局，诱发了人性最阴暗的潜物质，一举击溃了资本家最后的栖身之处。荣毅仁先是坦白违法得利二百八十亿，随后增加三百多亿。郭棣活坦白了一千亿以上。到再次坦白时，郭棣活宣布他偷工减料和盗窃国家资财合计即达到一千零九十七亿元，荣毅仁则拿出两千零九十六亿的天文数字来。夏工之还记得

一、勺子

爹爹最后向自己承诺的数字，当时自己以为也已经是天文数字了，其实，他们只是太老实了，不晓得如荣家那样计算，让自己先过了关再做计较。不晓得这其实是通向新生活的唯一血污之路。

直到如今，夏工之还是懊恼不已。

交了信封（他猜想里面就是一次次加码上去，终致骇人听闻的五毒认罪材料，最后连逼讯者都不能相信，却最终令他家徒四壁），他们依次坐到长条椅上。他们的身体已经开始小心翼翼，双手规矩地放在腿上，顶多插在衣袋里。他们面对着一个主席台，主席台后面的墙上贴着一长条标语："自动彻底坦白并能戴罪立功者从宽处理，抗拒坦白威胁职工者一定严惩。"标语的下面是一幅宣传画，画上有个穿黄色军装的解放军用手狠狠地直指过来。那是幅很有气势并直指人心的宣传画，但他想到的，却是第二次世界大战期间美国本土的参战宣传画，同样的构图，同样的姿势，同样的透视效果。

他们黑压压地坐满了沙逊的酒吧。民族资本家们的骄傲荡然无存。如今他们更像一块放久了的生猪肉那样，散发出腐烂无望的强烈气味，让人不禁想掩鼻而过。一个外国人在回忆录里写到上海，说上海是个有乐观主义血统的城市：

它的人民总是拒绝相信最坏的事会发生——无论那最坏的是什么。MASKEE，他们叫道——用的是上海地道的混杂语言，那种语言只在多元化语言背景的人中使用。

MASKEE! 这是个很象征意味的乐观主义的词，它一个世纪以来鼓励着上海的发展。这个词来源于葡萄牙语，那些葡萄牙商人是最早到东方来的冒险家。这个词的意思是"没关系",或者"别担心",另一个词NICHEVO的意思也相当,但这两个词有着精妙的不同,用这个俄文词的时候,常常伴随着一个悲观主义的耸肩动作。

但是MASKEE是不同的。当令人发狂的夏天让你快要崩溃时,一个朋友富有同情地对你说:"MASKEE!"那意思不是没关系,你只能忍受。那意思是没关系,就会好的。苦力就要断粮了,他们也叫"MASKEE!"不是因为他正在饿死,而是因为他希望明天就会有好运降临到他头上。

还有一本书里,有对四十年代初上海商人和实业家特性的评价,"大班们的行为无论有怎样的缺点,但他们却有个最大的长处:始终抱着希望。"

这些书虽然古旧冷僻,但夏工之还是能在互联网上找到它们的链接。

幸存到1952年的上海的民族资本家们,以往是比外国大班们还要坚韧和乐观的人,他们熬过了太平洋战争和内战,经历了1950年工厂主短暂的黄金时代,在"三反"运动中曾饱受惊吓,但也挺过来了。而从那些酒吧里一眼望去委顿下去的后背上,夏工之终于看到他们希望的灰烬。这个民族资本家的阶层,就这样从此消灭。

"今后的资产阶级没有做头,不如趁此丢包袱。他们中的许多人是这么想的,'厂不要了,反正赚了钱也要全放在厂里,自己也拿不到手,不如干脆送给政府的好。'在这个资产阶级被铲除的春天,他们自己动手铲除了这个阶级的所有希望。"

一、勺子

不过，爹爹是再也不会对自己讲这种话了，从那天晚上在大菜间谈完以后。

荣毅仁走到门口。他保养良好的皮肤在幽暗的门口泛出光来。他看上去虽然饱受惊吓和伤害，但并不畏缩。当他远远看到他的时候，他身上散发着的好像尽是灰心，但近看他的脸，那灰心和害怕则悄悄地转变为坚忍，夏工之看到的是一张静候转机的脸。在心中对比着这张脸与爹爹关灯熄火的脸，夏工之直至今日，还是忍不住摇了摇头。

这个人曾说，"我赞成共产党只举一只手，举两只手就是投降。"

"MASKEE！"夏工之对迎面而来的荣毅仁说。

不久以后，荣毅仁代表上海资本家去北京参加会议。毛泽东给荣毅仁题了词："把握社会发展的规律，掌握自己的命运。"这的确是圣约翰大学历史系毕业的荣毅仁的过人之处。他是一个有历史洞察力的人，又极其沉着和顽强。即使身为资本家，在剿灭所有民族资产的时代，他仍旧创造了上海人的神话。

一个资本家，能进入共产党政府工作，了不起。四十一岁时他成了上海市政府主管工业的副市长。四十三岁时前往北京，进入中央政府，做纺织部副部长。晚年，他做了国家副主席，去世时享受国葬。夏工之曾想，要是中国当时缓慢地进入了资本主义社会，荣家大概能恢复他们的纺织厂和面粉厂，或许他们能越做越大，但荣毅仁本人绝不会有政治上的远大前程。

沧海桑田之后，郭家差不多已四散海外，销声匿迹。维克多·沙逊也不过逃得快而保全了自己，只有荣家不仅东山再起，还迅速恢复了资本家的身份。他们成了八十年代后中国第一个能重操旧业的资本家，而且，从四十年代的民族资本家成功转为八十年代受国家扶持保护的资本家，更为强势。夏工之想，维克多·沙逊要是知道他的酒吧里后来出现过这样一个人，一定想要结识他。这两个人都曾在当代最好的大学里学习历史，并获得学位，他们看问题的角度一定因此而与别的商人不同。他们都仪表堂堂，从出生起就享受到这个通商口岸城市财富与视野的诸多好处。他们都经历了一般人抵挡不住的惊涛骇浪。

所谓一般人，比如爹爹。

爹爹久经磨难的衰老躯体已经不可触及，即使他为爹爹购买的是一只降解的骨灰盒，在深埋地下一个月后，这只骨灰盒将会与泥土融为一体，这是真正的尘已归尘，土已归土。爹爹的一切，就这样完全终止。爹爹最后骨瘦如柴，就好像一堆当柴火烧的枯枝。但每次为爹爹洗干净周身失禁的屎尿，夏工之还是仔仔细细为他涂上乳液，就像为一段木头刷上清漆。爹爹后背上那粒颜色鲜红的朱砂痣唤醒了夏工之儿时的回忆，宽条的木头百叶窗背面，被太阳晒得发白的细帆布条，开明书店版的《海底两万里》，凡尔纳的小说，蚀刻铜版画里的海涅。

"叮"地一声，空荡荡的桌面上轻轻放下一把乳白色的茶壶，"大吉岭红茶"。过去这么多年，连爹爹都不在了，可大吉岭红茶还和以前一样，在白色茶杯里荡漾着好似威士忌般的金红色。大吉岭是二妈喜欢的，威士忌是爹爹喜欢的。两者在上海这地方，似乎依然万寿无疆。

"叮"地一声，茶壶旁边放下HIGH TEA的金属架子。蛋糕

一、勺子

　　切成小小的菱形，巧克力表面上有细细的可可粉覆盖，乍一看，甚像在西北小城街道上，驴车过后，毛驴子屁股上落下的一串驴屎蛋。那是比利时巧克力，小时候吃过的。

　　"叮"地一声，夏农之拿起茶杯，她的手瘦长白皙，手背上皱纹密集，活像小时候看到的二妈的手。西北大饥荒时，大多数饿毙的人都已认不出来原来的样子，大家就看手。一个人到死，手的变化总是全身变化最小的。可是，明妮原先肉鼓鼓的，修长的手显然是变化了。单纯的手，变成了那种精明势利女妖精的手。

　　"叮"地一声，蛋糕架子旁边放下一只白色的咖啡杯，发黑的咖啡衬着白白的热气。"哥伦比亚清咖啡。"金鱼一般的服务生轻声对夏工之说道。

　　清咖啡在孟建新的胃里泛酸，他的胃溃疡还未好利索，照医生盼咐，其实是不宜喝咖啡的。这褐色的皮沙发大约与多年前的那一张差不多，他的身体立刻回忆起皮沙发在身体下缓缓下沉的感觉。接着，他听到皮革在沙发深处发出吱吱的被拉扯声，他的耳朵立刻回忆起那声音带来的惊奇：那是他第一次坐皮沙发。布沙发是不会发出这种声音来的。

　　大学时代，他与中学时的班主任在历史系那条幽黯的长走廊里重逢，班主任竟调入他所在的历史系当老师了。为庆祝他们重逢，老师请他到和平饭店来喝咖啡。那就是他第一次在大堂里坐下。虽然那时的大堂只是狭长的一条，看不到金光灿灿的八角亭。

　　皮沙发沙沙地响，八十年代和平饭店还在使用的华懋饭店皮沙发沙沙地响，微轻的皮革臭气冉冉升起。

那时，为付和平饭店的咖啡钱，他们还特地到中国银行外面的新疆外汇贩子那里，用1:2的黑市价换了外汇券。

"奶咖还是清咖？"服务生问。他没听懂这些简缩词组，只好惭愧地望了望老师。冬天寒冷的日子，只有很少几家接待外国人的酒店开放暖气，他看到老师清瘦的脸颊上挂着两团酡红，那是被突如其来的暖气熏出来的。老师的脸沉在一团金色的灯光之中，好似伦勃朗的画像。

"在历史系的楼里看到你，可以说是我一生中最高兴的事之一。"老师帮孟建新点好了咖啡，待服务生离开后，郑重地说。老师的脸在沉沉灯光中呈现出一种上海读书人蜗居室内的瓷白颜色。

老师一直都格外关照他，好像仍旧要尽中学班主任的责任。孟建新做的第一个个案研究，就是给老师的沙逊集团的案子做助手。第一次做访谈，对象是胡道静先生。太平洋战争前的1932年，胡道静就入柳亚子主持的上海通志馆，参加编写第一部上海人角度的上海史。他拿着老师给写的介绍信，得到了老先生推心置腹的接待。像胡道静这样一生风雨不绝的老人，只有绝对信任的人，才会稍露真言，但也是以足够谨慎委婉的方式。第一次参加国际上海学会议，是陪老师去金山，在那里他接触到海外与自己年龄相仿的学者和他们的新史观，听到西蒙宣读他对黄浦公园"华人与狗不得入内"牌子的考证结果，他认为上海从未有过这样一个八字木牌。后来他们俩成了朋友，互相邀请对方为自己的博士生上课。孟建新有时想，自己所有的成就，都是站在老师的肩

一、勺子

膀上。套用这句话来评价他们之间的关系，是再中肯不过了。

孟建新能看到在桌子对面的阴影里，老师瘦削的长脸，和他脸上的酡红。老师肺癌去世了，从发现到去世只有三个星期，大家都说老师是被病吓死的。孟建新心中暗想，要是自己，大概也是希望这样速死的。老师脆弱，但并不苟且。此刻，那金光灿灿，却又明艳高雅的大堂光线给大堂深处的咖啡座带来了柔和的阴影。孟建新的咖啡桌上，在玻璃碗里摇曳的烛光正好照亮茶碗上的金边。

"历史这门学问是为了看懂现在。"大堂里的光线稳定幽微，适合谈话。老师在小圆桌对面嗑了一小口咖啡，准备长谈。那时，他和老师两个，都穿着厚厚的家织毛衣，里面汗流浃背，满面红涨，却无法脱下来，因为里面只有松垮变形的内衣和一副假领子。但孟建新心中却充满某种激情。

老师那天向他解释了自己对"一切历史都是现代史"的理解。当历史因为现实的对照，显现出事物被表面现象遮蔽住了的规律时，尘封旧事才会再次复活，这一次，它内在的意义会凸现出来。"好像受刺激后，你皮肤上会凸起一层鸡皮疙瘩似的。平时它们肯定是藏在皮肤里的。"老师做了这样文学性的比喻。

本地历史之所以是本地人最大的财富，因为历史能为不同的现实提供各自的背景和意义。它是多元的，而且随着现实变化显露内在的价值。不过，历史的这种非物质的价值，只有少数人能够得益。从前孟建新总以为是自己和老师这样醉心于历史的学者得益良多。此刻，他猜想，也许学历史出身的大资本家也能得益，比如维克多·沙逊和荣毅仁。他们从历史中获得了深远的见识，因为这些见识创造了肉眼可见的，具体的价值。

"坏的历史学家，会将历史看成是可以随意打扮的小姑娘。好的历史学家，会说历史是个经历丰富的老人，它自有洞察力和智慧。"老师老人般尖细的嗓音好像尘埃一般在孟建新的耳朵里沙沙作响。这的确是老生常谈，但也是历史研究的基本真理。

孟建新看着西蒙与一个东方女人正合着音乐缓缓起舞，他看到那女人将自己双脚踩到了西蒙脚背上面。他们在金色光晕中奇异的样子，好像梦境中所见那般不真。

这时，突然有个人无声地走了过来，拉过西蒙的椅子就坐下来。那是个看上去有点古怪的外国人，有张神经质的脸，非常苍白。

孟建新吃惊地看了那个人一眼，但那人却仰着头，将双手撑在老式的皮柄手杖上，像一只站在树枝上的猫头鹰，什么表示也没有。

像一只夏季桌上熟透的桃子，默不做声的外国人身上散发出一股沉甸甸的古龙水气味。从前的人用香水，喜欢的不是清新，而是实实在在的香气。孟建新熟悉这种香气，是因为他的老师也曾特意托人从德国的科隆买过这种配方古老的古龙水，老师那时已成为海外上海史专家喜爱的本土专家，他那些旧时代留下的爱好，都像上海史本身一样散发着纯正的旧气。而且，只有老师这样的人才能把玩这种爱好，别人似乎都不配。

那人撑在手杖上的手有种病态的苍白。

那人的裤子看上去是精工纺织的开司米料子，古老的月白色。

一、勺子

那人身上，有种二十年代默片时代的精致，油头粉面的趣味。

那人用的是二十年代式样的袖卡，那袖卡上居然还镶了钻石，孟建新碰巧在伦敦的老古玩店里见过这种袖卡，知道那是英国古老名牌，伦敦的古玩商开价上万英镑一副。

那人的衣袖上有一行刺绣的名字：RAGINALD SASSOON。

这个名字怎么这样熟？孟建新知道饭店大修后，号称沙逊家人的人赠送了沙逊夫妇的油画和沙逊制作的明信片，但其实，那些回来饭店的家人，只是沙逊夫人的娘家人。年轻的记者们在本地报纸上号称维克多·沙逊夫妇终于回到了自己从前的家，似乎无视维克多·沙逊在离开上海的沙逊大厦后，差不多过了二十年，才娶自己的护士为妻。在上海时，他还是个富有精明，有点玩世不恭的单身汉。因此，这个人不是大修之后回上海来的沙逊。

他突然想起，这个名字，RAGINALD SASSOON，属于维克多·沙逊来上海以前，沙逊洋行的大班。

此人是维克多·沙逊的表弟，梅耶的儿子。在沙逊洋行的档案里，将他的名字翻译成：艾格乃尔德·沙逊。他和维克多·沙逊一样喜欢赛马，1933年死于骑马障碍赛比赛事故，也有人说，他活够了，借机自杀。

在上海接到他死讯的电报，维克多第一次，也是一生中唯一的一次，当着正在沙逊大厦三楼开会的众人哭出声来。

孟建新端着杯子，不做声地望着桌子对面的人，艾格乃尔德·沙逊。他凝视着正在朗读的女人，仿佛陷入沉思。他的鼻梁上有块与维克多·沙逊相似的隆起的鼻骨，除此之外，几乎再看不出他有纯种的犹太血统。他消瘦敏感的脸在一副金丝眼镜的衬托下格外精致和颓废，更有脆弱和一种高高在上的不耐烦。到了大卫·沙逊的第四代，当年沙逊家几死几生都没被扑灭的勇猛攫取之气，终于在一团锦绣中，伴随着伊顿公学，剑桥，牛津，英国爵位，伦敦郊外的大宅子，化为第四代人的玩世，乖张和强烈的艺术气质。

从沙逊家族第四代的经历，孟建新看到人有了自由后，人性如何变得淫冶与脆弱，以及挑剔。想死就死了。

他身上那股气味滞重微甜，和徐家汇藏书楼里旧报纸散发出的气味一致，都是如木乃伊般永恒的旧时代气息。还有一种更加含混的，刺激的，无以名状的气味，在《北华捷报》的黄脆报纸里散发出来，在外滩临水的洋行大楼里散发出来，在艾格乃尔德·沙逊的古龙水气味里散发出来，作为上海近代史专家，孟建新是熟悉它的，那是鸦片的气味。

艾格乃尔德·沙逊将他的头靠在沙发高背上，搁在膝盖上的茶碗里，锡兰红茶有着一种漂亮的金红色。孟建新想起妻子说过的事。四年前，住在大修前的饭店里，她最是不肯自己回房间去，因为怕电梯间的皮沙发。她总觉得，高背后面端坐着一个从时空巨轮里滑落出来的外国人，穿了一套白色礼服，满头满面的血。那时他们躺在天花板高高的套房里，大床好像大海中的一条船。他们没睡着前，翻出各种陈年旧事来讲。因为知道有人爱你，探究你，你就势翻检自己的经历，仿佛也更爱自己了。孟建新知道每个人对旧时代的感应都不一样，能看到的东西也不一样。妻子

一、勺子

有慧根，比不少学历史出身的俗人，对历史要敏感得多。至于他自己，当然更是天生应该研究历史的。孟建新想，要是妻子这次一起来喝下午茶的话，不知她是否能看到艾格乃尔德·沙逊脸上的血污。他正穿着她想象过的白色茶礼服，后来他也正死于满脸血污。

艾格乃尔德·沙逊死在1933年。他的墓在伦敦。他见到沙逊家很多人的照片，甚至还有大卫·沙逊在孟买的大理石雕像的照片。要是没注明那是大卫·沙逊，他还以为是《圣经》故事里的摩西。但独独未看到艾格乃尔德·沙逊。斯坦利·杰克逊曾在书中形容他是个戴眼镜的，神经质的伊顿男孩。

"我看见过所有的沙逊，一个接一个，包括那些已经钉在棺材里的。"与维克多·沙逊和艾格乃尔德·沙逊的堂姐赛贝尔结婚的罗克，在给自己家人的信里，这样表达了他加入那个古老家族时的感受。此刻，这句话浮上了孟建新的心头。

沙逊家族支系庞大，那时孟建新帮助导师整理沙逊家族在上海经济活动的资料，主要是为租界经济史研究之用。可以说，他在很年轻的时候，也看见了差不多所有的沙逊，那时他们大多数人都已经钉在棺材里了。他看到的只是他们的名字。

如今沙逊们的故事由于年代久远，更像是传奇。

旁边桌子上正在送茶，服务生从褐色茶点车上一一取下杯盏和高茶的架子，桌上发出清脆的叮当声。孟建新目不转睛地看着艾格乃尔德·沙逊。邻座发出的那些羽毛般轻柔的叮当声在咖啡座几乎凝固的空气中飘荡坠落，令孟建新感到梦境般奇异的清醒与奇异的乏力。他听到艾格乃尔德·沙逊也"叮"地一声，将茶碗放进碟子中,他看到他的手掌上有纤长的骨节突起,那是一双已经在上海和伦敦装饰着各种精美古董、挂毯与油画的大宅子里活得不耐烦了的手。他们以为自己的一生是一场漫长的晚会,自己需要做的,就是一直保持新鲜有趣。但孟建新总是在那纤细风雅的身影中找到某种神秘和黑暗的,与鸦片和飞剪帆船的连接。

他用力吸了一下鼻子,果然,又闻到那种令人窒息的沉重香甜,缓缓地从对方的手上,衣袖里以及身上的古龙香水味道里散发出来,那种独一无二的香气,那种令他不能呼吸的香气——那是鸦片烟的气味。孟建新禁不住咳了一声,喉咙毛拉拉的,好像气管突然痉挛了,不能好好呼吸,他又咳了下,已沉甸甸地滑入喉咙里的那些鸦片气味,像一块果冻似的被咳了出来,他感到胸中一松,呼吸恢复了。可孟建新的两眼已被一层呛出来的薄泪遮住,看什么都朦朦胧胧的。他心中微微惊骇地一再环视四周,从大堂玻璃八角亭上匀称地洒下来的金色光亮稳稳地铺在大理石地面上,人声与杯碟交错的清脆响声如微风般在富丽堂皇的天花板上徜徉,好像九十年代从外滩的汇丰银行旧楼墙壁里恢复了尘封多年的壁画一样,和平饭店大修时,恢复了五十年代被切割成三段的丰字型大堂,和平饭店为此焕然一新。可是,这鸦片的气味,仍旧挥之不去。"它果然还在。甚至,沙逊家当年在上海停留过几年的一个小角色,艾格乃尔德·沙逊也回来了。"孟建新朦朦胧胧地看着他的白色领呔,想。

夏工之的手指上总有股大蒜的臭味。夏农之很奇怪,从爹爹病重他们两个人相继回家到现在,已经一个多月过去,日日都是吃

一、勺子

家里的饭，家里从来不放大蒜进门的，他怎么身上还会有大蒜气味。夏工之端起杯子，"霍"地喝了一口，那响声让夏农之想起描写中西部生活的旧电影里，红脖子的农场主们常常也是如此霍霍有声地喝热咖啡的。要是咖啡太烫，他们就将咖啡倒在碟子里，就着碟子喝。不过这些人通常也是敏感的，她刚在中西部住下的时候，见有人如此喝咖啡，忍不住多看那人一眼，那人便笑了笑，称她为"布尔乔亚女士"。

夏农之环视着这个充满默片时代奢华之气的大堂咖啡座，黑色几何线条里金光沉淀的立灯，还有保留着微温的起酥泡芙明亮的一小团融化的蜂蜜。这地方与爹爹没缘分，他走进去时，是头发被凡士林整理得一丝不苟的绅士，走出来时，已是被充公了家中所有金条银元银行定期存折，甚至用过的照相机和祖传银筷子的凋零资方。可惜爹爹后来又活了六十年，都没等到来这里吃下午茶的一天。她想。

爹爹喜欢摩登是不用质疑的事。吃定息的时候，去红房子西餐社吃焗蜗牛，去老饭店吃草头圈子，去朱家角吃蹄髈。到什么也没得吃的七十年代，抽阿尔巴尼亚香烟，喝锡兰红茶，吃伊拉克蜜枣，就是夹缝里一点点的空隙，爹爹也不愿意放过。再后来，人不得不渐渐邋遢下来了，冬天洗澡不方便，身上老是带着一股油耗气味，头发也不再讲究，都是到最便宜的里弄小店去剃的。可是，他到天山路的上海咖啡馆门市部去买咖啡回来，只为了门市部可便宜几角钱。

阿尔巴尼亚香烟的烟屁股并不丢掉，照例是收集在一只用旧了的骆驼香烟铁听里的。时不时的，爹爹在桌子上铺一张报纸，将铁听里的烟屁股倒上去，一一撕开烟纸，将烟屁股里的烟丝拣出来，摊平，滴上几滴蜂蜜，母亲再收过去，将它们摊在洋铁锅子里，放在煤气上小火烤干。爹爹从福州路小店里讨来宣纸边料，平平整整地卷起烟丝来，做成纸烟。抽起来满室生出甜甜的烟气来，味道堪比当时特权人物喜欢抽的凤凰牌纸烟。

夏农之谈恋爱时，照例要与男朋友泡咖啡馆的，这好像是恋爱进程中的一个重要仪式。这个仪式是两个人要进一步发展下去的门槛。在她看来，一杯热咖啡就能检验一个男人是否合格。不合格的人在咖啡面前坐不定，好像橄榄要竖起放那样，不住地东倒西歪。因为咖啡这样东西衬托出他的害怕和害羞。这种男人多半喜欢喝酒，可夏农之对醉酒男人的本相最讨厌。

常常人还在咖啡馆门口，将门往里一推，热咖啡的浓香就扑面而来，那种香，热烈，遥远，又锐利，还有点失落，直击人心。就凭这股香气，便将咖啡馆内外区别成两个不同的世界。里面，就专门是谈恋爱的地方，启发人想入非非。熏得久了，头发里都浸满咖啡微酸的香气。人就好像被麻痹了一样，轻易就能将真心放开，让藏着的温柔涌出。和男朋友分手时，夏农之就选公园。风将什么气味都刮散了，心里已将彼此撇得干干净净的两个人，踱到公园岔路口，面对门口的花坛一拍两散，不要酝酿任何情绪，只想快快走开，回家好好洗个热水澡，好重新做人。

夏农之此生的第一口咖啡是就着爹爹的杯子喝的。爹爹说，上海人的口味清淡细腻，要不配上极甜重的蛋糕一起，就受不了清咖啡的刺激。实在是因为咖啡在上海永远摩登的地位，所以人们舍不下它。那时她还小，似懂非懂。她看夏工之放下杯子望了

一、勺子

望,拣了块布朗尼放进嘴里。她从哥哥大张的嘴里,瞥见一排被劣质香烟熏得焦黄的牙齿背面。

爹爹最后几天极为痛苦,全无传说中高龄长者辞世的安详。他好几次都忍不住咬哥哥伸过去的手,像一头走投无路的老狼。哥哥此时便用另一只手托起爹爹摇摇欲坠的后脑勺,让他多少能够咬到一点自己实在的皮肉。实际上,爹爹都只是颤抖不已,已无力可使。然后,夏农之为颓然倒在枕上的爹爹抹净满面的急汗。爹爹力气用尽,常常连嘴唇都无力合拢。夏农之就帮他把两片薄得宛如鸭蹼般的嘴唇拉拢来。爹爹的假牙早已摘去,空荡荡的牙床上,几枚残存的牙根好像朽坏的木桩头一样留在牙床上,焦黄色的,看得夏农之心惊肉跳。

爹爹昏迷了,却日夜睁着眼睛。医生从衣袋里挖出一只小手电筒来,在爹爹眼前从左到右慢慢晃过。然后说,他已经昏迷了。其实这是用了镇静剂的缘故,他太痛苦了,日夜不停地哀号。夏农之每天早上走近爹爹病房的时候,都要奋力吸足一口气,将自己的身体撑起来,才走得进去。

爹爹以一种准备跑步的姿势,仰面躺在一大堆管子和电线里面,一动不动地看着右边天花板的某个方向。夏农之总觉得爹爹其实还有知觉,只是无力表达。不知为什么,她总觉得爹爹还醒着。爹爹的眼睛已经变得非常混浊,仔细看,似乎表面上渗出一层淡淡的血痕。那不是有生命的眼睛,死气已经弥漫其间,但却还有一种活生生的悲怆与急迫,它勉力维持着,等待着,坚持着,盼着,怎么也不肯散去。

夏农之觉得，这具身体越来越陌生，钢丝般竖起的稀疏白发已光泽尽失，体味中只有抗生素从毛孔中散发出来的干涩气味，好像一块纱布。但当她试图回想爹爹在她心中熟悉的身体与眼睛的时候，却什么也想不起来，他的身影好像是枕头上的那股熟悉的气味一样，能感到，却摸不着。夏农之觉得自己已经失去爹爹了。

"为什么爹爹不闭眼睛呢？"她悄悄问哥哥，却不敢碰到爹爹的脸。

夏工之摇了摇雪白的头，他伸手去揉爹爹的眼眶，随后，将爹爹已薄成一张纸般的眼皮捋下来，包在手心里，慢慢揉着，用自己的手心暖着。夏农之遥远地想起，哥哥的手背看上去倒是很像爹爹的样子。

爹爹脸上淌下两滴混浊的眼泪。

从哥哥的手指缝里望去，哥哥的手一松，爹爹的眼睛就又睁了开来，在暗处紧紧盯着近在咫尺的哥哥的手掌。

爹爹到底有什么未了的事？夏农之想不明白。爹爹虽说一路在教会学堂读书，却并不信教。不过即使如此，妈妈还是将《圣经》拿来，放在爹爹枕下，里面夹着一个小十字架。爹爹的寿衣早已准备好，放在医院的橱里。那是一套爹爹从前出客穿的旧衣服，夏农之为他洗干净，烫平整了，新鞋新袜也都准备好了。护工悄悄对夏农之说，要是旧衣服，就要好好摸摸衣袋里有什么忘记拿出来的东西没有。要走的人，口袋没有掏干净，有时候就走不掉。夏农之赶忙去检查，不过，衣袋里什么也没有。

孙子孙女们的确都没回来送终，但这是爹爹清醒时特别吩咐

一、勺子

过的。爹爹自己的兄弟姐妹多年都不怎么来往了，而且大多也都谢世了，或者去国外儿女处养老了。夏农之算来算去，爹爹该见的都见过了，该了的也已经了掉。她不知道爹爹还在苦等什么。

爹爹无声地大睁眼睛的样子，让这对兄妹渐渐开始坐立不安起来。他一生经历过的委屈，不得不渐渐又在他们心中翻腾出来。

"爹爹，我知道你委屈。可这是时代不好，怨不得你，也怨不得别人的呀。"夏农之对着爹爹的耳朵说，"爹爹，你再投胎时，一定要找个好时辰，投个好人家，好像别人说的，定要衔个银勺落地。"

夏工之什么也不说，先前他还帮父亲揉眼睛，后来就光垂着头不说话。间或他叹一口气，就叹出一股陈宿的大蒜臭气来。

"爹爹，这里没什么好留恋的啦，早就没什么好留恋的啦，你就安心走吧。"夏农之几乎是哀求。她突然想到自己，对自己来说，上海的确是没什么好留恋的，可美国难道就真的有什么好留恋的？这世界难道就真有什么不能舍下的人和事？为自己想想，似乎也是没有的，何况父亲。

第三天，夏农之走进病房的时候，发现父亲眼睛上松松地盖了一块小毛巾。

她赶忙看看哥哥。夏工之摇了摇头，嘟囔了一句："我就想让他歇会儿。"夏农之发现，哥哥整个人好像缩水的生羊毛毛衣一样，突然变得又小又僵硬。

为爹爹翻身时，夏工之让妹妹站在面向父亲的一边。脸上的小毛巾滑落下来，夏农之便看到爹爹大睁的眼睛死气沉沉地一直穿过自己的身体,望向自己身后辽远的地方。夏农之不得不别过头去。

爹爹,你到底要看到什么才能安心走呀。夏农之心中忍不住喊起来。

音乐声起,西蒙愣了一下,才意识到这是一支二战中纳粹德国的流行曲《莉莉·马莲》。德国人并不怎么喜欢提起这曲子,他从未在德国的爵士酒吧里听过这支曲子。西蒙不知道,为什么在这个东方角落里总能听到这支令德国人不安的曲子。在和平饭店修复前的一个星期,他正好住在这里,在酒吧里听到过这支老曲子。现在,他凑巧又听到了。上次是几个老人演奏的爵士乐,这次,是几个年轻人演奏的音乐小品。这地方真是奇怪。

而且,居然还有个东方女人着意点了这支歌。当乐曲响起时,正独自坐在一隅的女人向乐手们伸出一只细长的手掌来致意。他想,这是她点的歌。西蒙想,也许这女人有过一个德国情人吧,虽然看她的年龄,一定是战后发生的事,但他相信时代的阴影一定会从某个角度泄漏出来的。

他在一边观望,看那个面无表情的女人静静地在一杯咖啡后面听专门为她演奏的德国歌曲,看她精心控制着自己脸上的肌肉和眼神,即使这里谁也不认识她。看她那只保养得很好的洁白细长的手,一动不动伏在烛光中的桌面上,好像一只睡着的鸟。那的确是一只日本女人的手,手指尖会微微向上翘起,指甲修剪得非常干净,有洁癖的女人才能做到这一点。

《莉莉·马莲》是支缠绵而抑郁的曲子,很像在二战中流行过

一、勺子

的另一支曲子：《忧郁星期天》。那些音符缠绵在优雅的痛苦中，有种非常奇怪的饮鸩止渴般对毁灭的享受。正在静静享用下午茶的客人大多数是体面的本地人，他们说的上海话陌生而熟悉，令西蒙想起他第一次到上海时那些对陌生语言极为新鲜和强烈的感受。这两种声音交织在一起，让他仿佛再次置身于年轻时代，置身于在东方发生的精神危机中。与十八世纪抱着东方幻想来到东方的基督教传教士们一样，东方的现实击碎了启蒙主义对东方的幻想。他的桃花源之梦，也是这样碎灭的。

那日本女人，大概也因此而有个碎灭的德国梦吧。

她让西蒙想起了松本芭蕾舞团里那个跳白毛女的舞蹈演员。八十年代松本芭蕾舞团到北京演出，西蒙曾去看过他们的演出。那正是西蒙一生中痛苦的时期，北京大学的留学生活是他人生的分水岭，他在那里渐渐明白了革命与洗清原罪之间的机巧。从那以后，他总是喜欢重复他父亲的话：一个人在二十岁的时候没有参加过革命，他就从未年轻过。而一个人在三十岁的时候血还是热的，他就是个傻瓜。在痛苦的北京，他渐渐感到自己的血凉下来了。他发疯般地想念欧洲。

旋转门外传来海关大钟的《东方红》报时曲。西蒙的记忆一跃而起，这是中国古老编钟演奏的《东方红》。"东方红，"西蒙用中文跟着唱了一句，"太阳升。"这支曲子已经在他耳畔回荡一整天了。"中国出了个毛泽东。"他心里跟随着唱。这钟声听上去有种伦敦大本钟的腔调，很难让西蒙真正相信这是编钟发出的声音。其实是谁的声音似乎并不重要，重要的是《东方红》的曲调响彻在这里。

西蒙1972年时第一次来中国，就住在和平饭店。欧洲左翼学生领袖小组访华，虽然西蒙是个德国人，可他是牛津小组的主要成员之一。当时他就住在一个套间里，就是七楼。但直到这次，他才知道七楼的套间里有一间，是当年尼尔·考沃德住过的，那是个头发上擦着凡士林，脚上穿着香槟矮帮皮鞋的资产阶级作家，他在七楼套间里写的戏，直到七十年代，还在伦敦的剧院中上演。

新中国的旅馆竟然精心保留着欧洲二十年代的奢华之气，这是西蒙做梦也没想到的事。套间里有分外宽敞的更衣间，更衣间里完整地保留着褐色的抽屉，鞋架和衣架。身处寂静的套间，似乎地理大发现时代还未过去。西蒙当时只带了一个小背囊，他将它放进那里，感到自己很孤单似的。

学生小组在西蒙的起居间里开会。他们得到通知，王洪文要来饭店接见欧洲学生。按中国的习惯，第一个与他握手的，应该是学生访问小组的领导。这时，学生们才意识到，成员们来自不同的左翼组织，根本没有一个大家都承认的领导。问题非常严重，在上海是王洪文接见，已有了第一个握手和要在接见时坐在他右手边的位置的问题。到北京是周恩来接见，那个位置因为周恩来，甚至有可能是毛泽东的接见而变得非常重要。所以学生们必须在一开始就解决这个问题。西蒙的起居间里气氛紧张。大家都想当这个领导，但没人真正能让别人甘心退让，后来，决定大家轮流当领导，获得坐在东道主右手边的位置。

在西蒙的记忆里，年轻的共产党人王洪文有些愚蠢和自大。特别是他吃饭的时候，没有基本的礼貌，会发出很响亮的声音。从王洪文嘴里发出的声音，竟然一举击垮了西蒙对革命的精英主义理想。他并不相信文化的革命可以在草莽中发生,并得到成功。这种世界观的基础,当然是马克思主义的,而不是列宁的。西蒙一直以为自己仍旧是个毛主义者,他一直以为文化的革命,可以在古老的文化中发生,比如中国。毛是一个与古老龙文化决斗的勇士,这点上西蒙和达利差不多是同样的观点。

后来,他听到过一种无聊的说法,他听说王洪文不肯请他们吃西餐,是因为他不会用刀叉吃饭。他只肯请他们到上海大厦吃扬州狮子头。

年轻的学生们,中分的金色长发,曳地的喇叭裤,坐在龙凤厅窗前的桌上。阳光从江边薄雾中白亮地闪烁,照亮了整张桌子。桌上放着整张金黄色的维也纳猪排,和洋葱汤。炸猪排的盘子上,烧制着红色的和平饭店标记。旁边是紫红色的甜菜头,配菜。还有削成橄榄形的淡黄色土豆。他也能看见穿着白色卡其立领制服的服务生,他们的制服烫得笔挺,配着蓝色长裤。那是1972年。那时他痛恨德国历史中的重重羞耻,痛恨父母辈对大战历史的缄默回避,他有意用英国化的名字,穿系带皮鞋。他在中国过得挺自在,中国人看到他,只叫他外国人,并不追究他到底是哪个国家的。

西蒙推开椅子站起身来,走到那女人身边,用德语问她是否想要跳支下午的茶舞。"就像最普通的中年人那样。"西蒙说得并不得体,话一出口,连他自己都觉得不妥。他为自己说德语的声音吓了一跳,他这些年来已经习惯说英语了。

但那女人不动声色地用德语简洁地答道:"好。"

西蒙一直住在英国,在英国研究上海道台的历史,和乔伊住在一起。他特意在老家玛堡老城的陶瓷铺里特地定制了一块瓷砖，上面写着"西蒙和乔伊"，将它挂在伦敦家的大门上。它看上去好像塞林格短篇小说集的封面，一个如塞林格小说封面的门牌，是西蒙狂飙的年轻时代最后的纪念。在伦敦安顿下来，他的两鬓已白发丛生。

当西蒙和那个女人在音乐中移动身体起舞时，《莉莉·马莲》已经演奏到一半了。他们只专心跳舞，好像是与自己痛苦而不能忘记的过去跳舞一样。

在这支曲子里，他只是个还没到牛津读书的德国激进学生罢了，他在大街上烧毁了中学历史教科书，因为书上隐瞒了二战的历史，他在集会时喊着"不要相信三十岁以上的人"的口号。他想到，现在他已经六十多岁了。他正置身遥远的上海，他听到了《莉莉·马莲》，一支流连于痛苦中，并紧紧抓住它不放的曲子。人到底为什么要紧紧抓住痛苦的过去呢？西蒙不能解释，但被深深打动。

突然，西蒙感到那女人轻轻站到了他的脚面上。这真是个聪明女人。是的，学生在七十年代曾这样跳舞，那些恋人们，这风气是从西班牙传过来的。大麻令人飘飘欲仙，女人的重量正好能压住飞翔般的双足。西蒙承受着她的重量，比起欧洲女人，东亚女人真是轻盈多了。松本小姐在舞台上掀起了她的白色假发，旋转，旋转，旋转。人民大会堂里飘荡着一股面条气味，是从中国人的衣物上散发出来的，西蒙很容易分辨出来。理想世界正在崩溃，一片泥泞，披着白发的松本小姐还在旋转，旋转，旋转，日本女人脸上那种不同于中国女人的凛冽神情令他印象深刻。现在，那些痛

一、勺子

苦呈现出了诗意。

西蒙在那女人的眼睛里读到了心心相印。西蒙心想,也许应该带这个女人上楼去,化身为她的德国情人,与她做爱。与她做爱,就好像与自己痛苦而不能忘记的过去做爱一样。即使他们做爱,也是因为找到了与那过去相会或是告别的渠道。这样的做爱,更多来自于不可自拔的心灵需要,而不是精力旺盛的生理需要。西蒙从来没有像此刻这般明确地感受到了身体与精神之间这种曲折的需求。

陌生女人在西蒙脚面上只停留了短短几个小节,在乐曲的最后。然后,那女人离开他的脚面,松开手,鞠躬,回到了自己的桌前,一切恢复原状。

西蒙回到自己桌前时,接着喝他杯子里剩下的威士忌,那是美国出产的威士忌,四朵玫瑰。他的上海史学家朋友孟建新则在喝一杯黑咖啡,他那东方人不动声色的脸上浮现着点点笑意。

"一股鸦片气味。"孟建新对西蒙轻声说。

"你又看见什么了?"西蒙徒劳地环视了一下四周,他只看到他们旁边桌上坐着面容相似的三个人,正悄无声息地吃着糕点,那三个人之间一直没有交谈。接着他又看到八角亭下有闪光灯闪电般地亮了一下,又亮了一下,有人在照相。他知道自己是看不见孟建新看见的那些旧景的,尤其无法闻到他总是纠缠不休的所谓鸦片气味,那是上海原罪的气味。

每个人都浸泡在自己的原罪之中。西蒙的脚面上又感受到那个陌生女人的体重。

有个人穿着烫得平平整整的咔叽棉布人民装,左边胸袋里,学着南下干部的样子，别了一支钢笔，一脸的谦恭收敛。他悄悄走进咖啡座来。他在旧皮圈椅上坐下，叫了一壶上海咖啡厂生产的咖啡。一个非常偶然的机会，陪领导出差来上海，他才住进了和平饭店。同事还问，怎么不住家里，他说，家里太小，转个屁股都转不开。当时每层楼的柜台上，凭住宿证供应上海产的香皂和香烟，算是和平饭店内宾的特权。

"清咖还是奶咖？"服务生问。

他猜想这清咖就是清咖啡的缩略语，里面透出一股上海市井的油滑之气。"清咖。"他说。

那是他去新疆地质队后第一次回上海出差，整整十一年之后。他却没回家。要不是有一天在福州路劈面遇到爹爹，家里谁也不会知道他回上海来出差了。

喝下第一口咖啡，他整个人像皱而干的棉布入了水，微微飘荡着平展开来。他终于松开拘谨的后背，向后靠去，陷进吱吱轻叹的皮椅子里。不常喝咖啡的人的身体，对咖啡也会有像对烈性酒那样的反应，意识有些飘移。他的身体竟然经历过极度饥饿后，还能喝到上海的咖啡，这是连胃都不能相信的。身体的反应，与饿得将要晕厥前相似，即使坐着一动不动，也会突然大汗淋漓，心剧烈地跳动。在幽黯的壁灯光里，视野似乎收得窄了，也好像要晕厥前眼前出现的聚焦模糊。

他软绵绵地端起杯子，又喝了一口咖啡。是的，不是昏过去，而是回到了"从前"。

夏工之眺望那个人，他坐在一团暗色之中，恍惚不知所在。甚至这个人，他应该不知道自己是谁。他就是六十年代的自己。

一、勺子

母亲清了一下嗓子,从大衣内袋里摸出两个布包来,放在桌上摊开。一样,是爹爹从前戴在手上的金戒指。另一样,是一把小指长短的银勺子。

母亲将金戒指推向夏农之,说,"爹爹吩咐过,这个给你,我们结婚时,自家银楼师傅做的,刻了我们的名字。"

然后,她将那柄银勺子推向夏工之,"1952年退赔时,你爹爹拼死也要留下这把勺子给你。金条银币当年都退赔出去了,只有这把勺子,是爷爷早年发家时,家里铸的第一批老货。你小时候曾用它吃饭呢。"

夏农之将爹爹的戒指戴在中指上。可是戒指太大,在手指上晃荡,她知道,它就是那枚不祥的戒指。她取下它来,对妈妈说,等回美国后,找根项链来挂在颈上。可母亲马上捋下自己手上的戒指,让夏农之先戴上爹爹的戒指,再用母亲这枚稍小些的戒指挡在外面,使它不至于滑落。

夏工之伸手拿起那只勺子,应该是许久未用了,勺子面上黑黢黢的,却似乎留着些牙齿咬过的痕迹。这是自己小时候的齿痕吗?惊奇淡淡浮上他的心头。透过手指的缝隙,他看到包裹勺子的旧手帕上,有爹爹工整的钢笔字:米奇吾儿。

仅仅这四个字,没有下文。

PIECE.02

桂花酒

这是2007年仲春的一个夜晚。

这是和平饭店的底楼酒吧间。

阿四沐浴在吧台上方的灯光里，觉得自己就像一个演员，站在舞台中央。从前是有些激动而且忐忑的，后来是亢奋而且愉快的，即使老年爵士乐队在吧台对面的舞台上演出，客人们都面向他们，每夜都有人随他们的音乐缓慢起舞，但阿四从来都觉得，吧台才是这里的心脏，酒架上琳琅满目的酒瓶子，就像通向各处的血管。阿四歪靠在吧台上，端详这灯光明亮的吧台，看灯光在各种各样的酒杯和各色各样从世界各地出产的酒瓶上闪烁。吧台外面的店堂里，八角桌一排排向暗处排过去，多年来已被无数客人的衣裤磨得非常光亮的矮背椅面，像雨后的水洼那样倒映着灯光。每次看到这样的椅面，阿四都觉得那上面还保留着客人的体温，就像床上还留着人形与余温的棉被窝。这些都是华懋饭店时代的旧陈设，却也伴随了她三十年。想想，她真是不相信。

更不能相信的是，明天，阿四就要与这一切告别。她想起来，许多年前，老年爵士乐队刚红起来，酒吧里有川流不息的记者来采访。小号手是乐队的发言人，他对一个来自日本的记者发问，一个人二十岁时演奏过的乐曲，到六十岁再次上台演奏，你说这是什么感受？那时她正将几块冰丢进四朵玫瑰牌的美国威士忌里。听到这句话，她理所当然地想，那总是很感慨的吧。那时阿四自己不过二十多岁。此刻，阿四遥望着舞台上小号手空着的座位，想，现在理解了，这种感受原来是一种浅梦中，一边不能醒来，一边又知道自己在做梦般的不踏实。

斜斜地从旁边望过去，吧台上层层叠叠地，都是加冰威士忌

二、桂花酒

酒的杯底，还有啤酒杯底留下的划痕。这张吧台已经用了二十四年，薄板覆盖着另一张也已经用了二十多年的吧台面板，那张从1929年用到1952年的吧台面板。数不清的人在这里喝过酒，鸡尾酒，啤酒，烈酒，葡萄酒，果汁，间或在台面上留下一道非常细小，无伤大雅的划痕。有多少条是自己这些年来留下的？

吧台男同事的白衬衣没有烫，布料又薄，里面的身体，正用江南男人最舒服的姿态含着胸，塌着腰。不过，他双手非常灵巧地干着活，刷杯子，冲干净，放到消毒水里浸一下，再冲净，擦干，擦亮，吊到酒杯架上，一气呵成。

同事们这种懈怠的姿势，阿四年轻时候曾经不适应，因为父亲不论何时都是一丝不苟的。阿四高中毕业，便顶替父亲进和平饭店工作。她记得父亲即使是退休在家里，也是每天早晨打扮得整整齐齐，才坐到客堂间的八仙桌前喝茶。即使他不穿烫得笔挺的白咔叽布制服了，还是一坐下，腰板笔直的。现在她早已适应了，这是她这一代和平饭店侍应生的标准形象。不过，父亲那一辈的传统在男同事们的头发上得到完美的延续。他们对头发仍很重视，规矩的三七开发式，用凡士林发蜡在头发上梳出梳子细密清晰的齿痕。他们身上既有1956年开张的老牌国营饭店的倦怠傲慢，也有1929年开张的远东豪华酒店残留下来的摩登遗风。

三十年以后，阿四觉得这样身体懈怠，头式讲究的腔式最亲切，她自己也歪靠着，她自己的衬衣也没烫。

和平酒吧里的调酒师们都有些矜持，即使坐在吧台上的客人，他们也不会主动搭讪。但要是客人想要聊上几句，他们也会散漫地应和，手里一边丁丁当当洗着杯子，或者戳开冰块，或者开啤酒瓶，或者往玻璃小碗里倒一份花生米，或一份玉米片。他们下手总是恰到好处，不多不少。这些人虽然都出生在普通人家，但他们好像旧式美人那样，自然而然地端着架子。这种心劲与和平饭店有关。他们见识过不同于朴素黯淡现实世界的奢侈建筑，炫耀的设计，老式的处世方式，这一切给了他们某种卓然于众又安守本分的身份感。长久以来，能在和平饭店工作，是这个人在政治上被信任，经济上收入丰厚，相貌上又仪表堂堂的象征，处处提着一股气做人，也是理所当然。

饭店马上就要歇业大修。预计要修上两年。两年以后，正好她五十岁。虽然没人跟阿四明说，但她自己猜度，就算两年后，来接手饭店管理的外国人肯消化掉老员工，像现在上头许诺的那样，自己也不会再回到这个位置上来了。于是，酒吧歇业的那天，实际上就是她退休的那天。

酒吧今夜已是最后一天营业了。

阿四还真没想到退休。十七岁时第一次穿上一件黑色西装马甲，戴上一只黑色领呔，站在酒吧门口。那天没人教她如何站，如何迎客人，她站在那里，惴惴然想起父亲的样子，马上挺直腰板。这情形历历在目。那时阿旺才多瘦！阿四认识他那天，他就喜欢含胸塌腰地站着。他白衬衣里空荡荡的，好像是直接挂在衣架子上，因为脖子太细，一只黑色的呔总是歪在领子下方。似乎他一生都不穿烫过的白衬衣，他说烫过的的确良布不跟身体。

有人身体前倾，踮着些脚尖，轻轻摇晃着肩膀走进来，看样子，是夏先生回来了。阿旺走到亮处去招呼他。夏先生是个长住

二、桂花酒

在香港的上海人,八十多岁了,还梳着一只飞机头。他每次回上海,都会带他少年时代的女朋友一起来坐。他少年时代的女朋友是个娇小的老太太,她叫爱丽丝,据说她至今仍能穿下三十岁时候定做的薄呢裤子。有时他们跟音乐跳几支舞,虽然身体老了,像麻将牌一样,但舞步依然很健,还保留着一些四十年代的花哨和古董气。

正对着乐队的位置,阿旺早早放上留座的牌子。阿旺此刻领着另一拨客人过去,他周到地拉开椅子,眨眼间,他顺手点亮了桌上的蜡烛,还轻轻放下了玻璃罩。那是早已退休了的总经理来了,他身上那套铁灰的西装一定还是早先在培罗蒙订做的,阿四还记得他穿着这套衣服与贝拉·维斯塔的女宾跳第一支开场舞,那时这套西装在面子上一点也不坍台,现在看上去,却是裁剪土气老朽了。阿四明白,总经理即使退休了多年,也总是想来告别一下的吧。当初这间酒吧还是在他手里走上正轨的呢。听说这里五十年代后就是一间租出去的,充满机油味道的修车行。

阿旺现在已八面玲珑,怎么也看不出他是退役后,分配到和平饭店工作的义务兵。他能一边为日本客人记录点歌的序号(日本客人最喜欢点歌,经理什么样口音的日本英文都能听懂),同时照顾正准备点鸡尾酒的客人。即使是最昏暗的角落,他也能一眼看出客人能不能喝酒,会不会喝酒,懂不懂威士忌不同的口味。同样点鸡尾酒,客人有不同的口味,看一眼就猜出客人的地位,身份,情绪和爱好,这样迎合了客人,又不会浪费。

阿旺是高级调酒师,要是他亲手调制鸡尾酒,会带出一点四十年代上海酒吧的余味:鲁莽而兴致勃勃的,好像一个激动不安的少年。1980年领他入行的师傅，是前锦江饭店酒吧的金师傅。阿旺上台面调酒时，阿四才刚进酒吧间，只能送送花生米，收收酒杯，迎迎客人。那时他在阿四眼里很老派，简直好像从历史书里掉出来的人物。直到现在，阿四歇下来时，还是喜欢看他招呼客人。他有种酒吧灵魂人物的气派，就像一根调酒棒，能将一切搅和在一道，融融一堂。早先他的手粗壮，与瘦削的身坯不合比例。如今他在昏暗的店堂里优游穿梭，就像一条鱼缸里的热带鱼，或者像一个终日混在酒吧里，落拓却不掩一股风流气的公子哥儿。

接着，灯影里走进来一个老人，他是老年爵士乐队的成员，拎着一只黑色的包。父亲那一代人走向自己的工作时，就是这种庄严而谦卑的姿态。父亲这代人特别在走路上向外国人看齐：外国人走路，不怕踏死蚂蚁。阿四想起父亲的语录。

不一会，爵士乐队的老人们陆续到齐。二十七年来天天晚上都是这样。一架钢琴，一把小号，两把萨克斯风，一个贝斯提琴，还有一只爵士鼓，一共六个老人。不知为什么，酒吧里的人都管他们的演奏叫"敲"。也许因为敲爵士鼓的程先生给人的印象太深，那响亮而拖沓的鼓点夜夜八点准时响起，没有周末和休息天。当年在乐队里，敲鼓的是程先生，吹小号的是周先生。后来，程先生过世了，周先生吹不动小号了，渐渐最早的乐手都换为新人，但乐队的歌单依旧，夜夜都是一样的老歌，这些年来阿四已听得烂熟，比小学时背过的乘法口诀和毛泽东的老三篇还熟。

钢琴奏出《慢船去中国》的引子，阿四听出来，琴弦声音松弛，应该请刘师傅来校正了。刘师傅是从上海乐器厂退休的校琴

二、桂花酒

师傅，他的电话就抄在纸上，贴在吧台后面的墙上。但大家都没去叫，很快就要关门，大家都松懈了。

阿四五岁那天的夏天，被父亲带来饭店上暑托班，那是她第一次见到和平饭店。然后，父亲退休，全家人在父亲工作了一辈子的龙凤厅吃了顿饭，一方面庆祝父亲退休，另一方面庆祝阿四顶替父亲进了饭店。转眼，父亲去世了，父亲的徒弟也退休了，转眼，自己也在这里工作了一辈子，也要退休了。退休好像是梦里发生的事，但阿四连做梦都没想到过饭店会歇业大修。她心中根深蒂固地觉得饭店是至高无上的，也是万寿无疆的。

这种孩子气的信念，来自阿四暑托班时代的印象。在阿四小时候，和平饭店为职工子弟办过几年暑托班。她永远也忘不了楼上那些门厅，它们像戴在颈上的珍珠一样温暖而光耀。门厅后面就是通向客房的长长走廊，那里悄无声息。壁灯一盏接一盏，一直通向深深的尽头。那金黄色的灯光是那样均衡沉着，阿四从来未在其他地方见到过这样的灯光。这里是整个大楼唯一完全听不到海关钟声的地方，安静得耳朵嗡嗡叫。第一次父亲带自己从暑托班教室到龙凤厅父亲的厨房里去的时候，阿四跟父亲穿过饭店，她紧紧捏着父亲的手，被这迷宫一样神秘而安稳的地方吓住了。

父亲就在餐厅拐角大红门里的厨房工作。厨房的大红门上装饰着擦得黄澄澄的铜片，花纹很复杂，他穿着白制服，戴着一顶高高的白帽子，气度非凡。阿四紧紧握住父亲肥大的食指，心里真是骄傲极了。

今天阿四下午上班时，特意到饭店上上下下走了走，算是告别。在龙凤厅厨房门口，眼睛一闭，父亲当年站在那里，威风凛凛的样子就浮现在眼前的黑暗之中，从前心中的骄傲也浮现了。

阿四年少时，正是中国全面封锁的时候，市面上连黄油都少见，更不用说西餐厨艺变化的消息。淮海路上的西餐店大多改成馄饨店，可父亲侥幸在和平饭店工作，西餐材料虽然短缺，但西餐厨子他十足做了一辈子。

后来，欧洲左翼学生小组来上海访问，到西餐厅吃饭，炸鱼排，给他们上了辣酱油，哪知那些外国人大大惊奇，争着与辣酱油合影。父亲才知道这只调味品如今在欧洲已是古董，餐厅大都换了新口味。他观察了好几天学生们的口味，发现他们的口味发展得更粗糙，更简单了，吃法式炸土豆块时，他们也从不要求用迷迭香粉调味，普通番茄沙司就能对付了。而父亲的师傅曾特意说过，用罗斯玛丽粉做炸土豆块的调料，是法国北部典型的口味，就好像江南人吃生煎馒头要蘸米醋。父亲的看法，是自己也许落伍了，这几十年，上海的西餐厨子已是井底之蛙，苦苦挣扎求生，不知世上已千年。父亲先是失落，很快就转为好奇。他辗转听说美国炸鸡现今最时髦，那种炸鸡叫肯德基家乡鸡，配方是保密的。父亲说，什么保密，只要让他吃一次，他准定能报出配方来。

父亲是个通达又实在的人。

美国总统访华，在锦江小礼堂签订中美联合公报。紧接着，法国总统和日本总理也来访问上海。他们对上海还有人能烧出四十年代口味的西餐影响深刻。外滩，夜色中的情人墙，旧饭店里热乎乎的西餐几乎成了历史的活纪念碑，也是中国与西方仍有一息

二、桂花酒

相通的证据。在《参考消息》翻译成中文的外电报道中,北京清晨街头洪流滚滚的脚踏车阵和上海外滩旧楼里的法式西餐,都是中国奇观。

虽然只有寥寥几句花边新闻,但上海人马上悟出了地点和人物。很快,红房子的虾仁杯和烙蛤蜊,与和平饭店的牛排和法式洋葱汤风靡民间,瞬间达到它们空前绝后的高峰。红房子的俞司务和和平饭店的容司务被时代造就,成了七十年代上海最出名的西餐厨子。怀旧和时髦混为一体的人们,穿着肥大的蓝布衫,到红房子去吃俞司务的烙蛤蜊和火烧冰激凌,但和平饭店他们进不来,直到八十年代后才开放给公众。这些人常常打听好父亲掌厨的时间,特地来吃法国总统戴高乐吃过的洋葱汤和沙朗牛排。

父亲的人生就这样出其不意,突然盛开了。阿四在中学里,英文老师都笑眯眯地教她造句: You are a lucky girl。老师以为阿四在家里天天吃大餐。其实老师不知道,虽说父亲是有名的饭店大司务,但家中日常的饭菜一向是母亲做的。父亲谱很大,要厨房地方够大,家什够好,又要材料够齐全,打下手的人顺眼顺手,所以,家里安在走廊里的厨房,父亲轻易不停留。这是父亲的骄傲,母亲一生都维护着它。

父亲退休得极为荣耀。餐厅出面,特意请容家人来这里,正式吃了一次全套大餐。父亲从前的徒弟改行做了侍应生,那时已经是餐厅领班了,那天他亲自服务。他手腕上搭了条洗烫得纹丝不皱的雪白大巾,笔挺地站在椅子后面,递盆子,加酒水,努力收着发福的大肚腩。1972年为欧洲左翼学生访华小组服务,他们就已经是搭档了。

那天一班年轻侍应生站在后面观摩。那些年轻男孩虽说也穿着黑色西式制服，但却举止松懈，好像一群企鹅。领班低声讲解要领：“看清爽了，将胸挺起来，但不要将肚子一起凸起。腰要弓一点，这样显得恭敬，但不好塌下去。看清楚，将眼神放在手里的生活上，不要四下乱张。看清楚，送菜时身体这样侧过去，从客人的身后送，不要像块门板挡在客人面前。”

　　父亲进厨房做了他的全套看家菜：洋葱汤，虾仁杯，美国沙朗牛排，焦糖布丁。脱下高帽子，父亲一头茂密的花白头发，整理得一丝不苟。他穿着特意浆洗一新的厨服，满面红光。一家人吃到父亲做的全套西餐，这是唯一的一次。

　　吃完饭，一家人围在桌前拍了全家福，全家人个个都是满面红光。

　　阿四一直觉得，这才叫光荣退休。

　　从龙凤厅，经过装饰着拉力克玻璃灯罩的走廊，阿四去看了看和平厅。和平厅在歇业前的最后一周就已停止预订。虽然红色的丝绒幕帷都还像原来一样挂着，拼花地板也像从前一样油亮油亮的，但不知为什么，大厅的回声听上去那么空旷和辽远。当年贝拉·维斯塔舞会时，一百六十位客人的晚宴，也是沙朗牛排和洋葱汤。父亲当年已经退休了，又被请回来帮忙。阿四也被借到楼上餐厅帮忙，她负责倒酒。看到服务生们托着父亲做的牛排，笔挺地鱼贯而来，她觉得真是骄傲。

　　阿四听到大门敞开的大厨房里有说话声。

　　一个愤懑不平的声音说，"前天厨房里的人都走光了。一句话也没有，连再见都没有。就来了个人，宣布说：明天你们不用来了。

二、桂花酒

就这样,心寒哦?"

另一个阴阳怪气的声音说,"心寒啥?这就是和平饭店。你以为还会如何?想当年,他们从外国人手里抢过来的时候,不也是将人家赶出门去算数?所以后来开博物馆,什么也找不到。真正活该。"

这些天来,饭店里的各个部门都在陆续关张,四处都可听到这种牢骚,国有企业本来就牢骚多,遇到这种时候,当然就更多。阿四想,也许等今天营业结束后,也有个人过来吧台对自己讲同样的话。也许今夜阿旺也会狠狠骂上一回。要将阿旺逼急了,他那张嘴也会像粪坑一样脏话四溅,花样百出。只有那时,他早年的经历才会像复写纸上的痕迹一样显现出来。

阿四发现自己心中没有什么抱怨,遗憾却是有的。她遗憾自己终于不能与父亲比,和平饭店的酒单上,竟没有一款鸡尾酒是自己创造的。

阿四眼帘往上一撩,她明亮的眼睛好像颜色幽深的水底浮起的鱼脊,闪烁着明亮的天光。眼睛热乎乎地亮了起来,将整张圆大的脸庞照亮。她喜气洋洋地招呼走上前来的夏先生与爱丽丝,一边伸出白胖厚实的手掌来,翘起雪白的小指,用食指与中指将吧台上细细地一抹,发牌似的排出两张杯垫,端端正正放在老人们的面前;再拿出两只玻璃杯,给他们尝酒用。这是老客人的待遇,偶尔来喝杯鸡尾酒的客人,只能靠运气,才能喝上对口味的酒。

"这趟夏先生回来得巧不过,再晚一歇,我们这里大概就停止营业了。"阿四说着，返身去拿苏格兰威士忌出来，老先生最喜欢这苏格兰威士忌里的泥炭熏烤过的味道。她将酒瓶转到有商标的一面，给他过目。

"这次夏先生就不要自己开瓶了吧，喝不光浪费的。"阿四顿了顿，轻声说。她转脸又对灯影里的爱丽丝说，"我们要停业了，所以平日里藏着不舍得用的桂花陈酒，现在倒都放开用了，你也是运气好。"爱丽丝窄小白皙的脸好像一只气球般地，在暗影里浮动着，笑意飘拂。她喜欢喝甜的，喜欢用大红的唇膏。这些年来她好像是住在保鲜膜里，一点不变。

"这次算是特意回来的，只怕你们已经歇了。"夏先生说。

"那么，照牌头，先来一杯和平饭店，一杯上海？"阿四笑问。

"嗳。"夏先生答。

"看见阿四，心里最豁亮。"爱丽丝笑眯眯地望着阿四说，"阿四越长越福相了。"

"老了呀。胖出来了。"阿四笑着用手背磨了磨腮边，说。

"从前我外婆看媳妇，指定要下巴厚嘟嘟的人，福答答的。其实就是阿四这种面相呀。"爱丽丝说。她外婆家的祖上是清末上海滩上有名的大买办，但此后的世世代代，都是吃喝玩乐的专家，一直玩到山穷水尽。夏先生与她相识在一个同学的家庭舞会上，夏先生家里有祖传下来的金店，由家族里的大人管着，家世富而不贵，好在年轻人就是聚在一起玩玩而已，其他都不用太计较。说起来，那时他们都还是高中生，只晓得听爵士乐，跳水兵舞。后来解放了，夏先生的父母害怕，便宜出让了股份，阖家搬去香港。

二、桂花酒

爱丽丝留在上海。直到八十年代,夏先生才敢回上海来探亲。爱丽丝的丈夫早已在1957年自杀了,他们这才又来往起来。

这些年,每年夏先生回来,就约爱丽丝一起来这里喝一点酒。有时开上一瓶酒慢慢喝,每次的剩酒就存在酒吧架子上。待气氛和酒都调节好了,身体也舒适了,夏先生就请爱丽丝就着乐队的音乐跳几支舞。跳舞的技术,就像骑脚踏车一样,学会了是不会忘记的。所以,跳到圆熟了,少年时代脚下花哨的美国风,就好像醒过来了一样,不由得自己不生龙活虎。那时候,夏先生心里总是想,这情形才叫不知今夕何夕呢。

"上海啊,真是变得越来越不认识了。"夏先生叹了口气。

"往后越加不认识了。"阿四说。"我们将来归费尔蒙特集团的外国人管了。不过,外国人大概总管得比我们自己好。听领导讲,费尔蒙特是世界上数一数二管理古董酒店的大公司。最好这次我们和平嫁对一个人。"

爱丽丝笑了笑,没出声。看阿四的样子,对饭店的将来好像嫁女儿的娘一样担心。"其实,这种事,一介小民如何管得了呢。外国人在外国倒是可能不错,一来中国,两天就变坏。"她说,"我家孙女教外国人中文,教一个澳大利亚人。问他会说什么,那人说,会说小姐漂亮。你想想他是在哪里学来的。"

一杯和平饭店,琥珀色的鸡尾酒。一杯上海,金黄色的鸡尾酒,都是这间酒吧的特色酒,别处喝不到。阿四倒酒,加冰,搅拌,滤出,不用谢克杯,不用量杯,只不过两分钟,就做完了。

阿四的动作又轻巧,又利落,又本分,没有阿旺做酒时利落里带着点卖弄的意思,平稳妥当,让他们格外喜欢。夏先生又叹了口气："阿四哪能会那么旧气啊。"

"旧气"是夏先生夸奖人的话。他想奚落某人，才说他崭崭新，像新瓷器那般贼光雪亮。阿四的利落让他想起小时候在上海，被家里人带到华懋饭店吃冰激凌时看到过的那些服务生。那些人在遥远的记忆里统统是黑发锃亮，衣服雪白，胳膊上搭一块浆过的大巾，上面一丝皱褶都没有。那种殷勤和精良，就是他心目中理所当然的世界。夏先生说，后来去香港，满街都是赤脚穿木拖板的人，简直要哭出来。

爱丽丝总说，要是看到赤脚穿木拖板的人就要哭出来，那么，自己眼睁睁看着华懋饭店还开着门，但进不得门去，她这几十年只好哭死了。她喜欢看阿四的利落和殷勤，是阿四能让她想到小时候在佣人殷勤照料下的无忧无虑，无心无肝。看到阿四，她就又变回翘课去跳舞的不良少女。

说到这些，夏先生总是拍拍爱丽丝的手背，表示理解："我那五叔叔，留在上海的那一房，当初以为自己门槛精，从我们家这一房出让的股份里贪到便宜了，后来'五反'，一夕之间家产悉数充公。五叔叔是多少时髦的人呀，圣约翰历史系毕业，家里最早用人造革椅子，后来落魄到抽根香烟，都要将烟屁股积起来再利用的。当真是触目惊心。"

就这样扯着闲话，一杯酒，两杯酒下肚去了，《月亮河》的音乐一起，他们就不说沧桑了，只下去跳舞。

夏先生与爱丽丝，每次只要来酒吧，就找阿四调酒喝。看上去好像是老客人的依赖，其实，他们心里，将本该当做孙女辈的阿四，当成自己的长辈般的，好像他们在阿四这里可以被照顾，又可

二、桂花酒

以默默地向阿四撒娇。他们每次都喜欢阿四伸出白白的，厚实的手掌，将他们面前已经干干净净的台板再细细抹上一遍的样子，这样子让他们觉得那么可依赖。只是他们从来都没有说出来过，私下里也是心照不宣。

阿四打开水龙头冲干净调酒棒。她说："不晓得等饭店修好，新酒吧开张，你们还喝不喝得到这两款鸡尾酒。外国人来接管，不一定看得上我们现在这种酒单呀。"

"想这么多做什么，今朝有酒今朝醉呀。"灯影里，夏先生的头皮在稀疏的头发里闪闪发光，上面尽是发蜡。爱丽丝只管笑眯眯地啜着琥珀色的液体，桂花酒果然又甜又香，像从前保姆擦在头发上的桂花油。爱丽丝小时候的保姆也长着一个像阿四这样敦实雪白的下巴。

"调酒师有时会那样，"爱丽丝说着比划了一下调酒师抛起谢克杯，再反手从背后接住的样子，"是什么酒要这种摇法？"她问阿四。

"那是花式调酒，摆噱头的呀，像演杂技一样。没有什么酒要这么花哨的。"阿四笑。"酒吧里有时需要调节气氛，这么做，客人哄起来，气氛好些。阿旺年轻时候喜欢这么做，男人们喜欢做这个，女调酒师一般都不做的，太武腔了。"

"看我真的洋盘，看了一辈子，也不知道这样为什么，只以为别人家点的鸡尾酒一定高级，要这样调法。"爱丽丝笑着轻轻飞了夏先生一眼，说，"那次还是与姐姐一起去的，淮海路的一家白俄酒吧。我们都还是中学生，也不好好读书。"

"我们生错了时辰，好好读书也没什么用处的。"夏先生说。

"我再多加一点点桂花酒，做个改良的给两位试试？"阿四突然笑盈盈地对老先生建议，"口感柔和些，心里会舒服些。有时候甜酒好呀，心里哗啦一记，就松下来了。"

"今天我面子介大，阿四专门为我们调新口味了。"夏先生笑了。他想，阿四一定是发现自己情绪低落了，这是个细心体贴的服务生，现在的上海真是难得有这样真心实意的服务生了。他在高凳上扭动了一下身体，坐直，换了个姿势。夏先生觉得自己老了，心变软了，常常容易感伤。他看看爱丽丝，她娇小的样子纹丝不变，她比他要不动声色多了，到底是在上海生活了一辈子，经历得多。何况，到了晚年，本来女人的心肠就比男人更硬了。

阿四小心翼翼调好，给夏先生换上只干净杯子，说，"尝尝看，口味合不合？"她抿着嘴唇，看住他，随时准备再修改。

老先生抿了一小口："似乎甜润些了。不过还有一种香，好像不是桂花酒的那种香。"

"里面还加了一点点樱桃甜酒，一点点，颜色好些，口感也丰富些。"阿四解释说。

爱丽丝也尝了尝，夸奖说舌头上很清爽。"我倒是更喜欢这一款。"她说，"我不喜欢烟熏味道的，好像从前老城厢的气味。"她在老城厢的中学里做过多年的英文教师，怎么也不喜欢那里。

阿四点头笑道，"从前发明这一款配方时，全上海的威士忌酒都是英国货，我们那时叫这酒黑方。这个用英国货的方子，就一直用下来了。今天我用四朵玫瑰给你们做来尝尝的，这是美国酒，夏先生也换个口味么。你们是老客人，我才敢改金师傅的配方。"

"果然更好些。"夏先生在舌头上慢慢滚着酒，一边点头。见

二、桂花酒

阿四心满意足地望着自己,那宽大的脸庞后干干净净挽了一个发髻,很像儿时自己的母亲。他便补充说,"从前的烟熏之气化为清秀清淡,好像口味上返老还童了。"

"那么这款酒,可叫作'别了,和平饭店'。"夏先生嘴上这么说,心里却想,其实自己想喝的,还是老口味,什么都不要变才好。但是,见阿四这么兴致勃勃,他不好意思说出口。他喜欢喝英国威士忌,就是喜欢那泥炭味道里的沧桑粗粝,这样加上桂花酒带着江南小家碧玉式的清甜,才味道浓郁。

阿四笑着"啊呀"了一声,"我哪里敢自己做一款酒出来?就是做出来,也晚啦。今天阿旺说过啦,人家说铁打的营盘流水的兵,我们此地是铁打的酒吧流水的服务生,我们即使退休了,酒吧总是长长久久的,你们以后也要来帮衬我们酒吧的呀。外国人来了,总归是更加国际接轨了的。说不定酒单上内容更丰富了呢。"

夏先生说,"我哪里需要在上海喝玛格丽特和血腥玛丽?别的地方到处都是呀。上海要同国际接什么轨?又不是东方快车。其实只要好好做自己,比什么都好。这种接轨的话,一定是没见过世面的人想出来的。"

说着,阿四把酒正式做好了。最后,她手指尖尖地从樱桃罐头里拎住一只樱桃的长柄,拉出一只红通通的樱桃来,插上一根牙签,沿着杯沿轻轻一放,樱桃便滑进琥珀色的液体里。灯下的酒,因为有了樱桃的红色,颜色变得华丽起来。

阿四将三角杯又轻又稳地放在杯垫上。"看看这颜色,还有什么闲话好讲!"说着,阿四将拔得细细长长的眉毛轻轻向上一挑,带起视线,那一眼,既谦恭又骄傲,喜滋滋的:"别了,和平饭店。夏先生将名字都起好了呢,算是今夜的新鸡尾酒,以后放在酒单上去。"

"还是叫'阿四'更好,这可是阿四自家调出来的私房鸡尾酒啊。"爱丽丝伸手拍拍阿四温暖厚实的手背,"阿四这样贴心的酒,以后我们怕是喝不到了的。"

"以后我们只好去喝那种满脸精明的年轻人调的酒了。"夏先生说。"现在上海年轻小姑娘的脸相很有兵气,我告诉你,现在全世界都少有这么无情无义的面相。"

"那我吓也吓死了。"爱丽丝缩起肩膀,像她的小狗那样吊着双手哆嗦。

阿四笑着摇头,"没这么吓人的,放心好啦。"她眼睛里本来柔和的光芒突然变得雪亮坚硬,夏先生知道,那是她的眼睛里有了薄泪。果然,阿四抽了一张面纸,在眼睛上按了按,一边清脆地笑出声来:"哦呛,笑得我眼泪鼻涕都跑出来啦,不好意思哦。"

夏先生想,等下一定要给阿四包一个红包。

"放心吧,天不会塌下来的。"爱丽丝喝干了自己杯中的酒,将樱桃送进嘴里。这种糖水樱桃,又浸在酒里,多了酒精气味,一点也不好吃。但爱丽丝却一下一下慢慢嚼着,吸吮出已变得像软塑料似的果肉里的酒气,这是她的习惯。所以阿四总体贴地在她的杯子里放两只樱桃,这次也一样。

"我曾经为《新闻周刊》采访过这支老年爵士乐队。那时还是最早的一批人,现在你们看到的已不是原汁原味。最早组成乐队的六个人都是二十来岁时,跟在上海的菲律宾乐队一起工作的

二、桂花酒

上海人。大战结束后,东南亚一带的音乐深受美军远东电台音乐节目的影响,所以他们的传统曲目,其实是美国唱片的翻版。演奏的风格,是当时菲律宾的热带风格!上海其实处在东方的末端,它并不是直接接受西方世界的影响,音乐上更多透过菲律宾的乐手,思想上更多透过日本的翻译书籍。甚至它当年的租界形态也不是标准的殖民地形态。"强生几乎不翻动嘴唇,但却说得极快,生怕别人插话打断自己似的。

"不不,乐队成员在历史上与华懋饭店没有联系。但他们自己说,他们离开这间酒吧,乐队不会有这么大的国际影响。但酒吧离开他们,也不会有什么精神上的魅力,他们是彼此高度依赖的。1996年,《新闻周刊》颁给这间酒吧最佳酒吧奖,与我的发现大有关系。你们中有没有人记得当年风靡一时的Buena Vista Social Club?这两个乐队差不多在同一时间成立,又隔了四五十年,突然红了。红色背景下产生的爵士乐,都是他们的最大卖点。

"你能想象吗?他们以为自己的价值在于,他们为国家创造了非常多的外汇。这是前小号手亲口告诉我的。他当时是乐队新闻发言人。"

乔伊没听他在说什么,她只是挑衅般地盯着他的嘴唇。他身上有种英国人强势攫取殖民地一切的本能反应,她憎恨这种势不可挡的强势。连一个没落老酒店附属乐队的解释权,也要紧紧抓在手里。她知道,不要看那嘴唇薄得几乎是一条线,但比厚嘴唇更有力,真的吸吮,会在脖子这样柔软的地方留下瘀斑。酒吧光线黯淡,东方式的幽暗中有种与欧洲不同的神秘与危险,乔伊每次来到东方,都感受到这种内在的沉重与凋败。乔伊想起高地门高中时代令她又恨又怕,永生难忘的薄唇。她想,也许他现在正是如此长相的,滔滔不绝的中年人。后来她的心理医生断定,这种憎恶来自爱慕。乔伊并不相信心理医生,常常她去与他们谈话,只是寻找一种编故事的特殊视角,一种专业交流。但是她却相信这一分析。不过那种爱慕与其说是亚当与夏娃式的,不如说是巴别塔式的,由语言带来的障碍引起的占有欲。

乔伊坐在长桌的另一头,她最喜欢占据的位置,很方便打量桌子两边的作家们。他们中有澳大利亚来的诗人,美国西海岸来的华裔作家,还有住在英国的南亚作家,好像她一样,口音里有比苏格兰人地道的伦敦口音。还有住在香港的印度人,和住在斯里兰卡的英国人。那个英国小说家已有七十岁了,穿着一身皱巴巴的白色亚麻便服,配了一顶扁扁的草编凉帽,是标准的殖民风格。亚洲各地举办的这种英语文学节,能遇见的作家也是大同小异的,他们大多代表着英语文学的混血特征,所谓后殖民时代的声音。

乔伊并不喜欢这种亚文化的文学节,但她自己就是这样一种作家的代表人物,她摆脱不了这种身份。自从她的作品被类型化后,她就总是被英国文化协会送去世界各地演讲,去各种大学做驻校作家。与在剑桥国王学院毕业的其他写作班同学不一样,她虽然写得好,但却作为一个后殖民文学的代表作家成功。乔伊觉得自己心中其实是失望的。

边缘雕刻着几何花纹的八角桌上放着数十杯"和平饭店"。这第一杯酒是文学节赠送给大家的欢迎之饮。今晚,参加英语文学节的各国作家们都陆续住进了和平饭店。每人房间的桌子上都放好了文学节的活动日程。第一项便是当晚十点,大家在酒吧里

二、桂花酒

小聚。正在说话的强生，是文学节派来招呼作家们今晚的酒叙的。每个人的酒杯前，都有一小块泛着白色的纸片，那就是强生派发给每个人的名片。他号称是本地人，长住上海，甚至开了一家专题旅游公司，他的公司叫"我的上海"——服务于曾是侨民的家庭后代寻旧，深层旅游的游客探访旧日租界遗迹，著名建筑专题一日游，以及英语电视台与报纸的采访顾问及咨询服务。

"我在上海已住了十多年，太太做的无锡菜太地道，我常发现自己的脸长得越来越像中国南方的人。大家一定已经知道，食物的确是可以改变人的面容的。

"我们家每年圣诞节时回苏格兰老家，倒处处觉得有距离，要过两三天后才会真正感到落定。我太太则正好相反，虽然她回中国前，已经在英国生活了十年以上。现在对离散状态有真实感受的人真是越来越多了，世界的融合与离散成为最大的母题。

"我家现在住在一栋1929年沙逊洋行盖的老公寓中，四间卧室的那种。1940年初的时候，我家的房子曾经是欧洲犹太难民的避难所。我已在上海出版的犹太人报纸上找到当年的犹太女孩子们在我家厨房里学烤面包的新闻照片。现在，那张照片就挂在我家厨房桌子上方的墙上。实际上，我也定期开放我家，接待来上海访问的预约游客。"强生飞快地说。

"你说中文吗？"乔伊突然问。

"不。"强生干脆地否认。他显然明白乔伊的所指，"海事时代的殖民者通常都不学习殖民地当地的方言。"他似乎很习惯乔伊的好斗，他冲被桌上的酒精灯光照亮的乔伊黝黑的脸微微一笑，缩起双唇，朗声说，"我们夫妻都希望孩子们成为双语者，所以我不说中文,她不说英文,我们的孩子必须用两种语言作为他们的日常用语。我们不是排斥,而是要融合,这是后殖民时代的特色家庭。我亲爱的乔伊,殖民时代早已过去了,现在是后殖民的时代。"

"你真这么想?"澳大利亚诗人缓缓地问了句,他看了乔伊一眼,说,"现在,后殖民的概念真是万用宝典啊,乔伊。"

他和乔伊一起,上飞机前刚在贾拉福特酒店的回廊里开过朗读会。

他朗读一首写老酒店的诗。

她读的是她的第一个长篇小说,也是奠定她后殖民文学地位的唯一一部长篇小说。她写一个孩子如何在伦敦经历了远在斯里兰卡的祖父生病,病重和病死的过程。她从未见过斯里兰卡,也从未见过祖父,整个斯里兰卡的故事,都是通过在深夜骤然响起的电话铃声传达过来的,由于时区的差异,从斯里兰卡来的电话总是在她睡梦中响起,暗夜里,父亲说着奇怪的语言,连声音都变了,好像是另外一个陌生人。

到了白天,太阳照耀着高地门的街道和公园,好像另一种生活。这个孩子穿过公园的山坡去上学,好像夜晚发生的事是一个反复发作的梦,一个最遥远飘渺的血缘的死亡。

在这孩子的感受里,地理是漂移着的。

"地理是漂移的"。这是乔伊对后殖民文学贡献的一句口号,好像早先的托尔斯泰为俄罗斯文学贡献的"幸福的家庭是一样的,而不幸的家庭各有各的不幸"。

乔伊笑了笑,拿起酒杯来,"叮"地与他的酒杯碰了碰,然后

二、桂花酒

说,"区别在于有的感受是出自血泪的经历,有的却是来自对别人感受和思想的再次掠夺。这种掠夺,将与欧洲人不同的殖民感受从世界的主流思潮中分离出去,解释为一种新的异国情调。这让人想起十九世纪欧洲的马戏团在各地展出非洲人和南亚人。这可真令人恼恨。"乔伊心里知道,自己这种不快由来已久,每当参加文学节,这种不快就会像她的胃痛一样旧病复发。这个上海的强生,不过是一个临时出气筒。

"听强生说,这间酒吧今天最后一天营业。强生闻到了某种气息,跑去小号手那里点了支歌。向乐队点一支歌,要额外支付三十元钱,因此顺带向老人们证实了这条消息。"澳大利亚人说。

乔伊挑起眉毛笑了笑,"好身手啊。他该为《太阳报》工作才是。"她说。

强生此刻在说他为《CHINA QUARTERLY》写远东殖民酒店的后殖民符号,包括印度的泰姬玛哈酒店,香港的半岛酒店,新加坡的莱佛士酒店,曼谷的东方酒店和上海的和平饭店。他想要讨论的是这些旧殖民符号的后殖民性。"时至今日,这些酒店仍旧著名,并不是它们特别舒适,而是它们特殊的身世。殖民时代早已过去,正因为当地人对这段历史念念不忘,这些酒店才会像明珠一样被保留下来——当殖民者们早已进入全球化的时代,殖民地人民还在对海事时代的念念不忘之中,这是当今世界最大的时差。"强生一口喝干了手中的酒,在口中响亮地弹了一下舌头,说,"这酒今天甜得过分。"

乔伊不由地也啜了一口自己手中的酒,名叫"和平饭店"的鸡尾酒,她舌头上也觉得太甜厚,她不甘心,再尝了一口,似乎不那么甜了。乔伊想，真的没那么甜。

"我在想你下午读的那首诗。"乔伊转脸对澳大利亚人说，"不是给《CHINA QUARTERLY》的提纲。一首老诗。那首诗让我想起了澳门贝拉·维斯塔的阳台——摇摇欲坠的露台上方，铅笔一样细长的南中国海。有一句是这样的吧，就好像写的是那里的阳台。"

澳大利亚人转过脸来，在阳光下本来灰色的眼珠，此刻在他脸上蔚蓝欲滴，好像从飞机上望下去的大海。

"正是。"他说，"那么，你也去过贝拉·维斯塔。"

"我在香港做过一年驻校作家，跟一些在香港长住的欧洲人去那里跳过舞。"乔伊说。"一个通宵化装舞会，玩得很兴奋。"

乔伊的眼前浮现出那个被刷成淡黄色的南欧式露台，热带的花树杂枝，肥大发红的绿叶。在露台与一根倒卧的浅蓝色海岸线之间，这个老酒店充满了莫名的乡愁。乔伊难以解释，这种乡愁来自在东方海滨古旧的欧式房子，这是因为地理上的突兀，还是别的什么。

"后来听说它被日本人买下，改造成国际标准的豪华酒店。最终，酒店关门大吉。"澳大利亚人说。

"我看这里也会是同样的命运。中国人如今财大气粗，就像八十年代硬要买下贝拉·维斯塔的日本人一样。说起来，东方人还是没钱的时候更可爱些。"乔伊说。

当年，贝拉·维斯塔高高的天花板下，家具已破旧，终年敞开的窗子，合叶好像已经锈死了，下雷雨时怎么也关不严实。它虽然像葡萄牙一样颓废，但气氛亲切，食物也很好吃。舞会的前一天，

二、桂花酒

服务生们忙着给地板打蜡。他们用的方法,和斯里兰卡贾拉福特的传统做法一模一样。他们将蜡倒在地板上,然后,几个人排成一排,合力推着蜡抹布,从房间这头,跑到房间那头,将蜡抹平。他们很喧哗,一边干活,一边唱着歌。

"坐在二楼露台摇摇晃晃的小桌子上,喝一大杯冰镇的德国啤酒,会有一种天涯海角的安适感受。"乔伊说。

"那里的洗手间门后,我看见有人用圆珠笔留言说,可能这里是家乡。某人坐在马桶上写的留言,启发了我。当时,我也坐在同一位置上。"澳大利亚人无声地微笑,诗意油然而生。

"哦,就是这样写出来的。"乔伊点头,她低头微笑的样子非常美好,好像一尊在棕榈树下的佛像。澳大利亚人的心动了一下,那对他来说是种梦幻般古老而遥远的甜美笑容。

他拿起酒杯轻轻碰碰她的:"为贝拉·维斯塔。"

"酒杯里的樱桃轻轻摇荡,似乎梦中所见——为贝拉·维斯塔。"她说。

那次也是个苏格兰人带她去参加贝拉·维斯塔舞会。除了跳舞,他们就留在床上。他告诉她,和她在一起,他居然尝试了许多不同的姿势。他一直以为她是印度人,是直接从《爱经》里走出来的。在性上,她应该无所不能。她想起来,那人在高高的天花板下,就像一匹湿漉漉狂奔不已的红鬃白马。她那时想,红头发,我终于征服了你。当然,她不会告诉这个萍水相逢的苏格兰人在性上她无所不能,是来自于占有的渴望。女人的征服是为了融合,不是毁灭,这与她理解的后殖民时代殖民地人民与殖民者的关系一样。她也不会告诉他,她与不同种族的人做过爱,但与红发的人做爱，几分钟后就能到达高潮。但这与他的吸引力毫无关系。

澳大利亚人将酒杯伸过来，碰碰她的酒杯，说，"为那愚不可及的日本富翁。"

"这难道不是亚洲殖民地老酒店的共同命运吗？"乔伊像跃出水面的鱼一样扬起自己的脸，接口说。"东方人要是意识到世界正在再次趋同，就会飞奔着赶上这股抹杀一切地域独特性的世界潮流，贝拉·维斯塔已是一个证明。东方人只怕自己被西方世界抛弃，不会再有独立的想法。我与这位强生的观点正好相反。"

"你们在说贝拉·维斯塔吗？"为他们送第二巡酒来的阿四，一一放下酒杯，最后走到乔伊的身边问了一句。"贝拉·维斯塔关门后，那里一连举办了三年的贝拉·维斯塔舞会就转移到我们这家饭店里来了。"阿四告诉乔伊。

"就连你也去过贝拉·维斯塔？"乔伊的眼睛亮了，"这世界也太小了吧。"

"从未去过。"阿四笑着摇头，"只是听说。"

"当年贝拉·维斯塔舞会要来我们这里时，我还很年轻。饭店要为整个酒店的地板打蜡，人手一时不够，我们这些年轻人全都留下来加班打蜡。打完蜡磨亮地板时，我们也是一边干活一边唱歌。那气氛好像要过中国年。"阿四将托盘抱在胸前的样子，让乔伊想到当年贝拉·维斯塔高高的白色天花板下推着古老的蜡拖，从舞厅的这一头奔向另一头欢笑的女孩子。她们的欢乐在乔伊看起来，是那样的令人感伤。

二、桂花酒

"你是在哪里学的这样好的英文?"澳大利亚人双眼湛蓝欲滴地向上看着阿四圆润的下巴,他也非常喜欢阿四的脸型,这才是他心目中标准的中国人。

"我?我都是在酒吧间里跟客人学的。"阿四说。

乐队正在演奏一曲充满东方情调的曲子,乔伊不知道那是什么。乔伊旁边肥胖黝黑的南亚作家却随着音乐,用中文唱了起来:"马铃儿响来玉鸟儿唱,我和阿诗玛回家乡……"台上的乐手们都附和着他,微笑起来,萨克斯风手还为此拧了拧左边的肩膀。

那个作家激动地说起自己的身世,原来他来到英国之前,是马共时代的南洋激进华人学生。南洋的精英青年当年以同情马共为风尚,结果便是被永远逐出故乡。他少年时代在南洋,唱的都是红色中国的歌曲,类似当时的中国青年以苏联歌曲为自己的音乐背景。他突兀的歌声里带着草莽之气,还有爵士自身散发出的感伤,与他说标准伦敦音的声音简直判若两人。

乔伊看着他,好像察看一只被敲开了硬壳的核桃。

阿四看着他微笑,一边对乔伊解释说,"我们这里许多客人都会这样激动的。还有一次,一对美国的老夫妻在这里听到他们敲《跳舞的马蒂尔德》,两个人就哭了。后来告诉我们说,那是他们俩高中毕业舞会时跳过的曲子。后来,他们在美国再也没有听到过。"

"刚刚听说,明天就关闭酒吧了,是这样吗?"乔伊问阿四。

"真的?这么快?我还不知道。"阿四应道。

"哎,强生!"乔伊的声音像一把剪刀那样剪破南洋人多愁善感的故事,"这位小姐说酒吧没接到什么关门通知。"

强生隔着桌子上零散的酒杯断然回答说,"错,明天乐队就要准备搬往徐家汇的华亭宾馆,那里将复制出一个假的和平酒吧来。听说他们要带去八角桌,椅子,灯具,整个酒吧,还有整个乐队。"他举起湿漉漉的杯垫摇了摇——甚至杯垫。他扬起手中的杯垫,得意地说,"这是此刻正在这间酒吧里讨论着的事情。"

乔伊回过头来,正好看到阿四的脸变得僵硬,她奇怪地发现,阿四不笑的时候,鼻子与上唇之间竟然可以拉那么长,长得像驼羊的面部。那张温暖可亲的脸霎时变得僵硬惨白,乔伊意识到阿四说谎了。乔伊原先想引阿四与强生对质,用阿四这张政治绝对正确的本地脸挫败强生。不过乔伊不明白,即使阿四是说谎了,也不用脸色白成这样。

阿四几乎耳语般地争辩,"这是不可能的,我从来都没听说过酒吧先整体搬到华亭宾馆的事,那是一家新酒店,不可能有我们酒吧的氛围的。"阿四断断续续地吐出一个又一个英文词,她那恍惚的,支离破碎的句子里,语法仍旧正确,让人能听明白。

但强生根本没听阿四在说什么,他只是接着往下说,他建议大家午夜时去看看酒店的舞厅和顶楼的沙逊阁,他以为那两处是整个酒店的精华所在。而且他以为,改造前留有革命痕迹的沙逊舞会原址与沙逊私寓原址,才是最值得参观的。如果费尔蒙特集团真的接手经营——强生的声音的确富有吸引力,乔伊看着他灯影里宽大有力的中年人的脸,想,他一定也是高中辩论队的高手。

二、桂花酒

紧接着，一张白皙狭长的脸浮现在她脑海里，每到夏天，阳光照射以后，环绕着那张少年五官尚未松开的脸四周的卷发，就会变红。那金红色卷发环绕着厌恶的笑——如果费尔蒙特集团接手，他们会将它完全做成一桩生意，就像他们在加拿大的古堡酒店里制造鬼故事，增加它的神秘性一样。原来强生也有对全球化的批判，即使是批判，他也理直气壮。乔伊心里那股熟悉的恼怒沉渣泛起。

阿四转身将桌上喝完的酒杯收到托盘里。

乔伊的杯子里还留着一粒糖渍樱桃。阿四问她还要留着杯子吗？乔伊摇摇手腕说，"收了吧，太甜。"

阿旺托着满满一托盘空酒杯，在石柱中间的阴影里无声地穿梭。

阿四过去轻轻点了下他的胳膊，"听那个外国人说，我们酒吧并不关门，是换到华亭宾馆去了？"

阿旺伸出下巴，长长地点了点总经理的那张桌子。阿四顺着阿旺用下巴指的方向望过去，总经理身边，坐着另一对夫妇。他们看上去像是做酒店业的人，穿着体面的深色制服。那个女士也长着一张团团的脸。阿旺轻声说，"她是华亭宾馆的总经理，她先生也是从我们和平出去的，原先也是客房服务生，现在人家是王宝和酒店的总经理。"

"这么说，我们一定会去了？"阿四问，她不知道自己为什么突然屏住了呼吸。

"应该是吧。"

"听说是原班人马都去？"

"人家看中的是老伯伯们和老伯伯的牌子，我们这次是陪衬。"阿旺说。

"那也不是的。要是没有我们，老伯伯们撑不起一间酒吧。"阿四说。

阿四端着盘子走进吧台里，她一直以为自己就会这样无声无息地退休了，和大厨房里的人一样。原来，这是柳暗花明又一村呀。

吧台里的灯光异常明亮，能说得上璀璨。阿四晓得，这是因为自己的心豁然开朗了。她从未想到过，自己的命竟然比父亲还要好，竟能跟随酒吧一起离开饭店。她张皇四望，一时不知道该做什么。

她四下望望，同事们都在安静地做着手里的事，但她能感觉到他们举手投足间的如释重负。镇静，镇静。她心里吩咐自己，拥抱自己，安慰自己，又为自己鼓掌。

阿四打开水龙头，开始洗托盘里的玻璃酒杯。伸到清流里的酒杯霎时就被注满，通明得好像要融化在水中。她用海绵轻轻擦洗，然后再冲净。阿四吃惊地发现，这些香槟杯在水中像融解的冰块那样脆弱。接着，她叉开五指，在手指间夹住三只杯子的杯底，将杯子倒头放到消毒水里浸一下。湿漉漉的杯子在盆中相碰，发出有些沉闷的碰撞声，阿四的心哆嗦了一下，生怕它们被自己不小心敲碎了。然后，她提手从消毒水里取出杯子，再冲净，擦干，擦亮，吊回到酒杯架上。阿四仰头看它们，它们像午夜的星星一样，在她头上闪烁着明亮的，安详的，梦幻般不真实

二、桂花酒

的光芒。在上海最晴朗干爽的秋天深夜,她下班回家,就能看见这样不为大多数人认识的美丽星星。阿四仰着头,似乎又看到了它们。

PIECE.03

纪念碑·壹

成为和平饭店

1890年春天,在南京东路街口,竖起英国领事史密斯·巴夏礼的铜像,六米高,它面向南京东路伸手向前,挺胸抬头,振振有辞,不可阻挡。实际上他正是如此,一生都如此。这个蓄有络腮胡子的英国人虽然只在上海做了两年领事,却使用种种强硬的手段将上海租界稳定下来。侨民们各自安下神来,不再想赶快捞一票就走,各家洋行开始建造更为坚固体面的房子,工部局开始积极修路造园,拓宽外滩的岸线,租界的地皮疯涨,外滩呈现出欣欣向荣的欧洲小城面貌。连买办们也不再将钱花在去老家买田和造园上了,李也亭的船运公司从英国定制了大轮船,叶澄衷开设了他的第一家五金行,他们前赴后继地转变成为实业资本家。这一切,在上海的侨民们都归功于这个生于1828年,十三岁即漂洋过海前来远东投亲靠友的英国孤儿。

离巴夏礼铜像不远,身穿短大衣的赫德铜像沉思地低着头,交叉双腿,面北而立,他似乎沉湎于内心的复杂感受。这个姿势令人想起他在被义和团围困的东交民巷里致信英国同事,陈述中国人内心到底有什么委屈与不平。也令人想起他在华洋隔离的社会中,和一个宁波妇女秘密同居多年,并生养了几个孩子的私生活。与巴夏礼的铁血殖民不同,赫德是与中国合作的温和英国形象,赫德像是外滩唯一一座由中英合作竖立的铜像,在铜像的底座上,有中国人对他的称颂:"立中华不朽之功"。

1941年,日本人占领上海租界最初的几个星期,马上就除旧布

三、纪念碑·壹

新。巴夏礼铜像和赫德铜像在同一个上午被推翻。人们辗转知道,拖上卡车的雕像都被送去回炉造子弹壳了。只是无人了解,用铜像再造的子弹壳,是日本军队用来打了中国人呢,还是最终被中国人夺去了打了日本人。

当年日本人还捣毁了在黄浦公园沿江一角的石质小纪念碑。它是外滩的第一座纪念碑,纪念租界常胜军战死的将士。英美侨民联合竖立,美国侨民称它为华尔纪念碑,纪念长枪队队长,美国平民华尔。而英国侨民称它为戈登纪念碑,纪念另一位常胜军统帅,英国贵族戈登。

外滩历来是一个象征之地,人们纷纷来这里竖立纪念碑。

1992年,在巴夏礼铜像处竖起了另一尊高达九米的铜像,纪念1949年红色中国的第一任上海市市长陈毅将军。与巴夏礼振振有辞的罗马姿态不同的,陈毅像是苏维埃的经典姿势——挺胸向前,不可阻挡。陈毅像坐北朝南,是中国人正统的尊贵位置。

巴夏礼身后曾是上海最繁忙的码头,象征一个通商口岸城市的面貌。陈毅面前,是江边花岗岩地面的广场,许多重要的城市庆典都在那个广场举行,象征了民族独立后,土地原主人光荣的归来。

与从前在十六铺上岸的观光客人常常以巴夏礼铜像为背景照相一样,现在,人们以陈毅铜像为背景照相,纪念自己到外滩一游。

在常胜军纪念碑处,竖立起上海人民英雄纪念碑,由一圈上海人民反帝反封建重大事件为内容的浮雕围绕着,几乎占去了半个公园。浮雕上出现的反抗帝国主义的中国人,从邹容到王孝和,远不止常胜军纪念碑上那四十八个在江苏阵亡的将士。一次大战后被英美侨民毁坏了的德国伊尔底斯纪念碑处,如今竖立起来的是五卅工人运动纪念碑。而当年隆重竖立侨民参与一战的烈士纪念碑的原址,则竖立起了从前的气象塔,那里有一座1992年的小型外滩历史陈列馆。

纪念碑在黄浦滩的堤岸上此起彼伏之时,面对堤岸排成一列的大楼只是沉默地不断长高。

它们先是从十九世纪初三层楼的小房子,渐渐成长为甚为坚固的大楼,炫耀多于它实际上的价值,它们由于争先恐后而最终形成的参差不齐的天际线,成为远东通商口岸城市最有代表性的面貌。

后来,各家洋行竖立在楼顶旗杆上的旗帜陆续消失了,天际线上升上了统一尺寸的中国国旗。在经历了三十年沉寂安静的政府办公大楼以后,这些大楼渐渐转换成城市的公共空间。

再后来,这些大楼渐渐成为餐馆,酒店,酒廊,秀场,世界奢侈品的上海旗舰店,成为昂贵的画廊,雪茄俱乐部,以及一直营业到黎明,喧闹的音乐声响彻整条外滩的酒吧。

与起伏的纪念碑不同,这一排大楼外表看上去一成不变,但内在早已不同。外滩天际线上的上海总会,现在已是华尔道夫饭店。汇丰银行则是现今的浦东发展银行。旗昌轮船公司当时是外滩最早的一家中国人公司的总部,现在则归属于一家国产高级时装公司。从前

三、纪念碑·壹

的一个冷库,现在是一家由澳大利亚厨子经营的西餐店,同时也是每年四月香港英语文学节的上海分会场。当年的皇家饭店,现在也已经变成了斯沃琪艺术中心。如今在此地,Ports不再是码头的意思,它的正确含义是一个叫宝姿的时装牌子。一扇由二十世纪初流行的高大办公室玻璃窗改造的橱窗上,贴着杰尼亚西装的广告词:Great hearts think alike。

只有当年的华懋饭店,今天的和平饭店,在绿金字塔顶的边缘,那对族徽化的猎犬仍旧完好无缺地站立在中央。

它至今仍是一幢气派的建筑,牢牢站在外滩河湾最中心的地方。按照中国风水,整个外滩的财富都不能避免要流进这聚宝盆中。从华懋饭店营业的第一天起,它就是上海最时髦的,最昂贵的,最耀目的地方。维克多·沙逊将自己的私寓安置在大厦顶端的绿色金字塔下,那个位置,应该就是金字塔下法老的墓室。也许当年维克多·沙逊没想这么深远,但时代更迭,总是如同最好的戏剧上演,自会慢慢显示出故事中深含的寓意。当上海租界消失,外滩成为霍塞笔下形容的殖民地遗留下来的巨大尸体,铜人倒下的对面,沙逊大厦渐渐成为一座金字塔形的纪念碑。它在时代更迭的风雨中终日灯光璀璨,面向黄浦江的窗子与阳台,令站立在那里的人,总是不由得心生处于中心的骄傲。即使有人建议共产党政府炸毁这些外滩大楼,清除殖民地的象征,也终究无人采纳。其实,是它自身的精美和实用最终保护了它,而且使它成为一座建筑的纪念碑,证明着在外滩曾经发生过的一切。

　　许多年前，就有人说，与上海有关的重要人物，总有一天要踏过它的旋转门，走进这座饭店。如今，在上海，不会有第二家酒店，能像和平饭店这样，每天都有人前往大堂甬道旁的一条楼梯，他们经过一幅被镶嵌在褐色镜框里的维克多·沙逊爵士的素描肖像画，前往二楼预约一次酒店历史的实地介绍。

　　在酒店大堂里，不光能看见一座天光透过玻璃顶温柔下泄的八角亭，还能看见旧式饭店靠近天花板处向外伸出的小巧的铸铁阳台——那是从前下午茶时分，安置小乐队的地方。有趣的不是这个小阳台，而是阳台下面的滇池路边门。日本人占据上海时，重庆与延安各自派出暗杀小组，在上海铲除可能会与日本人合作的中国名流。一次，暗杀对象一直住在华懋饭店里，暗杀小组就在这个边门等着，终于等到机会，暗杀成功后，刺客即从这个边门逃往滇池路，前往苏州河。

　　丰字型，中央连接着八角亭的大堂，是华懋饭店的骄傲。1956年和平饭店开张迎客时，这个大堂已经被分割成几块，留给和平饭店的，仅是最后那窄长的一横。如今，大堂复原，它是费尔蒙特和平饭店的骄傲。昂贵的店铺又一家接一家开张了，要是突然看见一间装饰文雅的女装店从新店铺里浮现出来，透过大玻璃窗，看见一个像铅笔般苗条笔直的夫人正冷眼打量慕名而来的女顾客，不必惊奇，那是四十年代在底楼最时髦的女装店突然从记忆的缝隙里脱

三、纪念碑·壹

落下来所致。从前那个店面,不是什么欧洲名表,而是"绿衣夫人时装店"。

第九层是西餐厅,美国总统克林顿访问上海时,曾在这里享用和平饭店有名的菲力牛排。不过,这里也是七十年代欧洲左翼学生小组访华时发现辣酱油的地方。他们非常惊奇地发现,祖父母时代用的李派林辣酱油,竟留存在红色中国的餐桌一角贴着金黄色标签的玻璃瓶子里,那是十九世纪从印度带回英国的配方。上海有许多事情令他们惊奇,还比如,来到饭店接见他们的上海市革命委员会的王洪文,看上去温和而乏味,全然不是狂飙革命者的形象。不过,更早的时候,1939年,这里是九点一刻俱乐部所在地。那是外滩租界最后一个会员制俱乐部,维克多·沙逊发起。凡是送走家人单独留守上海的大班,只要是战争协约国公民都可以成为会员,定期在此聚会,讨论上海形势,交换生意心得。会费多余部分捐赠给英国战争协会。外滩的大班们在这里度过了租界建成以来最绝望的时刻,他们聚集在这里,穿着黑色的燕尾服,打着黑呔,看上去虽然仍旧安逸,但更像是聚集在一起参加葬礼的人。

在和平饭店的大楼里上上下下参观的人们,总能在某个门厅,或者一束灯光,甚至是一张式样老旧的褐色皮沙发上发现这栋建筑与过往的连接。总有一个时刻,人们会在这里与静静游荡的鬼魂相逢,回想起在中学的历史课上那种心中油然而生的沧桑感,以及追寻往事的诗意。这是一个完美的空间,让人能堕入历史的幻境。

时光飞逝,举办过许多著名舞会的和平厅不再举办交谊舞会。要是看到一个团团脸的女人在一面日本旗和一面汪政府的青天白日旗下,正用带有东南亚口音的英文慷慨演说,恳请大家慷慨解囊,救济战争孤儿,她是1942年华懋饭店新年慈善舞会的女主人陈璧君,汪精卫夫人。靠在三角形的拉力克壁灯下,一个浓眉毛方脸庞的日本军官与一个戴着金丝边眼镜的日本人为之热烈鼓掌,他们是在上海的中共谍报团的中西功和西里龙夫。几个月后的夏天,谍报小组被日本破获,他们先后遭逮捕,并被判处死刑。但是,在等待法庭执行的过程中,中西功在监狱中写了中共党史。第二次世界大战及时结束,中西功和西里龙夫都被释放。中西功病死在日本。临终前,他非常想念中国,希望回到中国,"看看那些无所畏惧的人们终于建立起来的他们自己的共和国。"

1991年阴冷的外滩冬夜,和平饭店为贝拉·维斯塔舞会的举行,特意点亮环绕整栋建筑的蓝色霓虹灯。如一个睡美人,和平饭店也因此醒来。它再次出现在各种英文杂志上,成为其中社交版热衷的话题。香港的贝拉·维斯塔舞会也因此确定了自己的口味:赏玩各种带有沧桑感的城市和酒店。

1993年,先后两年在和平饭店举办舞会后,贝拉·维斯塔舞会选择了圣彼得堡的老酒店ASTORIA。过后,圣彼得堡的年轻导演拍摄的一部关于时光倒流的电影上映。在冰天雪地的傍晚,有人在肮脏的雪地中跋涉,路过广场上的列宁铜像,还有当年沙皇被刺杀的

三、纪念碑·壹

凶杀地礼拜堂,那里也破旧不堪,如同1993年整个俄国的动荡和沮丧一样。城堡门口黯淡的霓虹灯上闪烁着"回到1700年"的字样。这个人终于来到ASTORIA紧闭的大门前,如警察一样粗鲁地扑打大门。门开了一条小缝,彼此对了暗号,这个人从门缝里挤了进去。镜头一转,满室光明:那是一个旧俄时代金碧辉煌的舞厅,盛装的人们正在起舞,裙裾翻飞,笑声晏晏。

以一种大饭店开放的、单纯的、见多识广的方式,勾连与证明一个个沧海桑田的旧时代,这是任何一座单纯的纪念碑都无法比肩的丰富与真切。

这是和平饭店得以存在的理由。

对上海人来说,大概没有一座纪念碑,能比和平饭店更胜任来做上海的纪念碑。不论那过往是如何在堤岸上被移花接木。

它总面江而立,呈一个巨大的A字,好像一条载着无限往事颠簸前行的大船。

成为和平饭店

-NOTE-

外滩罗斯福大厦，2011年10月拍摄

三、纪念碑·壹

MORE DETAIL

它曾是外滩最早的洋行,因为贩卖鸦片牟利而暴富。坐落在外滩沿江最重要和古老的位置上,这里曾经是上海开埠以来最早的一块租借地。如今,它已与外滩大多数建筑一样,经历了长期失修与封闭后,变身为世界奢侈品的上海旗舰店所在地。与十九世纪末来到上海时的怡和鸦片船相对应的,当年石头墙上阔大的钢窗里,不再是繁忙的航运办公室,而是PORT。从玻璃的隐约倒影里,能看到驻足的拍摄者,穿着一件横条纹的水手服。在上海,人们称这样的条纹为"海魂"。

成为和平饭店

-NOTE-

外滩十八号，2011年10拍摄

三、纪念碑·壹

—MORE DETAIL—

麦加利银行曾是外滩最早的银行。与怡和洋行大厦一样,它现在已成为昂贵的场所。如今每到夜晚,在一面迎风招展的五星红旗下,它楼顶的酒吧吧台里传出的音乐便响彻整个外滩,并顺着每扇打开的窗户灌进和平饭店的客房。大厦的橱窗宣称:了不起的头脑,想的都差不多!

成为和平饭店

-NOTE-

和平饭店南楼底楼，2008年4月拍摄

三、纪念碑·壹

—MORE DETAIL—

在和平饭店底楼酒吧驻唱三十年的老年爵士乐队，曾经是由四十年代深受美军电台播放的爵士乐影响的爱乐少年组成。当他们出现在1980年的和平饭店酒吧时，都已是退休老人。他们很快成为这个城市中西交融的文化历史的象征，成为这个城市文化传承的传奇。从此，他们与和平饭店唇齿相依，度过了三十多年，成为和平饭店的音乐名片。

成为和平饭店

-NOTE-

外滩陈毅广场，2011年10月拍摄

三、纪念碑·壹

-MORE DETAIL-

从和平饭店顶楼的沙逊套房窗边,拍摄旧铜人码头处上海市市长陈毅像。清晨最初的阳光从黄浦江上升起,为陈毅铜像投下长长的影子。从影子上看,它似乎也可以是多年前的英国领事巴夏礼的铜像阴影。

成为和平饭店

-NOTE-

外滩巴夏礼铜像与当年的华懋饭店，历史资料照片

三、纪念碑·壹

-MORE DETAIL-

1930年,从铜人码头阶梯拍摄的华懋饭店与英国领事巴夏礼铜像。1942年12月,日本占领上海的最初几个星期,首先拆除外滩堤岸上的巴夏礼纪念碑。1986年,人们在苏州河畔的河滨公园发现了巴夏礼纪念碑的花岗岩基座,将它存入上海历史博物馆。

成为和平饭店

----NOTE---

和平饭店，历史资料照片

三、纪念碑·壹

-MORE DETAIL-

二十世纪的七十年代,是上海最为萧条禁锢的年代。严酷的审查使人们对一切舶来之品避之不及,整座城市由于封闭而日益凋零。但即使在那时,来到上海的人们仍旧必到外滩,来到外滩必要留下一帧纪念照。照片中的海军士兵们穿着刚刚恢复的海军制服,来到这栋建筑物前留影,就像与外滩的任何一座纪念碑合影一样自然而然。

成为和平饭店

-NOTE-

和平饭店,《南华早报》周刊,1991年3月24日出版

三、纪念碑·壹

-MORE DETAIL-

1991年贝拉·维斯塔娱乐团的一名女士,在彻夜狂欢后,来到外滩堤岸。她与和平饭店合影的照片,成为《南华早报》周刊具有冲击力的封面之一。160位宾客在和平饭店举行盛大的通宵舞会,以此向三十年代此地赫赫有名的沙逊舞会致敬。

成为和平饭店

-NOTE-

和平饭店，2007年11月拍摄

三、纪念碑·壹

-MORE DETAIL-

2007年5月，这栋建筑从1929年建成以来第一次全面大修。自华懋饭店1929年开张以来，外滩的天际线上第一次出现了它通体黑暗的样子。在深秋时分寒意阵阵的江风中，仰望它暮色中巨大的黑影。轮廓线上的霓虹灯、窗子里的灯光以及总是打亮的绿色金字塔顶的灯光统统静默下来后，它似乎更像是一座纪念碑。

成为和平饭店

-NOTE-

和平饭店大堂中山东一路入口处，2007年4月拍摄

三、纪念碑·壹

-MORE DETAIL-

登高：从旧沙逊大厦黄浦滩入口那寂静的大理石楼梯上望去，这幢建筑历经上海一百年来的沧海桑田，它看见旧通商口岸城市无法根除的急功近利，民族独立运动无可避免的感情剧变，以及经济腾飞中强劲的、暴发的自豪与无知。在这泥沙俱下、摧枯拉朽的剧变中，保存完好的和平饭店被称为装饰艺术风格在上海的代表作品。由于融汇进了特殊的东方元素，散落在上海大街小巷中的装饰艺术建筑，被人们称为上海DECO。

成为和平饭店

-NOTE-

陆家嘴，2007年4月拍摄

三、纪念碑·壹

—— MORE DETAIL ——

登高,从八楼龙凤厅隔窗东望:江对岸,已从一片泥滩成为上海新时代的金融城。人们已经意识到,彼岸的陆家嘴,是此岸外滩的儿子。当年要是没有此岸的外滩,一百多年后的今天,也就不会有众多的金融大厦在这片曾是泥滩的陆家嘴拔地而起。陆家嘴的高楼以令人咋舌的速度向天空延伸,它带给人们那日新月异、高耸而去的景观,令人不禁想起二十世纪初的外滩。

成为和平饭店

-NOTE-

南京东路，2007年4月拍摄

三、纪念碑·壹

— MORE DETAIL —

登高,从屋顶花园向右望去:这是南京东路,1850年英租界的第一条大马路,当时人称花园道。外国人称它为亚洲式溽热嘈杂的马路,中国人称它为世界主义大马路。如今望去,那从前吸引了众多能用英语或法语阅读的上海读者的中美图书公司现在已经旧址难觅,惠罗公司也不再时髦,德大西餐馆和东海咖啡馆相继搬离,传统的中国老字号也不再生意红火如初。南京西路上的新式大商厦,正以它们全球统一的面貌与各色店铺吸引着人们。

成为和平饭店

-NOTE-

滇池路，2007年4月拍摄

三、纪念碑·壹

---- MORE DETAIL ----

登高，从沙逊私寓向下望：这是滇池路，外滩通往江边最早的小马路——旧称仁记路。仁记洋行的红砖老楼仍旧伫立在不远的街角，与从前的沙逊洋行旧址遥遥相望。如今，沙逊洋行的三层楼房已经消失在和平饭店之中。仁记洋行的大堂楼梯旁，挂满了各种住户的木头信箱，与光明牛奶公司统一提供给鲜奶订户的蓝白相间的塑料牛奶箱。空气中充满了厨房的油气和食物的气味，而和平饭店则成为上海人心目中的最佳怀旧酒店。

成为和平饭店

-NOTE-

从常胜军纪念碑旧址拍摄现今的人民英雄纪念塔，2005年8月拍摄

三、纪念碑·壹

-MORE DETAIL-

外滩的纪念碑总是起起伏伏,被竖立,被推翻,旧的去了,新的来了。这是上海最有象征意义的堤岸。如今外滩的人民英雄纪念塔,几乎建造在1860年的常胜军纪念碑原址之上。当年那一块小小的欧洲式的纪念碑,美国侨民将它称为华尔纪念碑,英国侨民则称它为戈登纪念碑,各自纪念参与指挥常胜军的英美军官。即使同一块碑,都有不同的象征。

成为和平饭店

-NOTE-

费尔蒙特和平饭店装饰着浮雕的大堂，2012年2月拍摄

三、纪念碑·壹

-MORE DETAIL-

2010年7月28日,整修一新的和平饭店恢复营业。八十二年过去,如今它是费尔蒙特跨国酒店管理集团旗下的全球卓越古董酒店。修复后开放的华懋饭店丰字形大堂,八角亭四周装饰了四幅巨大的银质浮雕,以纪念和平饭店的历史变迁。那些浮雕环绕在八角亭四周,犹如不远处的人民英雄纪念塔四周的花岗岩浮雕一般。至此,华懋饭店时代的奢侈浮华化为庄重的纪念。

成为和平饭店

---- -NOTE- ----

费尔蒙特和平饭店大堂浮雕，2011年10月拍摄

三、纪念碑·壹

-MORE DETAIL-

浮雕上的华懋饭店,
化身为深邃历史的一部分。

三、纪念碑・壹

- NOTE -

外滩堤岸上的伊尔底斯号纪念碑，历史资料照片

- MORE DETAIL -

外滩纪念碑的竖立与倒掉，并不总是本地人与侨民之间的民族之争，也不总是侨民与侨民之间的民族之争。1898年，上海德侨在外滩建立伊尔底斯号纪念碑。从伊尔底斯号沉船上取未断折的桅杆，成为纪念碑的主体，纪念1896年7月23日在中国黄海风暴中遇难的伊尔底斯号炮舰全体船员。据英国历史学家比克思考证，1918年12月2日晚，纪念碑被上海的英美侨民推倒，以庆祝第一次世界大战德国的战败。号称"大东亚共荣圈"的宣传，还有侨民之间的民族之争。

PAGE (113)

三、纪念碑·壹

-NOTE-

和平饭店客房电梯厅，2003年11月拍摄

-MORE DETAIL-

1949年5月，国民党城防部队征用华懋饭店塔楼俱乐部的阳台，设狙击位。留守报道上海战事的记者曾目睹经理奥迪亚指挥工人将塔楼俱乐部里的钢琴搬开。2001年，这架钢琴被放置在塔楼俱乐部旧址楼下的门厅中，似乎刚刚从顶楼移下来似的。

PAGE （ 115 ）

三、纪念碑·壹

-NOTE-

和平饭店大堂，2012年2月拍摄

-MORE DETAIL-

沙逊大厦的两条巧克力色的金边猎犬，2011年在修缮一新的费尔蒙和平饭店到处熠熠闪光。此刻的大饭店，有着沙逊时代的浮华，和平饭店时代的梦幻，费尔蒙和平饭店时代的全球化。

三、纪念碑・塔

-NOTE-

和平饭店屋顶，2011年10月拍摄

-MORE DETAIL-

基金特女士在她的书里曾这样描述过：

哈克斯勒式的欢庆充满了上海的旅店。他们安在想看到一个使她服下一大堆描述的"这不是真实的，非凡的造物"的样子。上海是尼尔·考沃德得了流行性感冒的地方，是玛丽，是克福德·皮克福德正下榻，伯特兰·罗素发表演讲和萧伯纳一天吃了两顿午餐的地方。艾斯未伍德、W.H.奥顿A.马劳夫·克斯都写过它。墨索里尼的女婿在上海的夜总会里追过中国美女。"在这地方，"一个男人对我喃喃地说，"墨索里尼的女儿依达，想让丈夫集中注意力使自己怀孕真是太困难了。"华莱士·辛普森在一套色情明信片中露面，身上只穿了一只游泳圈。查理·卓别林和宝丽·歌德达特到上海时彼此爱恋，E.奥尼尔、像R.W.奥伯林一般旅行，由一个自称为瑞典按摩师的女人陪着，选择去经历一次神质的崩溃。1949年，当中国共产党攻占上海以后，门就关上了。"文化大革命"期间，门被牢地捂上了门闩。一个世界消失了。但是当基金特女士1991年跟随贝宗·维斯塔来到和平饭店时，她才知道有一句话原来是不错的：和平饭店万岁。

PAGE (119)

PIECE.04

纪念碑·贰

沿着一片晦暗的黄浦江，公共汽车摇摇晃晃地经过中山东一路，拐向大楼之间如深壑般的窄街，灯光黯淡的车厢令人想起北冰洋上大块的浮冰。在它背离的江面上，晚雾笼罩，江鸥像褪色的黑白照片里那样身影混沌。东亚的天色正在飞快地向黑夜滑落下去。又湿又冷的夜。不过，海关大楼钟楼的《东方红》报时曲仍准时在每一刻钟敲响，在充满海风带来的咸湿和江水散发出的污水气味的外滩空气中荡漾。那是个黄昏，我乘电梯到达和平饭店的顶层，准备一层层往下走。

也许这发生在1996年我写《上海的风花雪月》的时候，那时我在外滩探访，《水边的老酒店》的草稿就是在和平饭店底楼面向滇池路的咖啡座里开头的。

不过，也许是2003年。那时我已经决定要写《外滩：影像与传奇》。于是，我开始设法进入外滩沿江的一栋又一栋大房子里面去。抑或是在2006年。和平饭店本来是《外滩：影像与传奇》中的一章，但是这一章长得不合比例，我决定要将这一章单独抽出来，成为一本书。那次我住进饭店去了，与它朝夕相处，常常在午夜时分到处闲逛，像饭店传说中的鬼魂。也常常在黎明时刻坐在陈毅铜像的巨大鞋子旁边，回望黎明最初脆弱的阳光如何在它面向黄浦江的窗子上闪光，看上去好像《太阳帝国》里那个英国孩子在打莫尔斯密码。我总是对它打量了又打量，不相信自己准备为它写一本书。对一个本地人来说，酒店的含义是模糊不清的。而外滩本来就是一颗外置的心脏，这是美国记者霍塞1937年写下的判断，但现在对上海本地人来说仍有某种地理和心理上的意义。

到底是哪一次我已记不真了,但我不会忘记那一次,在旅馆大楼里游荡时我的惊奇。

我记得,古老的电梯里,吊在电梯上方的钢索吱吱嘎嘎,狭小的空间里残存着古龙水的气味,然后电梯门无声地开了,温暖的灯光,金色的,在大理石的墙上和地上,以及天花板老式的金色藻井上,反射出无数道金光。亮光经过已经八十年之久的法国琉璃,照耀着坚硬大理石中温软的岁月浆汁,还有灯光后面那大团的暗影。这是一个散发旧世界光芒的空无一人的门厅。那灯光让我见识到,原来灯光也可以是兼有炫耀与雅致的复杂含义的一种物质。

厚厚的西北地毯,薄薄的波斯地毯,我一层层楼走下去。

九霄厅已经灯火通明,那是墙上的颜色还是淡淡的天青色,配上金色的云头?从装饰着契丹图案的朱红色厨房大门后,传出百里香融化在热烘烘的食物上的气味。

和平厅的门厅里已经搭好了一个由白色百合与玫瑰组成的婚礼拱门,高高的天花板上,所有捷克水晶吊灯都已经点亮。新人是一对体面的上海年轻人,婚纱照片放得与真人般大小,新郎有双江南人细长精明的眼睛,还有一张向内收去,好像橡皮水喉般严谨的嘴,很像一个银行的理财经理。他正冲着已到处放置着鲜花的电梯间微笑。

旧塔楼俱乐部楼下的门厅里,灯光稳稳地照耀着一架默不出声的三角钢琴,似乎它正是那架1949年5月国民党守军征用塔楼俱乐部,华懋饭店经理临时从俱乐部搬开的钢琴。

然后，我经过一道道安谧的客房走廊。灯光在墙上长长地倾泻，好像沉重的金色帷幕。

在金色帷幕的另一端，1944年年轻的中国仆欧默默接受女间谍塞过来的一卷钞票，对她正在用间谍照相机翻拍日本大佐公文包里的文件视而不见。1929年年轻的意大利女子喝得酩酊大醉但始终不置一词，因为她的丈夫正在此大行桃花运，她自己却没有足够的机会怀孕。1934年维克多·沙逊正在把玩一尊拾得和尚的象牙像，等待腿部的剧痛过去，这是他飞机失事留下的后遗症。他蜷缩在暗影里，好像一头独自在密林中等待死去的大象。和平饭店的静谧悠悠远远，故事就是这样一动不动蛰伏着，并向后眺望。

我在它那A字形大厦的一翼望向另一翼，每扇窗子都大放光明。它挽起的窗帘就像伦敦那些古董剧场挽起的帷幕，晃动的人影就像尼尔·考沃德笔下的艾略特与阿曼达，他们是《私人生活》里的两个主角，离婚又再婚，俏皮，俊俏，一点点不过分的哲学化与资产阶级的实际与缺乏理想。艾略特与阿曼达偶尔重逢在一家豪华酒店的阳台上，这故事就诞生在我面前的某扇亮着灯的窗子后，尔后，它在伦敦剧场升起的帷幕下重复了几十年。

那天，和平饭店是个美妇人，正盛装打扮起来，渐渐光彩照人，她要令自己的客人们终生难忘。而我是奇境中的爱丽丝。

艾略特：你怎么会在这里？
阿曼达：我蜜月旅行呀。

四、纪念碑·贰

艾略特：太有趣了，我也是。

阿曼达：愿你享受你的蜜月。

艾略特：还没开始。

阿曼达：我的也没开始。

艾略特：哦，我的上帝。

阿曼达：我忍不住想，这是个小小的不幸啊。

艾略特：你幸福吗？

阿曼达：当然幸福。

艾略特：那就好。这儿没什么不对劲的，可不是吗？

阿曼达：你呢？

艾略特：我已心醉神迷。

阿曼达：我真高兴你能这么说。我们应该在哪儿再见上一面。（转身）

艾略特：再见。（坚决地）

——尼尔·考沃德《私人生活》

她头也不回地返回自己的门中。

他站在原地，凝望她的背影，脸上露出害怕的表情。

阿曼达逃离，因为她预感到了命运。艾略特面露惊恐，因为他也预感到了命运。

那天我站在窗前眺望，心中升起融融的怜惜，因为我也预感到了命运。

成为和平饭店

-NOTE-

和平饭店2003年时的大堂,2003年11月拍摄

四、纪念碑·贰

-MORE DETAIL-

在丰字形大堂被分割成狭长一条的几十年里,和平饭店的大堂总是宛如洞穴般的狭长和幽闭。灯火穿透渐渐变黄的拉力克玻璃和繁复的几何曲线与直线,日夜不停地、沉甸甸地坠落下来。上海旧有的生活方式六十多年来渐渐被铲除,华懋饭店成为和平饭店,但这里却一直都是外滩的时光隧道。肩披外滩潮湿发咸的空气走进狭长的大堂,时光错乱的碰撞声就在耳畔。那些被灯光无声照亮的曲线与直线,三角形与正方形,散发着社会主义和平饭店甚为陌生但却始终与之融为一体的气氛,这种令人不知所以的融合,宛如奇迹一般。

成为和平饭店

-NOTE-

和平饭店2003年时的大堂一角，和平饭店小卖部。2003年11月拍摄

MORE DETAIL

这是和平饭店时期最有代表性的模样。二十年代的鼎盛时期,浮华、旖旎的描金藻井和曲线繁复的铸铁灯,笼罩着设在旧时那个气派茶舞厅一角的小卖部。那里有友谊商店风格的民族娃娃,材料上等但造型陈旧的玉石项链,缝制精心但式样呆板的丝绸上衣。要待到费尔蒙特和平饭店的时代,饭店才恢复供应多年前的英国式高茶。如今陈列在茉莉酒廊玻璃展示柜里的,是被灯光照亮的二十年代的蕾丝女用手套,以及长柄剧院望远镜。如今它们终于与那样的灯光匹配,但也终于由于失去了大堂的小型友谊商店的戏剧性,从而变得乏味起来。

成为和平饭店

-NOTE-

和平饭店九楼客房走廊，2005年12月拍摄

MORE DETAIL

寂静的客房走廊是整个大厦中唯一听不到海关钟声《东方红》之处,也是与黄浦江上来的雾气与潮湿重重相隔之处。长长的走廊,纵贯于A字形建筑的双翼中央。在这里,金色灯光是唯一恒定的物质,间或,是从客房门缝里透出来的电视机的音乐声,淡淡的纸烟气味,以及双人房间里模糊的对话声。

成为和平饭店

-NOTE-

和平饭店八楼龙凤厅，2007年4月拍摄

MORE DETAIL

这大红大绿的颜色，饰满倒挂蝙蝠浮雕的天花板，是对CATHAY（华懋饭店的英文名称）一词最好的诠释。在这里，契丹风格便是沙逊心目中的中华风格。难怪中国人坐在这里，觉得那是异国情调；英国人则要感叹说，和平饭店是华懋饭店之中的和平饭店。2007年饭店整修时，一心想要整旧如旧的外国设计师却对上海的CATHAY全无感受，想要改变颜色，遭到了坚决的反对。对上海人来说，这大红大绿历经沧海，已是城市历史的一部分，见证着这座城市文化一点一滴的融合与创造。

成为和平饭店

-NOTE-

和平饭店八楼走廊，2007年4月拍摄

四、纪念碑·贰

― MORE DETAIL ―

走出八楼雕龙画凤之地,在幽暗无声的走廊里抬头望去,是灯影里的曲线与直线。细细看去,隐约是个几何形的喜字。衬着的层层屋顶,却又是巴洛克时代的灰绿与粉红,以及闪闪发光的金色。

成为和平饭店

-NOTE-

和平饭店八楼走廊，2007年4月拍摄

-MORE DETAIL-

沿着喜字看下来，墙头上描金的云头被两盏拉力克灯照亮。再细细看去，那云头的曲线变了形，那灯罩上的云头也变了形。就这样，一朵契丹的云头，变成了装饰艺术的线条。

成为和平饭店

-NOTE-

和平饭店底楼酒吧,2005年12月拍摄

四、纪念碑·贰

-MORE DETAIL-

马与猎犬酒吧，在华懋饭店时代只是个寻常的英式酒吧。在和平饭店时代，这个酒吧到达了它名声上的最高峰。在这幽暗之地，靠近石柱的小舞台上，诞生了中国最著名的老年爵士乐队。他们因为演奏四十年代远东流行的美国爵士乐而名扬四海。后来，这间酒吧被美国的《新闻周刊》杂志评选为世界最著名的爵士酒吧。费尔蒙特和平饭店虽然恢复了它原来的格局，改动了原来的酒单，使它更加时尚，甚至增加了一支从加州来的爵士乐队一起演出，却没有沿用"马与猎犬"这个旧时的名字，因为老年爵士酒吧的名声已远远超过了马与猎犬。在这间酒吧里，和平饭店从华懋饭店的层层回忆中破土而出。

成为和平饭店

-NOTE-

和平饭店八楼和平厅，2007年3月拍摄

-MORE DETAIL-

时光流逝,交谊舞的时代终于被替代。当年在地板下精心装置弹簧的舞厅,在和平饭店时代,更受欢迎的用途是婚礼和婚宴的礼堂。

成为和平饭店

-NOTE-

和平饭店夹层中的雪茄酒吧,2007年3月拍摄

四、纪念碑·贰

---MORE DETAIL---

当年的酒廊在原位一动不动,维持着当年的柱灯,当年的光线,沙发的布局,茶几与膝盖之间的距离,灯光后面大团的昏暗,以及沉作一团的悄然无声。这样的趣味在沧海桑田的巨变里,好像飓风中安然飘浮在地面上的羽毛那样奇特。这是一种古旧的,精美的,沉着的,炫耀的,带着一种精心打扮,自命不凡,心存辽远的老绅士气。那是一种海事时代四海为家,却又得益于营造欧洲繁文缛节的通商口岸城市的遗韵,这种独特的气氛一直被和平饭店保存着,这种奇异的保存,有时让人想起"珍藏"一词。

成为和平饭店

-NOTE-

和平饭店十楼电梯厅，2005年12月拍摄

四、纪念碑·贰

—MORE DETAIL—

和平饭店的楼上有种沉甸甸的宁静。但是，那悄无声息的宁静中，总让人觉得，带着一股令人不可忘形的威慑。这与多年来这里一直保持着对公众的封闭，并保持着与外部世界极为不同的秘境般的神秘有关。那是一个初冬的冻雨之夜，我浑身又湿又冷地从镜头里看着这个寂静而又温暖干爽的地方，看着仍旧盛开的满枝花朵，心中有强烈的异地感。

成为和平饭店

-NOTE-

和平饭店，2005年12月拍摄

── MORE DETAIL ──

在潮湿森凉的夜色中，站在和平饭店A字形建筑一翼的窗前眺望另一翼的灯光。觉得那真像一个舞台，当灯一盏盏地在以古老文雅的方式垂下的厚窗帘后亮起，考沃德式的喜剧就可以上演了。套用瑟金特的句式，那窗帘的灯下，曾经是欧洲左翼学生小组争论明天谁应该第一个与王洪文握手的地方，是日本在上海建立的领事馆最初开始工作的地方，是怡和洋行香港办公室企图在大楼开设分公司时，考察小组第一天晚上下榻之处，也是"文化大革命"中来访问上海的加拿大政客系上鞋带，准备出发去见识夜色中的外滩情人墙的地方啊……多少故事在这里继续上演着，比考沃德1930年在伦敦上演的喜剧更戏剧化。

成为和平饭店

—NOTE—

和平饭店九楼九霄厅，2006年2月拍摄

MORE DETAIL

1939年，维克多·沙逊仍留在上海，他到处宣扬日本人终将失败，说他们根本无法占领全中国。沙逊是当时留在上海的大班中最有钱，也表现得最为乐观的一个。他常到底楼马与猎犬酒吧去安慰那些正在喝酒的沮丧的英国商人，他也常招待大班看欧洲的战争新闻片，并宣称日本人绝不可能赢得战争。于是，他与日军的关系日益恶化了。1939年的某个晚上，他在这里与已经进入上海的日本海军军官们吃了最后一餐剑拔弩张的晚餐后，决定尽快离开中国。这间餐厅的墙壁上，契丹情调的天青色与细致的描金云头一直保持到2011年。这间餐厅一直是和平饭店最好的小餐厅，克林顿总统夫妇曾在这里吃过沙朗牛排，戴高乐将军曾在这里的阳台上俯瞰整条外滩，2011年，它的颜色与格局消失在费尔蒙特和平饭店的整修之中。

成为和平饭店

《南华早报》周刊封面上的和平饭店

-MORE DETAIL-

另一种蓝色也消失了,那是1991年框住了和平饭店大厦轮廓的蓝色霓虹灯。如今它只在这本旧周刊的封面上才能看到。用霓虹灯管框住建筑轮廓的习惯,是三十年代的上海时髦,当1921年第一根霓虹灯管在上海亮起以后,五颜六色的霓虹灯,长久以来一直是这个城市现代性的象征。每到夜晚,商业区的霓虹灯将上海的夜空映照成一种发红的黑色,从此,上海就不再有安静的夜色。1991年,当上海作为一个旧国际都市渐渐苏醒时,老式的霓虹灯管又开始在和平饭店的外墙上闪烁,就像老人们取出闲置多年的镶拼皮鞋去舞厅跳舞一样。当外滩有了新一代更亮更集中的照明光源,人工吹制的玻璃霓虹灯管便渐渐消失了。霓虹的一页翻了过去。

成为和平饭店

-NOTE-

和平饭店套房，2006年11月拍摄

四、纪念碑·贰

―MORE DETAIL―

是的,房间里是幽暗的。和平饭店时代,使用的信纸上曾印刷着红色的毛主席语录,商店里曾供应物资紧缺时代紧俏的国产香烟和香皂;为了追赶国际潮流,也曾特意吊低了二十年代的高天花板。然而,幽暗的旧世界情调仍然在弥漫,在那些饰有浮雕的天花板,和保留着华懋饭店时代的铸铁吊灯和宽大箱子间的套房里。即使在上海燥热难当的夏秋,也保留着与世隔绝的幽闭与旧气。九十年代后,客房的空间被改造过,客房的家具颜色也从深棕色更新成单薄的浅棕色,但仍旧保留着那种幽黯。直到饭店整修以后,整体的光线被调亮,旧时的恍惚才终于被新时代的明快欢愉覆盖,套房从此焕然一新,如同伦敦的大多数酒店一样。

成为和平饭店

-NOTE-

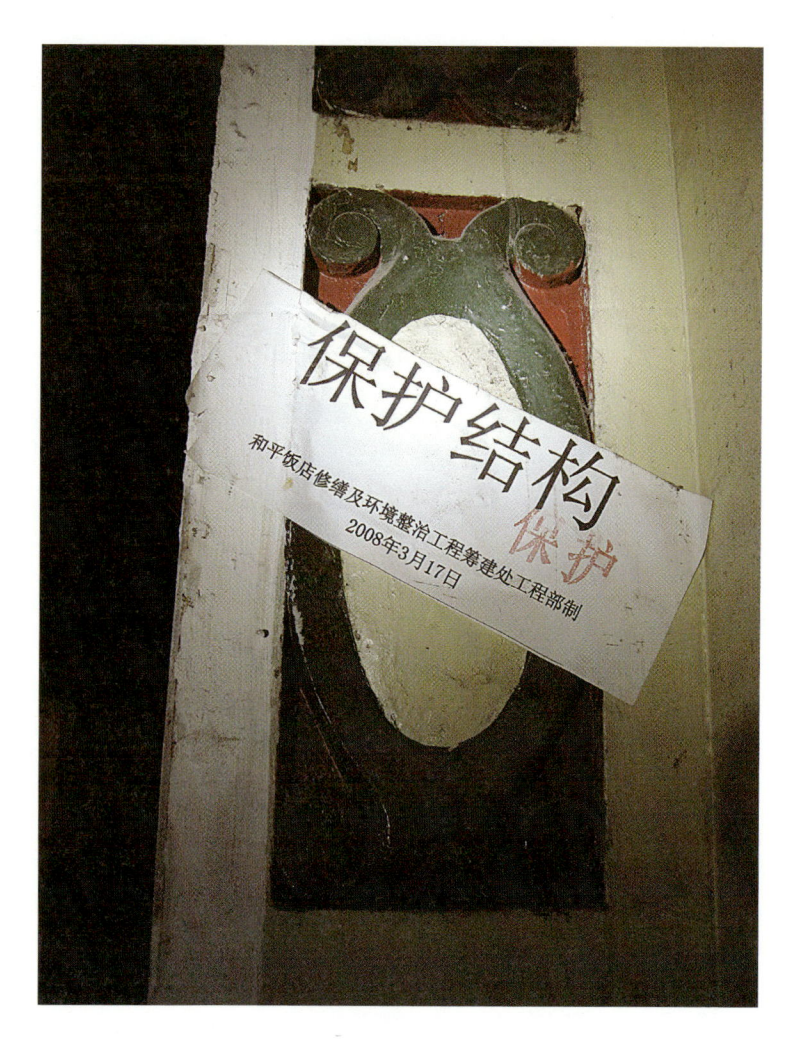

和平饭店大堂在修复中。2008年9月拍摄

-MORE DETAIL-

2007年,和平饭店大修,终于完整地收回了1956年被分割出去的华懋饭店丰字形大堂。当分割大堂的墙壁与木板被一一拆除,一座上海从未有过的宽敞华丽的大堂出现在幽黯的天光之下。在场的人,即使是最早进入和平饭店工作的老职工都未曾见到过它。腐坏的薄木隔板后面,大堂壁饰铺天盖地,虽然积尘累累,却仍旧华丽难挡。工人们在每块壁饰上都贴上保护的贴条,但它终于还是失去了原来的颜色。

四、纪念碑·贰

-NOTE-

和平饭店八楼机房，2006年11月拍摄

-MORE DETAIL-

和平饭店到处悬挂着的黑色转铁灯。它散发出的光线，不知为什么，是别处看不到的醇厚、金黄、安稳。它从不恣意，但却一直很克制和张扬，好像花花的口哨一声清亮尖利，但不刺耳的口哨。和平饭店是一栋DECO式大楼，四处充满DECO的细节，甚至可以说它像芝加哥城内国家大道两边的大楼那样，堆砌着过多的DECO细节，直看到人头晕。但即使是在芝加哥，也没有像和平饭店的灯光那样，有着充满DECO精神的典型光线。灯光是奇妙的东西，有些灯光，如人的目光一样，蕴含丰富的感情。这种灯光很容易消逝，甚至比人眼睛中蕴含的感情更不容易捕捉，和保留。你可以要求你的爱人再次含情脉脉地看你一次，但你无法要求一盏灯。

四、纪念牌·贰

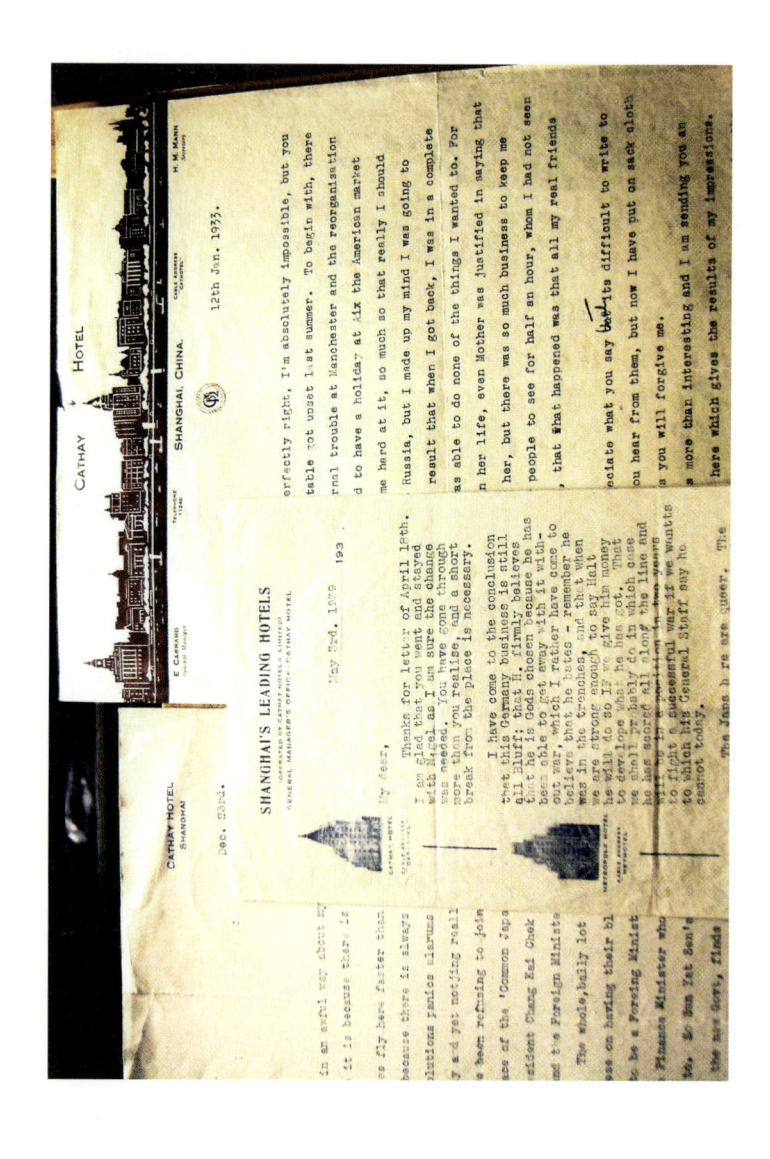

CATHAY HOTEL
SHANGHAI
Dec. 23rd.

SHANGHAI'S LEADING HOTELS

May 3rd, 1929. 193

My dear,

Thanks for letter of April 18th. I am glad that you went and stayed with Mabel as I am sure the change was needed. You have come through more than you realise and a short break from the place is necessary.

I have come to the conclusion that this Germany business is still all bluff; that H. firmly believes that he is Gods chosen 11th it with-out war, which I rather have come to believe, that he hates - remember he was in the trenches, and th t when we are strong enough to say Halt he will do so if we give him money to develop what he has got. That we shall pr bably do in which case he has scored all along the line and will be in a position in two years to fight a successful war if he wants to which his General Staff say he cannot today.

The Jews h re are queer. The

CATHAY HOTEL
SHANGHAI, CHINA.
12th Jan. 1933.

...perfectly right, I'm absolutely impossible, but you ...table got upset last summer. To begin with, there ...rnal trouble at Manchester and the reorganisation ...d to have a holiday at aix the American market ...me hard at it, so much so that really I should ...Russia, but I made up my mind I was going to ...result that when I got back, I was in a complete ...as able to do none of the things I wanted to. For ...n her life, even Mother was justified in saying that ...her, but there was so much business to keep me ...people to see for half an hour, whom I had not seen ...that what happened was that all my real friends

...ociate what you say but its difficult to write to ...ou hear from them, but now I have put on sack cloth ...s you will forgive me.

...s more than interesting and I am sending you an ...here which gives the results of my impressions.

- NOTE -

华懋饭店经理奥瓦迪亚的信件，2003年4月复制于伦敦大英图书馆

- MORE DETAIL -

1933年5月，在经理奥瓦迪亚使用的华懋饭店信纸上，能看到华懋饭店在外滩的天际线上已是木秀于林，处于整个外滩聚宝盆的中心。这大概是极少量的，如今仍保留着的华懋饭店时代的真实记录，现存于大英图书馆浩如烟海般的远东档案中。信纸上的棕红色印刷，是1929年以来，放在华懋饭店每间客房抽屉里的信笺版本。面对这些信纸，那些在书中零零星星看到过的华懋旧物浮现出来，银质的水喉，从静安寺的涌泉中直接营运而来的泉水，亚麻布的卧具因为烫得平整而引起的凉爽的触感，图书室里残留的埃及香烟的气味，大堂下午时分的斯诺克球的撞击声，奥瓦迪亚在信中忍不住谈论了日本……1933年，日本的阴影已经渐渐逼近了。

PAGE （ 159 ）

PIECE.05

传真

季晓晓走进大堂。这是她第一次代表饭店招呼客人，她用手掌最后一次抹平身上的制服，正摸到自家的心扑扑地跳。

一个穿着入时的中年人正侧身靠在柜台上，一条腿闲闲地搭在另一条腿上，露出一只干净的鞋底，就像悠闲的旅行者。她迎上去问："先生？"

"我是威廉姆森，香港来的。"那人伸手过来行握手礼，中指上一颗硕大的捷克水晶戒指在灯下闪闪发光，晃了季晓晓的眼睛。那人的手温暖干燥有力，不像有的男人，手又湿又冷不算，还软绵绵的，连握都不会握住，令人尴尬。

"我们董经理这就下楼来，你想要找销售部经理谈话，对吧？"她说。

他点头，"是的，一桩大生意，大生意。"

他微笑着环视了一下狭长的大堂。圣诞节刚过去，饭店还没有将闪闪发光的红绿彩带撤下。按照中国人的规矩，这些装饰一直要到春节过后，圣诞节，元旦，春节，一连串冬天的节日才算过完。去年夏天以来，饭店的生意一直很淡，此刻大堂咖啡座里空无一人，褐色的皮沙发显得格外暮气沉沉。但他一边看，一边轻轻点头，好像一个顾客正打量一件合身的呢大衣，决定要买下来。"你知道这地方原先叫华懋饭店吗？"然后，他转向她，他的口气好像在谈论一个伟大的秘密。

"我还是个实习生，此番是来为董经理做翻译。"季晓晓谨慎地说。她认为它很高档，因为暖气很足，上班穿单件制服就够了。洗澡的地方还有个简易理发室，免费给员工吹头发。还听说市长喜欢到楼上的沙逊阁请客吃饭，沙逊这个名字是从前饭店主人的名字,是个外国人,瘸子。不过,季晓晓知道,这些说出来太零碎了,简直不像话。

"不过,我知道沙逊。"她谨慎地说。

"对呀,维克多·沙逊爵士。我会租下他的卧室,你们现在称为沙逊阁,开鸡尾酒会。"他再次微笑,脸上出现了梦幻般的辽远。"WOO,我竟然会用他的私人浴室。"

一辆载重卡车路过门外的滇池路,通向滇池路的转门处传来微微的震动。这是1990年冬天,外滩正在分段改造,不远处的黄浦公园正在建造人民英雄纪念塔,每天都有装满黑褐色泥土的载重卡车经过滇池路,留下一股冰凉河泥的土腥气。

季晓晓每天上班都踩着从卡车上落下来的泥块进门来,都要在大门口的擦鞋垫子上用力擦干净鞋底,才走进来。第一天上班,走在她前面的一个女职员就是这样做的,那年轻女人是个黑里俏,微微发胖的身材玲珑有致,有种让季晓晓暗自羡慕的丰饶。她将皮包抱在胸前,一边在擦脚垫子上用力跺着脚,一边笑着骂卡车是"瘟生"。她被制服包裹着的梨形腰身波浪般地拧动起伏,好看得不得了。季晓晓于是也一边擦鞋底,一边在心里骂一声"瘟生"。

擦干净鞋底的烂泥,走在擦得闪闪发光的大理石地面上,好像走进了另一个世界。

季晓晓心里总是庆幸自己能在这里工作,她以为这里比虹桥那些新造的宾馆高档,虽然不及它们时髦。分去那里的同学趾高气扬炫耀他们的制服衬衣都是烫过的,让她不甘心。

威廉姆森说,他想要租下整个和平饭店,举办一场通宵舞会,他将会邀请五百位客人从香港来参加这场舞会。"你们酒吧里有一味鸡尾酒,叫熊猫,届时在沙逊爵士的卧室里,我们就喝熊猫鸡尾酒。"他说。

董经理的眼睛在咖啡座的暗处忽闪了一下,他紧盯着威廉姆森的脸,嘴里吩咐季晓晓说,"你问问他,是将整个饭店全包下来的意思吗?除了客房,我们还有中餐厅,西餐厅,沙逊阁,老年爵士酒吧呢。"

"的确是这样,全包下来。和澳门的贝拉·维斯塔一样。"

"你可知道澳门的贝拉·维斯塔酒店?"威廉姆森先生问董经理。

"不知道。"董经理摇头,"只知道香港有个半岛酒店,它是香港的第一块老牌子。"

"半岛酒店太国际化了,已经不够地道。"威廉姆森先生摇摇头,"但贝拉·维斯塔不同。它旧啦,而且原汁原味地老,和这里一样。你知道,这种时光的印记不是营造出来的,而是沉淀下来的。香港太标准化,味道已经不够纯正了。"

威廉姆森先生的这番话,季晓晓翻译了好几遍。威廉姆森先生的"旧",是老的意思,不是破烂,不过,也许有点老古董的意思,是个褒义词。威廉姆森先生的"国际化",是与国际接轨的意思,不过不是他想要的那种个性化,是个贬义词。与威廉姆森先生来来往往解释了好几遍,季晓晓才确定自己把这话翻译利落了。她捏捏手心,捏到了一把细汗。

董经理点点头表示理解,"就是上海老克勒,叫他晚上先到我们的老年爵士酒吧去看看。要是说原汁原味的话,那里是真正的原汁原味。六个老头子，二十几岁的时候就已经在上海的舞厅里敲爵士了。味道浓得不得了。他们夜夜演奏的曲子，都是二十几岁的时候上海滩上流行的。"

威廉姆森先生已经去过了，他就是昨天晚上在酒吧里做出这个决定的。澳门的贝拉·维斯塔酒店被日本人买下了，要关门大修。他正发愁今年没地方去开舞会。

威廉姆森先生的舞会，就叫贝拉·维斯塔舞会。

"那么，贝拉·维斯塔舞会就是想要怀旧咯。"董经理带着季晓晓去总经理那里汇报。总经理说出一个在1990年冬天人们还很陌生的词，一个带有颓废意味的词。季晓晓坐在一边，暗自庆幸自己用那个"味道"，算是用对了。

总经理的椅背上搭着他的灰西装，里子上露出培罗蒙的商标。

总经理的身体前倾，探着头，眼睛也像董经理在楼下紧紧盯着威廉姆森看的样子一样，紧紧盯住董经理的脸。不过，他看上去可比董经理精明多了。季晓晓忍不住也看了董经理一下，他瘦削的脸上，正用一种"听凭领导做主"的顺从掩饰着兴奋。但季晓晓觉得他那张本地人宽大并向外凸出的颧骨上，那种循循善诱的热络，与威廉姆森先生其实是一样的跃跃欲试。

董经理说："伊拉外国人嘛，总要有个花样才玩得起来。"

总经理倒是去过澳门的贝拉·维斯塔喝咖啡。他说，那个酒店的规模比和平饭店可是要小，设施也没和平饭店这么时髦。"这个人怎么好拿澳门来与上海比。我们上海在三十年代时，可是与纽约齐名的世界大都市。我小时候就听家中大人讲过，华懋饭店是上海滩上最高档的地方，国际饭店都不在话下。"总经理不甘心别人这么抬举澳门的那一家。

"听我师父说，我们和平厅的地板下面还特别装了弹簧呢，考究得很，专门为跳舞准备的。整个上海，除了联谊俱乐部舞厅有弹簧地板，其他地方还没有这么好的跳舞地板呢。"董经理接口。

季晓晓不知为什么他们两个人，都不对着他们彼此，却只看着自己说这些话，似乎为了向自己解释，威廉姆森先生的选择没有错。

"你知道这是啥意思吗？第一天客人陆续到上海，入住，第二天，舞会，第三天，休息购物，第四天，陆续离店。光客房的收入，就是一百万美金以上。"董经理啪嗒啪嗒敲打着一只三洋牌计算器，对季晓晓说。"还没算套房的价钱。"

然后，他才把计算器放到桌子上，对总经理推过去，"现在饭店生意正淡得不得了，我们这几天，毛估估就可以赚到这个数。"

还没算上客人们在饭店里的吃用和酒水开销。

在和平饭店历史上，还没有一次，将整个饭店打包全租出去的经历。也许唯一的一次全包，是免费接待苏联海军访问上海的舰队，那是1956年的事情了。

季晓晓看到他们两个人的眼睛都亮了亮。"不管他们外国人怎么想，我们总是为国家创造外汇收入。"他们异口同声地说。

她想，他们决定要做这桩生意了。

五、传真

威廉姆森先生站在英国套房幽暗的走廊里,看上去很失望。

这个冬天阴霾的下午,季晓晓与董经理陪着他从沙逊阁一路沿着楼梯走下来,去看了九霄厅,龙凤厅,扒房。他们沿着装饰着镜子和厚玻璃壁灯的走廊向和平厅去。走廊里的灯光真是金色的,沉甸甸的,散发着季晓晓难以表达的神秘与高雅,或者说,就是威廉姆森先生所说的"味道"。在灯光里,威廉姆森先生纠正了董经理"厚玻璃"的说法,他说,那厚玻璃是世纪初在欧洲和美国非常流行的拉力克玻璃,一种出产在法国的玻璃,贵得很。现在这些拉力克玻璃都放在博物馆里。他还从未见到过世界上有别的地方,像和平饭店这样,仍旧将它们装饰在饭店各处,甚至九霄厅的两扇木门上,就像三十年代人们的用法一样。"不得了,不得了,这个和平饭店的奢侈,简直就像处女对纯真的奢侈。"威廉姆森先生压低嗓音用力说,好像不得已,要这样才能平复自己的激情。

季晓晓第一次听到有人这样喑哑着嗓子赞美自己工作的地方,心中暖洋洋的,有点飘飘然。

拐到和平厅里的时候,中午的婚宴刚结束。有两个中年妇女正用家里带来的大钢精锅子装没盛完的老鸭汤,空气里弥漫着一股鸭汤热烘烘的土腥气。但这没影响到威廉姆森先生,他兴致勃勃地在地板上跳了又跳,感受地板下面弹簧的波动。

走到和平厅的另一端,那里有个套着的小厅。威廉姆森先生指出,这里应该是原先舞厅的正门,这个小厅是原先舞厅的入口处,四壁装饰着的,都是拉力克玻璃,非常华丽。旁边那个狭长的小房间,现在用来堆放圆台面的,一定就是从前的衣帽间。小厅外面就是宽大的电梯间，雕梁画栋。当年舞会的主人，就应该在这里迎候客人。威廉姆森先生说着走到一只红木花架旁边，向电梯的方向欠了欠身，"就是这样。"

直到走进电梯里，窄小如同方格子般的电梯也被他全心全意地赞扬了一句，"不愧为完美的二十年代空间。"

一路上，董经理笑得好像个正在献宝的孩子一样。后来，季晓晓觉得不是他们带着威廉姆森先生考察饭店，而是他在为他们讲解饭店的身世。

季晓晓突然想起一件事，仗着气氛非常和睦，不再像接待外宾，她就问了："威廉姆森先生，我有个问题。我们饭店的墙上，窗上，包括顶楼的金字塔尖顶下面，都有两条狗的图案，你知道那是什么意思吗？"

"应该是华懋饭店的LOGO。"威廉姆森先生建议说，去仓库里找一张从前华懋饭店的信纸，或者从前沙逊洋行的信纸，就能确定了。

"不过，"董经理说，"现在和平饭店库房里，最早的东西，就是1956年开张以后置办的银餐具，再以前什么都没留下，连一根毛都没有。"他说着，舌头在嘴里响亮地弹了一下，表示什么都没有了。董经理从香港酒店培训回来，打算新做一套饭店明信片，已经到库房里去翻过了。

"那么就去档案馆试试。"威廉姆森先生建议说，"其实，你们自己都可以办一个小的博物馆。看起来大堂里的那些皮沙发也是三十年代的旧物。"

改造过的套房和新家具，好像给威廉姆森先生吃了一记响亮

五、传真

的耳光。

他站在门口不肯踏进门去。

董经理解释给他听,饭店从1956年重新开张以后,一直都没有大修过,饭店外面看上去很好,可里面都已败坏了。原来的钢窗不密封,外滩的市声吵得客人一直投诉,所以不得不加装一层铝合金窗子。原来的客房家具是深褐色的,几十年用下来,床架子散了,抽屉脱底了。房间里显得很暗,很阴沉。也许从前流行过这种英国风格,但现在已经不是国际流行了,所以才换浅色的客房家具。原先的确是大理石浴缸,比现在的浴缸气派大,但是因为太旧了,服务生擦浴缸很费力。

"我进饭店,最开始就在这层楼当服务生。日本客人喜欢泡澡,他们泡完澡,肥皂会粘在浴缸壁上,我第二天清浴缸,要刷好久才能刷干净。"董经理告诉他。

"但这才是地道的旧时代。"威廉姆森先生说,"我知道,那时候每天送进房间的报纸,都有专人用熨斗烫平整,才送来的。房间里所有的卧具,都是上好的亚麻布。你想想,这里曾是东亚与泰姬玛哈齐名的豪华饭店呀。"

季晓晓不知道泰姬玛哈在哪里,威廉姆森先生说,是印度的一家殖民时代豪华酒店,直到今天,它还是印度最好的饭店。

三个人沉默地站在门口,季晓晓觉得自己与董经理好像在教师办公室里罚站的学生一样。

"那么说说看,你见过原来的房间是怎样的。"威廉姆森先生终于打破沉默,重起炉灶。

董经理点点头,在房间里比划起来。这里是一对对床。当时的床有深褐色的木床套，席梦思架子嵌在床套里，下面还装着小轮，可以推动。

对床靠在一起，床的两边是两个床头柜，抽屉上刻着菱形的图案。

更衣间比现在要宽敞多了，里面有褐色的抽屉，鞋架和衣架。

房间里有五斗柜，抽屉很薄，正好能平摊开一件衬衣，不用叠起来。抽屉的四边都用一条车成圆形的木条嵌起来，摸上去很舒服。清洁抽屉也很方便。

"这里总是放着一块老式地毯，边上有排棉线流苏的那种。"董经理走到斜靠在窗前的贵妃榻前，蹲了下来。"清理完地板以后，将地毯翻回去是个手艺活。"他突然微笑了，他的师父教他此时用力要恰到好处，地毯边上的流苏才能被平整地摊开，不会粘在地毯上。这是和平饭店客房服务生的基本功，做得干脆利落才算过关。

"那么现在这些家具在仓库里吗？"威廉姆森先生问，"要是能按照原样恢复，就会是令人感动的时光倒流。它们没有过气，它们其实是非常浪漫的。"他双手合十，对季晓晓恳求道，"告诉他，你一定要告诉他，它们都是些非常浪漫的物件。"

"不。"董经理转脸过来看着季晓晓，用上海话急促地说，"不可能了，家具早已经处理给郊县的招待所了。"

季晓晓不敢看威廉姆森先生期待的脸，也不敢看董经理尴尬的脸，她只看着自己隐约可见的鼻尖。嘴里用上海话回应，"那我就不用全翻译给他听了吧。我怎么解释呢？"

五、传真

"我也毋啥办法想。"董经理说。

威廉姆森先生没等季晓晓翻译,他走过去哗地一声拉开窗帘。遍布雨痕的玻璃外,能看见对街古老的安妮公主式的大房子,那是和平饭店南楼,整个外滩最古老的房子,1907年的。

"不,它不是什么和平饭店南楼,它是皇家旅店。你们一定知道英国有个爱美人不爱江山的国王,他爱上的那个美国女人,辛普森夫人,当年就在那里住着,等她的海军丈夫来上海。他们就是在上海找律师离了婚,比在美国方便。当年她就说过,在上海,什么事情都可能发生。""我亲爱的,"他叫董经理,"我最亲爱的,"他又叫季晓晓,"故事就在身边,从未走远过。可是我们不能用这样的房间,来面向辛普森夫人的窗子。"

一字一句翻译着威廉姆森先生的长篇大论,季晓晓突然觉得自己好像在朗诵,她心中弥漫着一种奇异的感情,好像是感伤,又好像是惊异与欣喜。她才二十岁,从未体会过这种复杂难言的感情,不知为什么,她只是生怕自己哭出来。

她其实都不知道自己为什么想要哭。

董经理仰头默默听着,他脸上的颧骨显得更高了。

"那些花纹是原来的。"董经理指着天花板,他突然开始缓慢地,小心翼翼地说起了英语。"记得我第一次看到这个天花板时,心里还想,这到底从前是什么地方呀?这辈子我从来没看到过这么好看的天花板,那是九年前的事了。当时带我的师父,是老华懋饭店时的服务生。他告诉我说,他刚来饭店做服务生时,这些花纹还是彩色的呢。他说,小瘟生,你算是没得眼福。"

董经理结结巴巴地吐出一个个单词,不过,他的声音却变得柔和。"那时我每个月都要为这间套房打一次蜡，我熟悉地板上所有的钉子眼，每一块松动的地板木块，还有女人细高跟鞋留下的又小又圆的瘪宕，客人拖箱子后留下的划痕。有时候心情好，我就会猜想，这里到底从前住过什么样的客人呀。"

季晓晓望着幽暗的光线里，董经理好像沉浮在绿水中的红鲤鱼似的脸，心想，那么，这个人就是自己的师父。

"你来吧，下次我会为你恢复这间房间的原状。"董经理许诺。

自威廉姆森先生回香港后，贝拉·维斯塔舞会的事就在饭店里传开了。对董经理和季晓晓来说，它变成源源不断的传真纸。办公室那台三洋传真机前面，常常拖了一条长纸，一直垂到地板上，有时还在地板上堆成雪白的一小堆。本来它放在董经理的办公桌上，后来季晓晓收发不方便，就将它单独放在茶几上。常常早上打开办公室的门，迎面就看见茶几前面的地板上蛇般地盘着一堆纸。

TO PEACE HOTEL：我们已在香港招募客人，客人们会从东南亚，澳大利亚，甚至英国来。里面不光有富翁，艺人，还有英国的历史学家，甚至还找到一位老先生，他1939年在华懋饭店结的婚。

季晓晓忍不住问了声，"那么他老婆也来吗？"她被董经理教训了一句，"小姑娘管这么多客人的隐私干什么？我们做酒店的，只管照顾好到你店里来的客人就行了，别的事情不要管。"

五、传真

TO MW AND COMPANY：我们已开始采购为五百个客人同时服务的用具与酒水饮料。这是和平饭店成立以来第一次为舞会准备的大型宴会和酒店服务，是我们接待的最大一个散客团体，大家都很重视。饭店同时也开始了对服务生，领班和经理的培训。我们预计那个晚宴的三道菜加上一道甜点，需要上下四千多只盘子，三千多只酒杯和五百只咖啡杯加杯碟，整个四天的服务，我们会准备充足的烈酒和软性酒，也已经开始从法国预订足够的依云矿泉水。我们服务生们上菜和撤盘的路线已经制定，并进行过一次预演。为了确保服务质量，我们请已经退休了的老员工回来坐镇，他们富有经验。我们的主厨保证，到时候每只端上来的盘子都是热的。

TO PEACE HOTEL：贝拉·维斯塔舞会的传统，每次都会有一个主题。这次和平饭店的主题，是领呔，三十年代男士用的领呔曾风靡一时，因此，在这里我们也暗指三十年代。这也是华懋饭店最风光的时代，是上海最风光的时代。上海在三十年代曾到达过世界著名大都会的高度，与纽约巴黎齐名。这点也许现在的上海不以为然，但海外却仍旧仰慕追忆不已。在舞会上，客人们会打扮成三十年代的样子。另外，还将邀请一个易装艺术家小组来舞会做特别表演。他们也将演绎三十年代风格。关于季小姐的问题，我在香港查到了一个答案，那两条狗——其实是两条猎犬，是华懋饭店的标志。香港这里有人在上海出版的旧英文报纸上找到了带有这个标志的华懋饭店广告。

TO MW AND COMPANY：我们和平饭店很高兴知道了那两

条猎犬标志的含义。经历过"文化大革命"初外滩破四旧，我们周围的大楼都砸毁了不少过去的东西，但和平饭店却侥幸保留了完整的历史印记。我们饭店已经扩充了为客人洗烫衣物的工作间，虽然五百个客人要是同时需要洗烫衣物，对饭店来说工作量太大，但我们一定会满足客人的要求。关于易装艺术家表演小组来华事宜，我们必须向上面申报。由于他们并不是公开演出，我们决定将他们作为客人申报。关于解释易装艺术家的含义，我们认为他们与我国传统京剧中的旦角表演性质相同。

TO PEACE HOTEL：我们在《南华早报》上刊登了前往和平饭店的广告，反响非常热烈。撰稿人提到了三十年代在上海的《北华捷报》上曾有过介绍沙逊爵士举办的那些传奇般的舞会的照片，那次是以马戏团为主题的，沙逊爵士自己装扮成一个魔术师。附上简报一份，似乎他们当年的照片就是在我们曾站立过的位置拍摄的。当时正是太平洋战争前夕上海最后的和平岁月，歌舞升平。沙逊爵士的舞会是上海侨民无法拒绝的娱乐。这个报道极大地开拓了女士们置办新装的想象空间，香港的私人裁缝最近生意奇佳！托尼和苏珊，你们一定要知道，你们手中握有的无价之宝，就是你们那饱经风霜的老饭店。世界上有如此多美丽的酒店，但像和平饭店这样的，仍是我所见到过的最有情调的，最能感受时光如何流逝的浪漫地。相信我。

季晓晓，也就是威廉姆森先生所称的苏珊，自然而然地成了董经理的文字助理。她负责把这些传真归档，摘出重要的句子打印出来，做成简报。贝拉·维斯塔舞会渐渐变成了整个饭店的中

五、传真

心工作,季晓晓因此认识了各个部门的同事,因为他们见到她,会主动问她进展的情况,不少人喜欢问她那个外国人又说了什么饭店的老故事。当有一天,季晓晓发现自己竟然在为集团下来检查工作的领导讲解九霄厅门上的拉力克双面玻璃,发现总经理正站在灯下笑眯眯地望着自己,董经理站在总经理旁边也笑眯眯地望着自己,她突然慌了,脸热烘烘地红了起来:"不好意思,我乱讲了。"

董经理笑了起来,他说,"哪里,小姑娘天天收发传真,做简报,从那里面真学到不少货真价实的东西呢。他们团支部搞义务劳动,帮和平厅清洁地毯,小姑娘都先去给团员做了一个饭店历史的报告,算是动员会的一项内容。"

"讲得不错呀。我最早从部队复员时,也在和平饭店做过服务员。我也记得看到窗子上和墙上的两条狗,我今天才第一次知道到底是怎么回事。"领导长着白净软胖的圆脸,脸上微微笑着,好像一尊菩萨。

"威廉姆森先生一口一个'你们的饭店'。"季晓晓说,她的确对此有点不习惯。

"当然啦,我们都是饭店的主人。"领导说,"现在大概这种爱店如家的教育薄弱了,我年轻时进饭店,新员工培训时,最开始就教育我们,我们是国家的主人,我们是饭店的主人,所以要爱店如家,不许浪费。"

董经理说,他进店里的时候,也教育新员工要爱店如家。

季晓晓在饭店里渐渐有了名气,因为从她那里常常能听到一些饭店过去的事。虽然都是旧闻,但对饭店的年轻人来说,却是新知。她是个和气害羞的小姑娘，贝拉·维斯塔舞会的进展情况饭店里人人关心，只要有人问她，她总一五一十地说给别人听。所以，董经理出门去找已经卖出去了的旧家具，饭店里的人马上就知道了，知道的人统统大骂当年三文不值两文卖掉家具的人是败家精。等董经理押着一车旧家具回来，饭店里能从岗位上跑得开的人都去围观，好像迎接老相识回家那样，你一把，我一把，帮着把它们抬下车来。董经理浑身香烟味，从卡车的副驾驶座里跳下来，高声骂了一句："册那！"季晓晓不知道她师父这是太自豪，还是很生气，或者是有点不好意思。

那天，她下楼来到大堂里，老年爵士乐队已经演出了，大堂里响彻了他们的音乐声。季晓晓好奇地走到酒吧门口张了张，哪知道酒吧里的女人认出她来，很热情地把她往里面让。

那人，就是季晓晓第一天上班时在滇池路门口遇见的女人，季晓晓心里称她黑里俏的那个女人，原来她叫阿四。

这是季晓晓第一次进酒吧，她新奇地看着屋顶上的铸铁吊灯没照亮的地方，暗影幢幢中，有人正随着震耳欲聋的音乐起舞，像水草一样荡漾。满墙琳琅的外国酒瓶子前，一个穿黑色马甲的瘦高酒保正摇动手中的SHAKE，摇着摇着，突然向半空中抛上去，引得吧台上坐着的一圈客人都鼓起掌来。季晓晓想起母亲从不许自己去酒吧和咖啡馆的家规，在本分的父母看来，出入那种地方的小姑娘，都不是什么正经人家出来的清白女儿。

虽然第一次来酒吧，可季晓晓一点也不觉得陌生。她似乎很适应这种幽暗的光线和总是慢了半拍的乐曲，和平饭店天生就应该是这种光线。乐队老伯伯们在乐曲中摇晃的脸上，有时被追光灯照亮,有时又荡入暗影中,这让季晓晓想起蹲在地板上的董经理,她的师父,想到他在套房里的幽暗中荡漾的脸。季晓晓觉得这样的脸,也是天生就属于和平饭店的。她甚至觉得自己很喜欢这里沉重空气里面的香烟气味和酒精气味,这种不清白对她来说真激动人心。

阿四领她到吧台的空座位上坐下,麻利地给她倒了一杯可乐,拿了一小碟花生米,说,"苏珊,你该到我们酒吧来体验一下生活,将来好对外国人好好介绍我们饭店。"她果然是个热情的女人,再三夸季晓晓的报告做得好,"我从小跟着我爹爹来饭店,那时候,龙凤厅天花板上的龙凤比现在要清爽多了,现在只管一次次往上面刷涂料,线条都不那么清楚了。其实要是能趁机将饭店好好修一次,就更好了。好容易遇到识货的,总是要做得地道才好呀。"

季晓晓嗳了一声。她暗自遗憾自己没能得到一杯吧台上人人都在喝的烈酒。和电影里的情形一样,客人在手里慢慢晃动着玻璃杯子里金黄色的酒,冰块发出晶莹的响声。她觉得自己虽然本分,心中却有种对豪华大饭店熟门熟路的喜爱。

阿四的爹爹被饭店请回来,到厨房压阵。

"原来上次饭店演习时,我在大厨房门口看到一个大厨,威风凛凛挺着个将军肚,叉腰站着,他就是你爹爹呀。"季晓晓恍然大悟,她从来没见过这么威风体面的厨子。董经理告诉她,他是和平饭店厨房的老法师,舞会前面的晚宴定下来的三道菜,第一道:清汤罗西尼,第二道:芝士烙鲜贝,第三道:美国沙朗牛排,都是他拿手的,特别是牛排。

那次，各路老法师们都被请回来为饭店出谋划策，季晓晓和董经理在大门口迎接他们，整个饭店好像过节一样，有一股张灯结彩般热烈的喜气。

阿四脸上很自豪。

其实，季晓晓心里也很自豪。她说，"下次我把沙逊的照片带来给你看，我们在档案馆里找到了他的照片，准备镶个镜框，挂在沙逊阁的走廊里。"

阿四眼睛都睁大了，"他好看吗？"

"蛮有派头的，戴了一个眼镜，那种夹在眼眶里的，外国电影里看到过的。"季晓晓将食指和拇指圈成一个圈，压在左眼睛上，"脸上一丝笑也没有。西装的插袋里插了一枝白色的花。"

听上去一表人才哦。阿四笑着吸了吸嘴角。季晓晓心中暗暗微笑，阿四果然与自己一样。这种兴趣如果就是政治老师谴责的那种叫爱慕虚荣的坏品质，她也找到了一个同道。

"所以这人才那么喜欢开舞会，一表人才的人总是最好别人也都欣赏自己呀。"阿四还在想，"你说，他是不是真的不愿意跟自己的女人合用一间浴室呀？饭店里的人都在传他定规不要别人进他的浴室。他怕什么呢？要么有洁癖。"

"大概不高兴别人看到他的跷脚。"季晓晓说，没有什么人是十全十美的。"所以他也不结婚。"

"你说你到现在为止，最喜欢饭店的什么地方？我最喜欢滇池路转门上面的那个小阳台。我最喜欢坐在那里看下面人来人往。"

"我也是！下面要是烧咖啡，味道就蒸上来了，好闻极了。我

五、传真

能看到别人,别人不会注意到我。"

她们相约找一天中午休息的时候,到那个面对大堂的半圆形阳台上去碰头。

年轻女孩心中总是有种对同类甜蜜的亲热,总是乐于分享,尤其乐于分享那些与俗世训诫相背离的内心感受。友谊油然而生,阿四与季晓晓就这样成了小姐妹。

TO MW AND COMPANY:我们饭店必须在舞会开始前两天就不接受预订,在舞会结束后的两天之内,整个饭店都需要休整清洁,也无法接受新客人,因此我们仔细核算后,不得不提高这几天的房价,来弥补一部分损失。这是我们这次报价不得不比我们的市场价高的原因,希望得到客人的理解。

TO PEACE HOTEL:我们认为还需要在浴室里放更多法国进口的矿泉水,因为客人们需要用那些瓶装的矿泉水漱口。鉴于我们中有许多人曾在印度和东南亚其他地方旅行过,并有过腹泻的痛苦经历,以此有必要大量增加瓶装水的供应。如果临时供应不足,我们也可以用低度葡萄酒代替。不过了解更多的中国文化也许是个好主意,所以我们都同意第二天早上安排太极拳课。地点在外滩堤岸上也很好,我们会事先招募愿意去学打拳的客人。

TO MW AND COMPANY:我们这边已经凑齐了套房的老家具,带有流苏,花样传统的波斯地毯也找到。家具是到郊县去,分别从好几家招待所里找回来的。那些旧家具,即使是郊县的招待所,都嫌太旧，用得四分五裂了。运回饭店时，不少人到员工通道口来欢迎。请木匠整修过，重新上了层蜡克，已经放回原位。

董经理站在窗前，望着对街的老房子，将双手插在三件套培罗蒙西装的马甲襟上，口授着传真内容。季晓晓觉得师父在这种时候，会不由自主地模仿着苏联电影里运筹帷幄的列宁。董经理最后加了一句，"马丁，我说到做到。现在你可以告诉你的客人们，他们将要看到一个真正的上海高级老饭店原汁原味的样子了。"

这时，他和威廉姆森先生已经互相称呼名字，不再先生来，先生去。

TO MW AND COMPANY：我们饭店今日召开员工动员大会，要求客人到达以后，至少全部党员和团员都要住在饭店里，不要请假，保证服务。员工们就在办公区打地铺休息。接机过程已经确定，客人到达后，行李与客人在机场就将分离，全部托运行李由饭店员工帮忙取回饭店，分送到各个房间。所以务请客人在行李吊牌上写清自己的姓名和房间号。客人们将直接上饭店班车，在班车上即可办理入住手续。虽然还有千头万绪的工作要完成，但我们已经准备好了。欢迎来到和平饭店。

马丁，我们虹桥机场见！

TO PEACE HOTEL：传真一份我给我们客人的忠告给你们备份，我如此感激你们做出的努力，请相信我们此刻心中充满感激和对和平饭店舞会的无限期待。"各位：上海和平饭店的员工们为我

五、传真

们的舞会付出的努力和热情是我们目前很难想象的,他们将我们视为文明人,所以各位千万珍重自律,不要让和平饭店失望。"

托尼,我们虹桥机场见!

TO MW AND COMPANY:十万火急!我们向广播电台借到了下半夜舞会需要用的唱机和功放,为了保险起见,还借来了两台。但是实在找不到可以做DJ的人,你们得自行解决。切切。

TO PEACE HOTEL:我们会从香港带DJ过来,放心,不会让下半夜冷场的。睡个好觉!

最后一次向那个香港区号的号码发送传真,季晓晓看着那张写满英文的传真纸从传真槽里滚出来,滑落在地板上。她想起董经理在套房地板前说的话,现在,她也可以用他富有感情的语调说起带有流苏的波斯地毯那样,说起这台三洋牌传真机。她发现自己心里已有了种老员工的感觉。

明天舞会的客人们就要起程来到上海,董经理在外面忙了一天,落实放在客人班车上的车资箱。直到今天上午,董经理才想到,客人们一下飞机,就伸手向他们收车钱,有损于大饭店的气派。所以他想在班车上放车资箱,由客人自动投钱进去。董经理不在,就季晓晓一个人镇守在办公室,不过,董经理答应明天带上她一起去虹桥机场接站。季晓晓在大堂礼宾部的柜台那里见到椭圆的黄铜迎接牌,上面欢迎贝拉·维斯塔客人的牌子都夹好了。记得当时威廉姆森先生就斜靠在那里。现在真正是万事皆备,只欠东风了。

　　季晓晓弯腰拾起地上的传真稿，存进文件夹的最后一页。关于贝拉·维斯塔舞会所有的来往传真都存了档，足有半尺厚，最早的传真已经开始褪色。她心里还是不太相信，舞会明天就要真的开始了。

　　季晓晓望得见办公室窗子对面的房子，那就是去年威廉姆森先生指给他们看的辛普森夫人住过的房子。她想象那个澳门的贝拉·维斯塔酒店，一定是天堂一样的地方，自家自惭形秽，只有努力工作，努力满足客人的需要，才能争取到这样的舞会。现在她意识到，也许这一刻的到来是必然的。

　　总经理已经一星期没回家了，董经理也是，就是她这样的小巴拉子，都一星期没空回家。总经理已经累病了，他就在办公室里打点滴。在季晓晓看来，他已经很老了，不能老睡在办公室里。但大家其实都有点怀疑自家的饭店是不是能做得好，看到他在饭店里走来走去，比较定心。董经理每日奔进奔出，两眼光芒四射，却什么也吃不下，光喝水。阿四整天检查她负责的那些酒杯子，保证它们个个都晶莹闪亮，挂在吧台上，好像晴天夜空里的星星那样一味地闪光。就连从其他酒店借来的吹头发的阿姨也到位了，阿姨们换上了饭店给的制服，一律的白衬衣，黑马甲，黑色领呔，远远看，要先看屁股大不大，才能确定那是男人，还是女人。客房部的换好了白色制服，餐饮部的换好了红色制服，门童也都换好了杏黄色的制服。

　　忙完了办公室的那些事，季晓晓不由自主要再去看看八楼，龙凤厅，和平厅，明天那里就是整个饭店的心脏。离开办公室时，她

五、传真

听到大堂里传来一阵阵掌声，那是客房部的共青团员正在练习明天夹道欢迎客人，不知有人说了什么，人们哄笑起来，兴奋的笑声好像一群被惊起的鸽子那样四下散落。她后来一直都无法忘记那个夜晚的饭店，没有客人，却四处都是跃跃欲试，匆匆忙忙的饭店工作人员。每层楼都灯火通明，新打过蜡的老地板，擦得纤尘不染的灯罩，刚刚做好保养的大理石柱子，四处都闪闪发光。在季晓晓心中，只有小时候跟妈妈去宁波的乡下老家过年，才有这样隆重的喜意。

在龙凤厅门口，她看见正仰头望着天花板的董经理，原来他也在这里。

龙凤厅里所有的灯都打开了，通体透明，好像神话里的宫殿一般。龙凤与倒挂蝙蝠在隐藏在天花板吊顶中的霓虹灯映照下富丽堂皇。蓝绿色上的云朵一层层地卷曲着，有一点变形。所以季晓晓第一次看到它们的时候，老觉得只有在梦里才能看见这样的云。此刻她发现自己大概算是看懂了，原来这就是DECO，是三十年代上海的摩登。金色的龙和凤，还有金色的蝙蝠和红色的夜明珠。原来这就是契丹的颜色，CATHAY HOTEL自己的颜色，就像泰姬玛哈饭店里面火焰形状的拱门，是它们自己的形状。季晓晓想起威廉姆森先生在某一份传真里解释过CATHAY的含义，她自己又去查了字典，契丹是外国人所认识和想象的中国。

天花板好像一个秘境般笼罩着整个餐厅，那是一种红彤彤的神秘。季晓晓暗自在心里点头，难怪威廉姆森先生会看中饭店，到底是见过世面的人，他猜都猜得出来，一旦打扮起来，它会有多么漂亮。只要当时威廉姆森先生侧身靠在大堂一角的柜台边，开口说："我有一个五百人的舞会，你们这里能不能办？"和平饭店就会被唤醒，好像童话里在森林里被唤醒的，已沉睡多年的公主。

"要是没有我师父他们用白报纸把整个天花板都糊起来，红卫兵老早就把它们全都砸光了。现在我还真不知道，饭店有什么拿得出手，能卖出这么个好价钱。"董经理突然仰着头说了一句。

正说着，餐饮部经理带着几个一律结着蓝色的和平饭店长领带的领班走过来，这一行人都中规中矩穿好了明天的制服，皮鞋踩在新打好蜡的地板上，兹拉兹拉地发出一片响声，好像一只坦克开过来。

明天五百个客人的晚宴，和平厅，扒房和龙凤厅，都已摆满铺好整烫一新的红桌布的圆台面。他们最后要再走一遍明天宴会传菜的路线，虽然大队人马已经预演过三次，他们还是再要敲敲定。保证上菜的，和撤盘子的，分开两条路线，快速，不乱。

他们匆匆过来打了个招呼，就往和平厅去了。董经理就望着他们的背影笑，"这些瘟生，本来都是麻将牌，拨一拨才动一动的，现在倒真正都魂灵生进去哉。"

季晓晓突然说，"我以后结婚，一定也要在饭店里摆酒。"她说出口，才发现自己说的是昏话，自己男朋友也没有，工资才一百多块钱，她脸一下子烫了。"癞蛤蟆想吃天鹅肉哦，呵呵。"她赶忙补上一句。

董经理却笑眯眯地点头，"到时候我来帮你申请特别折扣好啦。员工价上再打折，爽气哦？"

五、传真

季晓晓知道"高潮"是什么意思，但却不知道，贝拉·维斯塔舞会在和平饭店掀起的高潮，会这样不知停歇，高了还要再高。

这天，客人们陆续到达，大堂里的鼓掌声断断续续响了一天。客人们从客人电梯进了房间，他们一千五百多件托运行李也陆续从货运电梯源源不断送进了各个房间。季晓晓最后没能跟董经理去机场，因为她要留在饭店负责接应。那时手机还叫做大哥大，董经理带去机场，不时打电话过来。他也发给季晓晓一个，通一会话，电话就烫耳朵。直到半夜，董经理从机场回到饭店，客人和他们的托运行李才算无一差错地全部妥当了。

到了傍晚，酒吧里已经挤得水泄不通，连大堂的咖啡座里都坐满了人，欢声笑语不绝于耳。服务生全部在岗位上，连总经理也在房间里坐不住，一直在各个楼面上巡查。

那天晚上，酒吧里瘦高个头的调酒师大出了一把风头，他改动了一下威廉姆森先生从香港带来的鸡尾酒配方，让那款叫"夜上海"的鸡尾酒更甜些，因为上海的口味本来就是甜腻的。这款酒实在太应景，所以客人点了又点。很快，客人中就传开了，老年爵士酒吧里，有个姓王的调酒师是"COCKTAIL KING"。那天，酒吧从下午两点就开始营业，直到第二天早上四点，客人才勉强散去，从吧台下面清出来一大堆花花绿绿的空酒瓶。

阿四欢天喜地地对季晓晓说，"客人们喝了酒，酒精在身子里面发挥作用，赛过砂锅炖鸡汤，香味会慢慢散出来。那时候气氛就疯起来了。跳贴面舞的人，女人都是脱了鞋子，直接站在男人脚面上的。我哪里见过这种场面，就算在电影里也没见过呀，只好以为自己在做梦。要掐自己一下子。"

"蛮好你叫我一声的,我也好开开眼界。"季晓晓惊叹。

其实那天晚上她看不成热闹的,董经理和威廉姆森先生要最后敲定舞会的细节,她累到对威廉姆森先生说了一大通上海话,还以为自己说的是英文。

威廉姆森先生在摆妥全套旧家具的房间里,穿着一条白绿相间的宽条裤子,头发用发蜡梳得纹丝不乱,就好像从以前的美国电影里掉下来的人物,与房间再匹配也没有了。但是威廉姆森先生说,这是模仿尼尔·考沃德的打扮,他是曾经在华懋饭店套房住过的英国剧作家,在饭店里写过一个俏皮的轻喜剧,叫《私人生活》。

当年这个考沃德先生在北京得了流行性感冒,在华懋饭店养病。然后,他去了幽暗大陆,在曼谷的东方酒店住下。和平饭店已经不知道当年他住的七楼套房到底是哪一间了,但东方酒店里,考沃德的房间挂了牌子,想住作家庭院考沃德套房的客人,要提前好几个月预订才行。

"客人们真有趣,真会玩,真客气。叫你做一点事,就谢谢,就塞小费给你。客人塞给我小费的时候,我脸烫得要死。"

"你难为情啊?"季晓晓问。

"我高兴!高兴还来不及,觉得自己的服务价值很高。"阿四大笑。

季晓晓想到,在套房里见到威廉姆森先生时,他大笑着与自己先握了握手,后来又说:"苏珊,我真想拥抱你,但我知道中国女孩子不习惯的,我只是想说,真的太谢谢了!"

那一刻,季晓晓也觉得心里高兴极了。

五、传真

董经理站在旁边调侃说，小姑娘喜滋滋的，好像拾到一个金元宝。

第二天，到客人们全都在桌前坐定，季晓晓才明白那一千五百件托运行李里到底装的是什么。那里面装着的，全是盛装，黑缎子的高礼帽，缀满了闪光片的长裙子，缀满了金片的晚礼服，装扮成清朝贵妇的全套装束，粉红色的绣花长衫，天青色的绣花长裤，宝蓝色的绣花鞋，还有头上缀着宝石的银簪子，古铜色的旧手杖，各种各样的香水气味。饭店的女孩子们一边服务，一边心神不定，眼睛来不及看，脸上已笑开了花。

领班们时不时要轻声警告看花了眼的服务生们。五百副刀叉勺，一副也不能放错。每个客人至少四只不同用途的杯子，一只也不能少，一只也不能打翻。一共三道热菜，每个盘子都要保证热乎乎地放到客人面前，拿破仑蛋糕盘子边上的鲜奶油花，每只都要保证花形完整。

就是董经理也没预料到，这个晚宴真的会一点差错也没出。每张桌子都井然有序，每个服务生都没失手。最后一道甜品上完以后，只见餐饮部经理双臂举起，重重在自己大腿上拍了一把。站在他旁边的董经理，也重重在大腿上拍了一下。

最后，阿四的爹爹被威廉姆森先生特意从主厨房里请了出来，他穿着雪白的制服，裸露的双臂红红的，接受客人们鼓掌欢呼。守在边上的服务生们先是好奇而害羞地笑着看，后来董经理把总是夹在腋下的包往季晓晓手中一塞，带头向阿四爹爹鼓掌，和平饭店的员工也跟着哗啦啦地鼓起掌来。阿四笑得眼泪汪汪，一个劲地拍自己胸脯："他是我爹爹，他是我的爹爹！"

季晓晓以为，这就算高潮了。可是，等舞会开始入场后，季晓晓才知道箱子里的戏法才刚刚开始。

片刻，晚宴的礼服统统换成了跳舞服，小厅里花团锦簇，欢声笑语。威廉姆森先生站在小厅的电梯间里招呼客人，将自己打扮成阿拉伯的劳伦斯。易装小组的"女孩们"穿着装饰着羽毛与金线的长裙，带着巴洛克式的假发，却装饰着夸张的假睫毛，或者缀满亮片，仅供遮体的比基尼短裙，露出遍体浓黑的男人汗毛，他们来到一派欢愉的人群中，带来了荒诞与色情的气氛。当他们高举双臂，季晓晓能看到他们那男人宽大壮实的腋下，有一团刮干净汗毛后皮下呈现出来的青色。他们在原先单纯的华丽情形中融合进去一些小丑的滑稽与悲哀，就像和平厅老房子本身的陈宿气，将原先金光闪闪的炫耀中和成了一种静默的沧桑。

总经理穿着他那套灰色的培罗蒙西装，并扣着每一粒纽扣。他特意到舞会上，请女客人跳第一支舞。一支中规中矩的狐步舞。听说那女客人是从英国来的历史学家，写过上海的书，书里还特别写到了和平饭店，以及三十年代在舞厅里举办过的"那些臭名昭著的舞会"。威廉姆森先生关于和平饭店的许多故事，都是从她那里听说的。总经理的舞步殷勤而审慎，脸上有一大粒痣的历史学家扶着他的后背，好像在鼓励他做他想做的事，并感谢他已经做的事。这时，一个女服务生挤到季晓晓身边，说，"你看那个女人的珍珠耳环好看哦？世界上真有那么大的珍珠哦。"

但季晓晓的目光已经粘在一个年轻男人身上了，从正面看，那个黑发的英俊男人穿着中规中矩的白衬衣，打着一只白领结。可身后的衬衣却撕开一条大口子，露出晒成古铜色的背脊。她从未

五、传真

看见过修饰得这么精心,却一点也不娘娘腔的干净男人。检讨自己,季晓晓觉得自己太潦草了,都不像个女孩子。

舞会伊始时,人们彬彬有礼地扮演着上个时代的人。在场的人,无论是和平饭店的职员,还是和平饭店的客人,没人见识过当年沙逊爵士的那些传奇的化装舞会。但当化装成三十年代的人们开始翩翩起舞,那金灿灿的长裙点缀着男士们白衬衫上的黑色呔,已多年未曾如此闪烁过的水晶吊灯大放光芒,好像真的到了与历史相接的某一刻,人们开始沉醉到宾至如归的融合当中。

舞会这样漫长,客人们换了一套衣服,再换一套。子夜以后,空气开始变得混浊,充满了热烘烘的肉体蒸发出来的脂粉与香水的气味,还有酒精与潮湿的丝绸的气味。有人在椅子上坐着睡着了,也有盛装的女人们,索性横陈玉体,直接睡在地板上,金发铺了满地。剩下的人们还接着跳的士高,脸上都是恍惚的笑容。

和平厅此刻光芒四射,好像刚洗了热水澡,穿上了新衣服的人那样焕然一新。季晓晓想起董经理说过的话,他说,客人好看,房子就会焕发出平日里看不到的光彩,客人靠房子来衬托,房子也得靠客人来衬托。他说,这是他师父那时告诉他的,他却一直没听懂,直到今天。

到早晨差不多七点钟的时候,按照上海舞厅的规矩,客人们跳了最后一支圆舞曲《友谊地久天长》。接下来,舞厅里的众多通宵舞会幸存者一起拍了一张合影,这时候,季晓晓看到了其中一个穿着橘红色中国长衫的老人,据说,他就是1939年在这里度蜜月的那个人。闪光灯像闪电那样照亮了那些人疲惫而快活的脸,季晓晓想,大概这就叫狂欢了吧。好像印证她心中的猜想那样,有个合影者高声说了句:"这是多么无与伦比的舞会!"

董经理手腕上长长短短挂着各种打开着电源的照相机,他一遍遍高声叫着:"One, Two, Three, Cheese!"人们一遍遍地合着影。

Cheese, Cheese, 透过各种各样打开的镜头,能看见被汗水糊了的晚妆,闪烁着细碎光芒的1929年的水晶灯,银色的眼影,猩红的嘴唇,装饰着金色浮雕的高大的天花板,与体味混成一团,已不新鲜了的浓香气味,黄色的半圆拉力克壁灯,淡青色的三角拉力克壁灯,衬衣背后的皱褶,1929年流线形的金属吧台,紧裹着小腹的丝绸长裙,明黄色的墙壁上龟背竹的投影,口中发酸的陈宿酒气,微微肿胀的面孔,这原来就是纵情狂欢过的样子。被无数欢快的跳舞鞋踏过,那是吉特巴舞步,被无数柔软的裙裾拂过,那是维也纳圆舞曲的弹簧地板,好像从长梦中醒来的人。董经理也高声说:"Cheese!这真的是无与伦比的。"

清晨的阳光照亮了舞厅,季晓晓看到地板上到处都有闪闪发光之物,那是夜里落下的戒指,耳环,以及裙子上散落下来的各种亮片,还有舞会结束时客人们抛向空中的假钻皇冠,手链,脚链。她看到服务了一整夜,还端正地穿着红制服的服务生们,正默默面对舞厅站着。在薄雾似的晨曦中,他们似乎不能相信昨夜的一切就这样消失了,他们似乎已在缅怀,好像沉浮在水底的金鱼,一动不动。

"从前听饭店的老人说,这个饭店有多豪华,我们这些人都听过算数。房子的好,大家看见。但饭店可以有多豪华,想象不出来。从前我们饭店的作风,就像个大招待所。"董经理说。不过,

五、传 真

他们俩都知道,从今以后,和平饭店再也不会像一个招待所了,它终于会像一个真正的大饭店。虽然这个肯定要再等上两年,世界饭店组织才将"世界一百家最著名饭店"的头衔颁发给和平饭店,而且始终只颁发给中国唯一的这一家饭店。但在那天,在舞会结束后的和平厅,季晓晓和她的师父心中已经确定了这一点。

"那么,什么叫豪华呢?"季晓晓那时问。

"不计成本狂欢的客人,全心全意的服务,还有物尽其用的漂亮大房子,大家一起来造一个大头梦,这就是豪华。说到底,和平饭店到底还是有自己的运道。"董经理说。

那么,当威廉姆森先生带着那些不舍得脱下跳舞服的人们下楼去,梦也就醒了。季晓晓心里划过一种不舍。

"小姑娘不要贪心不足,"董经理教训季晓晓说,"你想想我师父,他1948年上海乱哄哄的时候进来当学徒工,等了一辈子,一辈子都没机会参加一次饭店的大事。"

董经理仍旧穿着昨晚和客人们一起跳迪斯科时的深蓝色经理制服,满面喜气洋洋。这是他职业生涯中的第一个高峰:卖空了饭店准备的三千多瓶酒水,一百桶果汁,客人们带来了一百万美金的消费。不仅是这些数字,还有亲眼目睹了因为他们的服务而心满意足的客人们。这是他第一次看到如此兴高采烈,心满意足的住店客人。

他看了看兴致勃勃跟在身边的季晓晓,这个年轻的女孩熬了一夜,脸好像变得消瘦了,或者说,成熟了。"你是很幸运的,晓得哦?你还是学徒,就看到了饭店最辉煌的时候。"董经理忍不住对季晓晓说。

季晓晓微笑了一下说,"我晓得的。"

客人们离开后,整个饭店顿时空了下来,就像一件脱下来的外套,带着身体造成的皱褶与体温。

董经理从抽屉里拿出一串钥匙,在季晓晓面前晃了晃:"我说过要补偿你没能去机场的。"那是沙逊阁的钥匙,季晓晓要是不回家,就可以去那里睡一晚,享受与沙逊一样的待遇。

季晓晓叫上了阿四。阿四拎上来一只大篮子。她这次在酒吧整整三天都没回家,学会了调酒,正在兴头上。"我给你调夜上海试试。王师傅教过我了。"

她们两个推开沙逊阁的玻璃门。天色已是黄昏,那是三月寒意料峭的黄昏,沙逊阁里静悄悄的,只听得暖气发出嘶嘶的响声,面向黄浦江的拱门窗和窗前的皮沙发与长茶几,已半沉入一团昏暗之中,长茶几上的玻璃像明亮的水洼一样,泛着淡青色的暮色。季晓晓似乎刚刚感受到了寒意,她恢复了对天气正常的感受,而昨天早晨,就在昨天,她穿着单薄的制服在外滩堤岸上与威廉姆森先生跳过一支舞,却没感到过寒冷。

季晓晓引阿四去看挂在门边的沙逊照片。阿四看着看着,突然打了一个寒战,她四下看看,压低嗓门问,"你说,他会不会魂灵还在这里呀?我怎么觉得后背上汗毛凛凛的。"

整个饭店通体寂静无声,仿佛一件被挂在衣橱深处的外套一样寂静无声。

季晓晓推了阿四一下,"不要吓人呀,客人说过,这个人好像还没有死呐,不会有灵魂的。"

五、传真

阿四松了一口气:"那就好。"

"听说他现在住在一个叫什么拿骚的地方。"

"不要紧,总是与上海远开八只脚的地方了。"

"你说,他会不会像老资本家落实政策那样,回来要房子了?"阿四又问。

季晓晓却说,这个沙逊不论如何,听上去都好像是个历史人物了,还是更像鬼魂。

她们走进屋去。这里原本是沙逊的会客室,那里原本是他的卧室,那里的窗边上有个小梳妆台,有面圆镜子的,是他留下来的梳妆台。这里有个暗门,推开来,里面就是他独自一个人用的浴室。

墙上的黑色大理石至今还能照得见人形,果然是上好的印度黑色大理石。季晓晓过去拧开淡绿色浴缸上方的热水龙头,那个脸上没有一丝笑容的男人从前就是在这里洗澡的,他也是这样拧开热水龙头的。阿四伸手到花洒下面接着,虽然她们都仰头等着,但却真的没想过那里还能用。所以,热水突然从花洒中喷洒出来,她们都惊叫起来,往后一跳,就往外逃去。

"你别吓我呀。"她们笑着推搡彼此,脸腮两边本来竖着的汗毛却渐渐倒伏下来,鸡皮疙瘩也退回到皮肤里面去了。

夜色降临在这四壁全是深褐色护壁板的顶楼套房里,下面的黄浦江水泛出灯光的细碎金色。季晓晓打开了房间里所有的灯,那些古老的铸铁吊灯在天花板上留下长长的影子。那些天花板上的白色浮雕花纹与枝蔓,让季晓晓想起董经理从前说过的话,它们曾经是彩色的。

阿四从篮子里一一取出酒杯，酒瓶和调酒棒，然后，取出了两个平整的新杯垫，那上面的和平饭店图案，还是这次董经理新做的。他说过这是一个DECO的图案。阿四甚至还带来了一个亮晶晶的SHAKE，里面装着冰块。"今天想不到我也做了一张飞单。"阿四吐了吐舌尖，"我师父知道了，要骂死我。"

这几天酒吧的人到客房里为客人调酒，就会带齐这些家什。不过，做客房服务时，他们会用个茶色的小推车推着篮子，手臂上再搭上一块雪白平整的大巾。这个季晓晓知道。在走廊里有时偶尔遇见，他们恍然是从电影里直接走下来的人。

阿四宛然一笑，从篮子里抽出一块白色的大巾，烫得平平整整的。她将大巾搭在左手臂上，对季晓晓弯了弯腰。"女士，你先尝尝口味可以吗？要是不够甜，我还可以多加点我们本地产的桂花酒，很不错的味道。"

看阿四说得这么津津有味，季晓晓忍不住笑，"你可真是你爹爹的女儿。他烧菜，你调酒。你家人的一只舌头，真的有口福。那天我看见你跳起来给你爹爹鼓掌啦。我也鼓掌啦，他那天可真光彩。"

阿四自家喝了口酒，说，"你才算是有口福，这次我也忙，我爹爹也忙，都没捞到机会给他调杯酒吃。"她用手肘轻轻戳了季晓晓的肚子一下，"我爹夸你聪明啦。他说，他也是这次才知道那两条狗到底是什么意思。"

季晓晓笑得美滋滋的。她知道自己不笨。

"还夸你师父啦。他说那个小瘟生托尼，刚复员来饭店的时候，蔫头搭脑的，看不出能做大事。"阿四接着说。"你师父是从

五、传真

越南打仗回来的复员军人呢，是新时代最可爱的人。"

说说笑笑，两个女孩空腹喝着威廉姆森先生留下的配方酒，阿四加了桂花酒，甜甜的口味，让她们忽略了里面的烈酒。喝了一杯老上海，再喝一杯，渐渐她们都有了点醉意。

"我总是觉得他们还没走，就在这间房间里开私人鸡尾酒会。"季晓晓觉得眼前似乎蒙上了一层薄泪，怎么也拭不去。朦胧之间，那被灯光照亮的房间似乎充满了华服丽影，那些空着的沙发和沙发椅上好像坐满了把酒言欢的人，那两张铺上了大红桌布的圆桌面整齐地放满了和平饭店时代的银餐具，只只银光闪亮，她似乎看得见穿着阿拉伯白袍子的威廉姆森先生和穿金色长裙的易装人，他们托着圆肚子的红葡萄酒杯，正在欢笑。她看见董经理正在嚅动嘴唇，看口型他正在说，册那。

这时，不知道是季晓晓还是阿四，将酒倒翻在地板上。

她们看着粉红色的酒被地板啜饮般地，渐渐消失在缝隙中。

这是他。

季晓晓和阿四面面相嘘。她们听见玻璃门外传来清晰而轻微的脚步声，有人蹑手蹑脚走了过来。

"这是他！"阿四跳起来，尖叫着夺门而出。

季晓晓也跳起来，一边笑骂着"你瞎说什么啦"，一边紧跟着阿四逃出门去。

这一夜，她们没在沙逊阁过夜，她们没想到，从此，她们再也没有机会在沙逊阁过夜了。

PIECE.06

毡帽

这是1991年3月的南京东路外滩，薄亮的朝阳照亮了一支从和平饭店大门里逶迤而出的队伍。

和平饭店的总经理走在最前头，他换了一套浅灰色的培罗蒙西装，好像一个好脾气的导游。在他身后，长条珍珠项链在雷斯利·费内的胸前晃荡着，假钻做的仿英女王皇冠在尼尔·麦克金诺先生褐色短发上闪光，汤米·克里夫兰最后一套跳舞服是用中式绸缎做的颜色鲜艳的燕尾服，配黑带。获得上海和平饭店舞会最迷人伴侣奖的斯蒂夫·佛克斯瑞夫特和吉拉盯·汤尼呼吸着外滩早上潮湿发咸的空气，斯蒂夫·佛克斯瑞夫特还穿着那件橘红色的中国长衫，他一定以为这是最合适学习太极的衣服了。威廉姆森先生的鼻子好像从脸上高高地突了出来，这是因为经过一整夜的大笑，酒精扩张了毛细血管，流汗和兴奋，他脸上的皮肤由于缺水收缩了，好像泰国那些干涸了的稻田。他也没换衣服，打扮得相当三十年代，一条绿条纹的长裤，配黑色长燕尾服和白色背心，以及猩红的长领带。他与董经理彼此搭着肩，好像一对大功告成的战友。他们身后，跟着一对麻花辫子搭在肩上的年轻女孩季晓晓，她对自己厕身于这支穿着怪诞的队伍有些不自在，又有些自豪。她熬了一整夜，来不及整理仪容，辫子毛糙糙的，但双目闪闪发光。这群人好似一条色彩斑斓的热带蟒蛇从灰白色的洞穴中无声地游出，给早晨灰色潮湿的南京东路带来了梦境般怪异的气氛。

孟建新看他们这样相跟着走过1949年春天国民党士兵曾用沙袋搭过一个街垒的街角，接着，他们又走过1937年夏天中国飞机误炸南京路时血肉模糊的街口，他们过马路时，站在原先铜人

六、毡帽

码头处的交通警察，特意跑过来为他们拦下了一辆刚刚从黄浦公园起点站开出的电车，它正要穿过南京东路的街口。这是个清晨，从外滩出发的公共汽车上空荡荡的，司机趴在方向盘上左顾右盼，以为这些人正在拍电影。黄浦江混浊的水面上飞翔着白色的江鸥，他们走上了堤岸。紧贴着水面的堤岸，江岸上铸铁的链条，1991年未被加高过的堤岸看上去与伦敦泰晤士河金丝雀码头以外的一段有几分相似，堤岸外那些十九世纪末的鸦片码头早已不见踪影了。

透过从江边漫来的白色薄雾，越过1941年消失在日本人铁锤下的英国领事巴夏礼铜像和大清总税务司赫德铜像，孟建新看见远处那座白褐色相间的十九世纪气象塔竖立在延安东路尽头，那还是1865年法国传教士建造的太平洋入海口气候的气象塔，此刻它还在原来的位置竖立着，不过已是水上公安局的办公室了。它将要在不久后整体搬移到延安东路口的江岸上，那里几乎就是太平洋战争期间被推翻的胜利女神像所在地。1992年，在法国人的照片里能看见整体搬移时满是尘土的隔离带。

对外滩气象塔的保护是上海的第一个旧建筑整体搬移的工程，孟建新记得，他是在老正兴饭店陪导师喝酒吃草头圈子时听说的。他的同门师兄毕业后，去市政府机关做了公务员，他最早听说了要整体搬移气象塔的事。听师兄说罢，导师狠狠嘬了一口黄酒，"咳"地赞道，"总算干了件人事。"那是个冬天，导师一如既往，在粗呢西装里围了一条小格子的围巾。大家都认为，这个举动象征着上海市政府已意识到上海历史对这座城市的重要。就是在这一年，对城市记忆的保护在疯狂的拆迁中开始，民间自发的追寻也开始了。孟建新这时,也已经是历史系的青年助教了。他见证了上海史如何从隐学走向显学。

"女孩们"在舞会开始前的傍晚已在外滩出现过,他们吸引了众多的注意力,但当人们穿着全套舞会行头,在早晨八点钟的脆弱阳光里,醉醺醺地冲出酒店,加入到堤岸上打太极拳的队伍中,这些酗酒纵欢者给本地人带来的惊骇,远超过早先男扮女装的队伍。

孟建新在发表于《南华早报》的贝拉·维斯塔上海舞会目击记中,看到里奥关于这个早晨的描述。

新南威尔士大学的退休教授查金与里奥相跟着登上堤岸。他们在那里遇见就着一只已经用旧了的日产录音机传出的音乐,寂静地跳舞的本地人。这些人穿着厚重简陋但干净整齐的冬装,其中不少人穿着浅褐色牛筋底的绒布棉鞋,他们的面部当然是没有化妆的,甚至头发上保留着昨夜枕头的压痕,他们缺少阳光而显得苍白的脸庞上不光没有纵欢的表情,甚至可以说沉寂得没有表情,根本不像正在舞伴臂弯里随着音乐旋转的人。但即使这样,他们毫不花哨的舞步却一板一眼,踏准了每一步节拍。在孟建新看来,他们一边脚上踏着拍子,一边尽量平静,甚至友好地打量这些穿着各种比电影里还要花哨的跳舞服的闯入者。他不觉得他们心中"惊骇",无论如何拮据和封闭,这些人在心底,还是见多识广的上海人。他们即使是惊异莫名,也知道如何不伤体面。

孟建新看着他们在从前的铜人码头上彼此对视,新奇又知己,狐疑又亲热,仿佛一对失散多年的亲人见了面。

六、毡帽

威廉姆森先生向季晓晓伸出手:"季小姐,我能请你跳今天的第一支舞吗?"

当威廉姆森先生与季晓晓随着音乐滑入堤岸上跳舞的人群中,看似毫不相干的两队跳舞者便在同一首舞曲里融合在一起。那是一支中国的电影插曲《大海啊故乡》,但一点也没影响他们的舞步。

"我可以算是一个上海走失多年的儿子,"查金对利奥说,"我在上海一直住到二十岁才离开,1980年后我又开始常常回上海来,慢慢地,我能感受到老上海的灵魂正一点点醒来,但我从未见到像今天这样的情形。"他们俩都还戴着舞会上的黑领结。

"或者,是那个1934年的魔术师显灵了。"里奥微笑了一下。他回望和平饭店,昨夜的蓝色霓虹灯熄灭后,上海初春白亮软弱的阳光衬托出这栋浅黄色石块的A字建筑的阴沉。沿江一字排开的巨大而坚固的洋行建筑,在屋顶迎风飞舞的清一色五星红旗下,里奥知道,那是旧渣打银行,旧汇丰银行,旧字林西报社大厦,旧沙逊洋行,旧汇中饭店,旧中国银行大厦,旧招商局大厦,旧怡和洋行大厦,旧格林轮船公司,如今它们与旗杆上飞扬的红旗一起,组成了上海令人难忘的面孔,一个诞生在泥滩上的奇迹。

孟建新跟着里奥和查金的目光一一数来,怡和洋行方方正正的石头大楼,如同一个旧照片里的鸦片包。怡和洋行是英国解除东印度公司对东方贸易专营权以后最早用印度鸦片交换中国茶叶的公司之一。细长的沙逊大厦则像一根大烟枪,从怡和洋行被林则徐暂时赶出中国,到鸦片战争的短暂时间里,沙逊洋行一跃成为向中国输出印度鸦片最大的商号。

旁边的汇中饭店，世界禁烟大会就在这里召开，主张禁止鸦片的传教士在大会上发言，号召英国帮助中国禁止鸦片贸易。但这里同时也一直是上海最重要的鸦片商人汇聚的地方。

这儿，那儿，这些外滩的大楼有哪一栋没有鸦片的气味？孟建新竟然数不出来。海外上海学的著作最喜欢称呼上海为"泥滩上的城市"，禁不住带着对一个远东海事时代奇迹的赞叹。而孟建新却总是想到鸦片。他宁可将它称为鸦片包上的奇迹。鸦片的气味。他想象中的鸦片气味，是某种醇厚而温暖的奇香，甜腥的，沉重的，缭绕的，邪恶的，无法抵抗的，魔力无边的，它一直都混合在外滩潮湿沉重的特殊气味里，即使是1991年，也没有完全消失。

他与那种想象中的鸦片香味一直纠缠不清，是因为在他确定以上海外滩为现代史研究的角度那天开始，就认定自己如果不能解决鸦片对这座城市的影响，就不会有清晰的史观。

当他是个每到诱发哮喘的季节，痉挛的气管就日夜丝丝作响的少年时，常常气喘吁吁地沉湎于幻想。他有种天生的抒情气质，非常合适学音乐，或者写作。少年时代，这种气质在他性格中展现了出来。那时，他最喜欢的地方是家中的厕所，那是间与邻居家合用的二楼厕所。当他独自坐在马桶盖上，望着邻居家放在浴缸旁边的搪瓷脸盆，架子上已经用旧的牙刷，毛巾上隐约可见的褐色斑点，便对邻居在浴室里的隐秘生活浮想联翩。

从那时起，他就对特定的空间有特殊感应。他的创造力总是因为这种感应而被突然唤醒。他其实是依靠自己的感性，而不是知性来做历史学家的。他要写作以前，总是多次去将要写到的

六、毡帽

地方游荡。他写作的过程更像作家的创作。他的历史研究也更具体，而且亲切好读，带着一种与众不同的实证作风，却又不像他的西方同行那样理性和规矩。他清秀的行文里有种江南文人掉书袋的轻微酸气，或是西化知识分子学贯中西的适度炫技。他写作时，浮现在眼前的，都是具体的形象，带着被历史造就的感情。有时他想，也许自己的这种特点，就是促使自己选择研究上海租界史的强烈个人原因。他必须与一段可以触摸的历史一起工作，必须与它有活生生的感情。

望着外滩面向江面的坚固大楼和在屋顶飞舞的红旗，孟建新想起，利奥在他的专栏里，写到站在外滩时的所思所想：

这个城市，曾经是ALDOUS FLUXLEY, DENTON WELCH, HAROLD ACTON, CHRESTOPHER ISHERWOOD 和ENGENEO'NEILL访问过，而且写下自己观感的城市啊。

他心中有些东西，如带有盐分的灰白色的云朵一样飞快掠过，带有气味，阴影，但难以抓住，大约那是些莫名的期待。

孟建新明白自己想的与里奥想的，一定不一样。即使他们站在同一块人行道的方石头上，看向同一排建筑，心中那强烈的沧海桑田之叹，也有微妙的不同。

寂静中，孟建新听到一声响亮的刹车声，一些装满人的卡车陆续在南京东路街口的外滩停了下来。他看见一些穿灰色对襟布衣的少年从卡车上往下跳，接着，他看到了少年时代的自己，瘦削的，面色苍白的，戴了一顶不合适的毡帽，看上去就像《太阳帝国》里的上海街头的小瘪三。

孟建新对这部美国电影印象深刻，不光因为它是中国开放后，第一个进入上海拍摄的美国好莱坞电影，也不光因为它是他参加过的唯一的电影，而是那个电影唤醒了他内心的某些东西。那时他们整个年级的男生都被剧组征去做群众演员。老师再三宣布外事纪律，不许拿美国人的任何礼物，不许与美国人主动说话，对美国人要不卑不亢。他们在黄浦体育馆训练了一个月，才开始拍摄。

他领到一身灰色的土布衣服，衣袖太短，衣襟太长，一点也不合身，穿上很可笑，不管看自己，还是看别人，都让他想到那个叫"沐猴以冠"的成语。可训练他们的那个副导演却说，小瘪三恰好就是这个样子。

可谁知道事情慢慢变化了。大家整队，依次上了大卡车。等卡车停下，同学们一个个接着往下跳，当孟建新双脚落在结实的柏油路面上时，他才吃惊地看到，外滩大楼的旗杆上，原先一色的五星红旗变成了各种各样的国旗，和平饭店旁边的银行大楼顶上，甚至高高飘扬着两面国民党旗。这是万国旗飘扬的1945年，外滩正在欢庆日本人投降。

孟建新在华懋饭店门前的柏油路上站稳脚，发现自己原来就是一个上海街上姓孟的小瘪三。他父母就是喜欢吃大蒜的山东人，家里日夜弥漫了一股呼吸道出来的热烘烘的大蒜气味，所以他身上也始终带着一股淡淡的臭味。刚刚站稳，过来了一个男人，他打量了一下孟建新，突然摘下头上的毡帽，扣在孟建新头上。然

六、毡帽

后又走开了。孟建新站在那里,毡帽在孟建新热烘烘的头上散发着陈旧的气味,还有陌生人头发上陌生的油腻气味。这气味笼罩在孟建新头上,他感受着一股对自己悠远又新奇的探寻,那种探寻像一枚穿过苹果的子弹那样迅疾又芳香四溢地,穿过了他简单的少年时代,回溯到前世。

"红队开始!"从延安东路高架路的下匝道那儿传来了一个男人响亮的口令。

按照规定,当有人用高音喇叭叫到他们时,身为红队的他们就要从和平饭店前的堤岸上朝气象塔的方向跑。吉米也混在他们中间,他白着一张脸,也跑。有一会儿,他就和孟建新擦肩而过,他灰色的眼珠好像两粒没有任何温度的玻璃弹子,表露出隔离和骄傲,以及深深的寂寞和害怕。

整个外滩挤满了欢庆的人群,中国人和外国人,美国兵的船帽好像人海里的小船一样四处漂浮着。他和吉米经过汇丰银行灰色的大楼,圆顶上面飘扬着另一面国民党旗,大门口有两只光秃秃的石墩,上面的一对英国狮子不知去向。他们俩沉默地跑着,被人群裹挟,却又与四周毫无关系,这是连接他们俩的一种奇怪的共性,他们都是上海小瘪三。吉米穿着一件米字格的V字领毛背心,他穿了一身灰布衣服,戴了顶肮脏的毡帽。1945年时,这两个找不到家的小瘪三,虽说都混在外滩的人群里,仍各有各的来路。

到了高架路下匝道那儿,孟建新远远看到好莱坞演员,他们竟然都是真的人,长得一表人才。还有好莱坞的阵势,地上临时架设了闪闪发光的摄影机轨道,高音喇叭里出现的外国口音,雪亮的灯光和结实的屁股后面别着步话机的黑衣工作人员……这些突如其来的打断，让孟建新瞠目结舌。他停下脚步震惊地想，原来刚刚的一切就是一部电影。原来现在这是1985年的外滩，不是1945年。但那看似虚幻的场景连接着一个辽阔而充满隐喻的旧世界，它也许不再能看见了，却没有消逝。

每个少年都会迎来突然对自己睁开眼睛的时刻，那个时刻，他会发现自己的天赋使命。虽然那常常是强烈而模糊的感觉，好像诗歌在心中引起的震动，或者沉迷。但少年自然能感受到，自己与从前似乎已不同。那天中午，整个外滩的拍摄结束，孟建新排在同学中再登上卡车的时候，他心中升起了某种怪诞的感触，这是一种与往事，或者说历史天然的联系。之前他的生活中，只有读诗歌时内心广阔而深长的感动，能与之相比。卡车摇摇晃晃驶离外滩，路过那些阴沉的大石头建筑，缀满发白的雨痕的长窗，他心中摇晃着的，竟然是甜蜜的凄楚。很久以后，孟建新才看到《太阳帝国》。紧跟着外滩欢庆的场面过后，吉米将一直随身带着的手提箱丢进了黄浦江。孟建新惊诧地发现，这正是他在离开外滩昏暗拥挤的卡车里的感受。

孟建新按了一下电梯按钮，电梯门立刻就开了，似乎它就一直停在这一层。电梯里有一对打扮得奇形怪状的欧洲人，男人穿着紧绷腿和屁股的红色细腿裤和一双软羊皮的绿色尖头鞋，披着一件绿色粗呢的短斗篷，就像从扑克牌里掉出来的小丑。女人则打扮成法国宫廷贵妇，脸上画了一粒浓黑的苍蝇痣，头上戴了高高盘起的白色假发。更离奇的，他们身后竟然还有一头驴子。

六、毡帽

驴子见到门开了,惊慌地昂头叫了一声。

那个女人用折扇遮着半张脸,兴奋地尖声笑嚷:"哦,约翰·凯斯威克,你的坐骑要跑了!"那女人夸张的尖嗓子吓得驴子又猛地一犟,一头撞在男人的嘴唇上。

那男人闷叫一声,慌忙拉紧缰绳,但也忍不住笑出声来:"安静,驴先生,安静。"他说。

"看样子你得对它说中国话。"女人将声音提得又高又尖,好像是针对孟建新说的。

"我可不会说。啊,不,我会说一句,Man-Man。对吉米的阿妈用得上。"男人说。

孟建新挤进电梯,这是二十世纪初的电梯空间,又窄小,又高。电梯里充满了驴子身上的腥臭和干草气味,以及那女人脸上和脖子上厚厚脂粉的干涩气味。她画了一对猩红的厚嘴唇。三十年代中期的女人都喜欢用鲜红的唇膏。

孟建新看了一眼那个带有强烈英国口音的男人。凯斯威克是怡和洋行大班侄子的姓,三十年代时凯斯威克曾管理过上海的怡和洋行。那个男人也姓凯斯威克,可是他印象里,当年在上海怡和洋行工作的是威廉·凯斯威克男爵,维克多·沙逊的好友。威廉·凯斯威克男爵和维克多·沙逊爵士这些东方鸦片富商的后代,在二十年代左右都继承了祖上的爵位,以及在上海的财产。这个约翰是凯斯威克家的谁呢?他深红色的紧身裤裹着一个隆起并结实的腹部,看上去养尊处优。他身上有种浓烈的殖民优越感,在三十年代的上海,那就是保守而迷茫,自以为是和物质主义,即使在当时,这也没什么值得夸耀的。

电梯门再次打开，出现在他们面前的，是一个挤满了人的舞厅。

维多利亚式的金色天棚和金色廊柱下，浮动着舞曲节奏分明的乐声，和拥挤在一起晃动旋转的人群发出的嗡嗡声。罩着拉力克玻璃的壁灯，在金黄色的墙壁上重重地垂下一缕缕水银般的灯光，带着一股奇异的，诱人疯狂的力量，正像村松梢风所形容的魔都。

放眼望去，每个人都打扮得奇形怪状。一个细长的女人将自己打扮成文身女郎，但她是那样干瘦，以致整个骨盆都从她的紧身裤里凹向后方，简直不雅观。还有一个男人穿了光滑的黑灰色紧身衣，将自己打扮成一只海豹。但这个人却长着一张不可一世的红脸，和一双雪亮的爱尔兰小眼睛。一个戴面具的新娘。一个半裸着装扮成印度王子的大肚子男人。有些小巧的中国女人骑在独轮车上，满场转悠，她们丰满的圆脸上挂着腼腆而莫测的微笑。她们头戴黄色斗笠，身穿红色绸缎做的对襟大褂，从肥大的袖子里伸出纤细圆润的胳膊，轻轻挥舞着用竹竿做的鱼钩，她们看上去如此精致喜乐，简直就像十八世纪欧洲各地工匠们精心烧制的彩色小瓷人，欧洲想象的东方人。

这是一场化装舞会。在舞场边缘，有个穿着黑色燕尾服，戴着魔术师黑丝绸高礼帽的男人，他将双手撑在拐上，手腕上吊着一只小巧的黑色照相机。他津津有味地站在边上看众人起舞。看到打扮特别离奇的，他就将右手举至额前，向他们致一个英国军礼，并为他们照相。与他肆无忌惮的装扮不同，他的军礼姿势标准而有力，训练有素。

六、毡帽

孟建新站在门口绿色长幔帘的阴影处细细望着他们,就像他在伦敦的亚非学院图书馆的读片器前,与西蒙一起翻看图书馆保留的历史照片一样。

没错,现在是1935年。孟建新读到过关于这个舞会的回忆录,就是刚刚那个带驴子进来的女人写的,她叫钱德勒,西尔维亚·钱德勒。那个在白色塔夫绸衬衣领子上结着一个黑色领结,头戴黑色高礼帽的男人就是维克多·沙逊本人。

这个剑桥大学三一学院的毕业生被钱德勒女士指为粗俗。上海许多英国侨民都不喜欢维克多·沙逊,指他品味粗俗。包括他在华懋饭店舞厅举办的这些化装舞会,它们的惊世骇俗,一直是租界传奇的一部分。他粗俗吗?孟建新打量着他,与其说他粗俗,不如说他真实。他也看不上那些柴郡文盲人家的长子,或者乡下破落小贵族无法顺利嫁出去的长女,或者他们在殖民地自大狂的气氛下,由说一口鸽子英语的阿妈领大的孩子,以及这些人固守的英国血统。于是,他把自己打扮成马戏团魔术师。

客人们按照请柬上的要求装扮成马戏团的动物,或者演员,那扮演豹女郎的自来水厂工程师太太,还特意在身后装上一条长长的内置弹簧的假尾巴。汇丰银行新近从爪哇分行调来的经理扮演海豚,因为他有个圆鼓鼓的大肚子。从爪哇来到上海的几个月,他就大大地发福了。他是个本分人,真心实意以得到舞会请帖为荣,所以还随身带了一个在日本度假时买来的彩色皮球,海豚表演时,彩色球总是必不可少的。

维克多·沙逊亲自带领大家入场。当然,是洋洋得意的。

既然主人举办了马戏团为主题的化装舞会,为他带去一头活驴不正合适吗？西尔维亚·钱德勒和约翰·凯斯威克既渴望华懋饭店九楼的舞会请柬，又从心底里嫉妒和憎恨维克多·沙逊，这种恼恨是上海侨民社会半个世纪渐渐形成的刻薄而封闭的世界观决定的。犹太人血统的维克多·沙逊就是再有钱，有英国爵位，是剑桥优等生，也不能如威廉·凯斯威克那样，被英国侨民接纳为自己人。但令他们左右为难的是，能按时接到沙逊舞会的请柬，又是侨民社会中衡量是否进入了上海上流社会的一项标准，华懋饭店的舞会实在是这个殖民小社会里最激动人心的消遣。所以，西尔维亚·钱德勒和约翰·凯斯威克不得不去出席舞会。带上一头驴子，也算勇敢地表达出血统纯正的英国侨民心头交织的蔑视与屈服。

孟建新想，不断地上演征服与被征服，这才是沙逊舞会令人欲罢不能的真正原因。

约翰·凯斯威克扮演的是唐·吉诃德。他在门厅入口处翻身跃上驴背，他原本想要骑驴入场的。驴子一直低低地呼噜着，努力平息一个挤满人的明亮舞厅带给它的巨大刺激，约翰·凯斯威克的行为再次惊吓了驴子，它终于大叫一声，"噗"地拉下一大摊屎。

这下，所有的人都朝他们回过头来。

突然安静下来的舞厅里，有人"扑哧"一声笑了。

沙逊转过脸来，指着他们大吼："快把它弄出去！"他有一张长脸，皮肤黝黑，神情里有种不可一世的玩世不恭。在几乎直射下来的灯光下，能发现他的鼻梁上有个浅浅的突起，那是犹太人的著名体征。正是这个突起带来的阴影改变了那张脸，将它与意大利人开朗的脸区分开来，它是亦庄亦谐，精明而沧桑的。当他大

六、毡帽

吼起来,那张脸就变得不可一世起来。

一个金发领班率领一群侍应生们,七手八脚地将驴子和它留下的新鲜粪便都弄了出去,西尔维亚·钱德勒和约翰·凯斯威克趁乱迅速混入舞池中接着跳舞的人群中。

孟建新遗憾地望着那个男人的背影消失在舞池里,他已经想起来了,约翰·凯斯威克正是唐尼的弟弟。

此人解放后还来过上海,处理怡和洋行的善后事宜。那时,怡和洋行已不得不从外滩的大房子里搬了出去,他们将办公室移到圆明园路的一栋美式公寓建筑里。那里集中了当时外滩多家洋行的善后办公室。

据说,历史学家瑟金特的父亲解放后也代表英国洋行去过那里。这种不寻常的经历,埋下了瑟金特日后写《上海》一书的种子。钱德勒的访问记,就是瑟金特为《上海》做的。

有个明艳的年轻美国女人站在维克多·沙逊身边,白净的脸上长着一对明亮的大眼睛,像金鱼那样大而微凸,她应该就是埃米莉·哈恩。维克多·沙逊高声驱赶驴子时,她正在维克多·沙逊身后,肩上站着米尔斯先生,一只宠物猴子——就像马戏团的老板娘。

埃米莉兴高采烈地笑了。刚才静场时,唯一的笑声就是她发出的。

她不介意体统,也不介意那些明争暗斗。这星期她给《字林西报》和《纽约客》的专栏文章,倒会因此而写得精彩。外滩最昂贵,最高的舞厅里,有人牵来一条活驴。有什么比这更能说明远东殖民地生活的无法无天呢？这对那些在家乡不得不过着循规蹈矩生活的基督徒们，不就是另一版本的《丛林传奇》吗？难道常攀附在她肩头的猴子与这头驴子，在殖民地的传奇性上，不是接近的吗？她就靠表现远东生活的生动离奇之处，在《纽约客》的专栏作家里稳稳占据着一席之地。所以她不介意有人藏乖露丑。

孟建新眺望着埃米莉，她的确是这舞厅里最出色的人物。不光美丽，更是因为她的眼风伶俐流转，善解人意，或者说肆无忌惮。

她虽说是个美国人，但也正是上海女子的一种典型：善用自己的性别，容貌以及智慧，善用自己的经历，天赋以及机遇。这种上海年轻女人是可爱的机会主义者和实用主义者。她们因为太机敏而令周围的人有不安全感，但正是这样的女人，最能快速地挖掘到聪明成功而有活力的男人。一般的男人对她来说，太不够刺激了。但她们从不跋扈，男人们比女人们更能感受到她们的心意，并愿意为她们付出，甚至会体谅她们的算计，成全她们的阴谋。维克多·沙逊便是这样的男人。在上海往事中，他们俩的轶事渐渐成了传奇。

维克多·沙逊不能跳舞，埃米莉也没跳，维克多·沙逊为她买一辆美国汽车当礼物，埃米莉为他做裸体模特儿照相，但有时，即使什么也不做，谈天也是他们的巨大乐趣。此刻，他们正对一个穿中国长衫的人欢笑，大概是他说了什么有趣的笑话。孟建新不知道，那个穿长衫的中国人，是诗人邵洵美，还是外交官顾维钧。那个时代，与外国人交往时，中国的买办和知识分子以及官员，都习惯穿中国长衫，以示不同的文化身份。长衫即为身份。

六、毡帽

　　维克多·沙逊喜欢漂亮而温厚的中国女明星，比如黄柳霜。埃米莉喜欢漂亮而有趣的中国男人，比如邵洵美。她灵活地周旋在中国知识分子和西方侨民社会之间，深深进入本来两个彼此封闭的世界，这使她本人有了双重的异国情调。他们俩，都是既享用殖民时代特权，又摆脱了殖民者封闭生活方式的人。他们的关系不光是萍水相逢，互相利用，更是心意相通的沧海知己。

　　西尔维亚·钱德勒和约翰·凯斯威克欢快地舞过他们身边，西尔维亚·钱德勒腰间的乳白色长裙像土耳其托钵僧一样张开，刻意保持想象中英国宫廷舞会里的姿态。这是在东方生活多年的英国殖民者已维持了一百年的姿态——他们在东方生活一辈子，可以不学一句当地的语言，不交一个当地朋友，他们按照种族和血缘，建立一个虚拟的殖民地上流社会。他们在远离英国的地方，努力学习和使用宫廷礼仪，活像巴尔扎克小说致力刻画的小市民。地理大发现时代对未知大陆的热情，在它的末期，已转化为散发着一股樟脑丸气味的身份优越感。在1935年的上海的舞会上，这对昂起下巴飞舞而过的男女，衬托出维克多·沙逊和埃米莉·哈恩摩登的姿态。

　　孟建新看到离这群谈兴正浓的人不远处，桌子旁边端坐着一个面露悻然之色的老人，全身的皮肉都已经松垮，好像穿得太久的羊毛圆领内衣，却将自己打扮成一个十七世纪航海去印度的英军水手。孟建新想，这个人应该就是一直为《字林西报》来论版投稿的"英国的约翰"。他对租界里一切现代的变化都表示不满，从工部局允许华人进入租界公园，刻意印行中文的工部局宣传资料取悦华人，到日本人社团越来越有影响力，以及英童男校走廊里从英国订购的宣传画画面轻佻，"英国的约翰"都有批评。他自称是个退休船长。孟建新相信这是老人年轻时代的真实身份，至今念念难忘。

霍布金斯老老实实握着一位胖女士的右手，好像驾卡车一般沉重缓慢地掠过。这个人在北京出生，能说流利中文，还有一个中国名字：贺清。贺清是上海电力公司的总裁，就在沙逊大厦对面的电力公司大楼办公。

从电力公司大厦出来，就能看见别发书店，那是在三十和四十年代对上海知识分子影响深远的英文书店，邵洵美和施蛰存以及戴望舒，都是那家书店的常客。《现代》杂志上发表的大多数翻译小说的原版书，都是从那里订购的。黄佐临和姚克也直接从那里订购欧洲戏剧著作的作者签名本。

这是上海真正强劲而多元的年代，此刻维克多·沙逊成功掀起上海摩天楼热潮，正春风得意。还有两年，维克多·沙逊才会突然老了。两年后的夏天，中国炸弹误炸南京路外滩，汇中饭店的屋顶炸塌了，华懋饭店大门上的玻璃雨篷也炸烂了，但沙逊大楼里的人甚至没有感受到大厦的摇晃。维克多·沙逊对外宣称自己的大楼坚固无比，但在楼顶上那间豪华的公寓里，他度过了数个不眠之夜。几天后，维克多·沙逊的两鬓就完全花白了。他在这一年寄往伦敦的信件正保存在伦敦的大英图书馆里。孟建新2005年找到了这封信。在信中他分析了日本人的战争动机和上海租界的命运。那时他已认定日本人的目的，是攫取包括租界在内的整个中国。他已准备好撤离上海。要等到1941年，维克多·沙逊在自己举办的最后一次舞会上，仍与人谈笑风生，他只说自己新近从别人

六、毡帽

手里用低折扣买下了一大笔澳大利亚债券。卖了这债券的英国人张皇失措地举家搬回老家去了。孟建新从书里了解到这笔债券战后的命运。战后这笔债券增值数十倍,如细流汇入沙逊家族仍保持良好的庞大资产中。

此时,维克多·沙逊将脸完全向孟建新转来。维克多·沙逊五十岁出头,年轻时代窄长的脸颊变宽了,而且变得有力,深色的,修剪精良的短发让他乍一看像个花哨的意大利人。不过,他有一双阴晴交织的眼睛。孟建新端详着维克多·沙逊,他想,当年那些围绕着他跳舞纵欢的英国商人不能理解这种神情,称它为粗俗。现在那些与他一起研究上海租界史的英国上海史专家不能理解它,称它古怪精灵。但他认为自己理解它。孟建新认为这是一种典型的上海表情。

孟建新的父亲当年跟着山东解放军进入上海,接管经济部门,爸爸的办公室最初就设在沙逊洋行的办公室里,孟建新就在福州大楼长大,他家的斜对面就是沙逊造的新城饭店。维克多·沙逊的祖父就已经在外滩开设洋行,他家在外滩发了鸦片财后,又发军火财,最后,再发一次房地产财。说起来,巴格达的沙逊家比曲阜的孟家还早了一代来到上海,长辈的坟墓仍留在上海的公共墓地里。不过,当沙逊家的后代远离上海之后,孟家的后代,成了上海史专家。

说实在的,孟建新真想能与维克多·沙逊说上几句话,甚至交谈一会儿。

他想问维克多·沙逊是否真的为了中国银行的高度问题通过

英国政府向宋子文施压，使中国银行大楼最终比沙逊大厦矮去六十厘米。这是他从小就知道的外滩最著名的传说。其实维克多·沙逊一直支持国民党政府的经济政策，每年都给南京政府大量捐赠，甚至孔祥熙亲自到沙逊大厦为他颁发奖章，就像多年前李鸿章为赫德发的一样。虽然宋子文反对过维克多·沙逊企图将中国经济纳入英国货币体系的镑券计划，但这没有影响到他们良好的私人关系。按理说，沙逊没有必要搬出英国政府来施压。孟建新心中对这些四十年代日本人"大东亚共荣圈"宣传后的租界传说总存着怀疑，就像他历史系的同学对"华人与狗不得入内"的公园木牌事件也多年保持不能消除的怀疑一样。他们这一代上海史专家都有从童年而来的强烈情结，希望自己能勘正某些传说。孟建新相信以维克多·沙逊对摩天楼的热爱，他可能不肯让中国银行大楼超过自己的金字塔顶，但这是商人的竞争。

孟建新也想问问维克多·沙逊如何看待他家族经商的道德正确。不论沙逊家族在巴格达曾如何显要，但近代沙逊家族的财富，无疑是与殖民时代东方的灾难联系在一起的，对沙逊家族贩运的印度洋布和中国鸦片都是中国的灾难。当时，英国政府和英属印度政府都认为鸦片贸易是合法贸易，而中国政府则将其宣布为非法贸易。沙逊洋行和怡和洋行都是外滩最早的鸦片行。但怡和洋行到第二代大班，就不再从事鸦片贸易。但沙逊洋行则一直坚持了三代人。实际上，孟建新更想知道维克多·沙逊是不是也能在家里，无论是上海的家里，还是伦敦的家里，甚至拿骚的家里，闻到鸦片的气味，与自己一样。这气味是否对他来说更是挥之不去的。

六、毡帽

还有，维克多·沙逊和怡和洋行的唐尼，以及那些上海洋行受过良好教育的世袭商人，大都与中国人保持良好的社交关系。他们不光能与中国人设饭局应酬，一起做商务旅行，也能一起享受美食，一起跳舞。当然还有无数萍水相逢的温柔情意。他们的朋友圈子里，有越来越多在中国出生的外国人和从小在欧洲和美国受教育的新式中国人加入。这些文化融合而成的新人大都视野宽广，精明强干，甚至他们自己也是这些人中的一个。嘉道理家族中的某人曾说过，在两次大战之间的上海，他学习到了如何成为一个世界公民。

在孟建新看来，维克多·沙逊这一代上海人，是这个城市培育出的世界公民。他们让这个城市成为传奇的城市。这个城市闪闪发光之处绝不仅仅在物质上，它中西合璧的精神正是在此时成熟了。孟建新想知道，维克多·沙逊决定离开上海时的痛苦中，是否有一部分是惋惜。这种惋惜是不是也让他对日本人深深厌恶，就像如今上海人心中仍保留着对日本炸弹毁灭了上海成为国际都市之梦的恼恨。

孟建新在斯坦利·杰克逊的传记里读过后来沙逊爵士在上海奚落日本海军官员的故事：

一个日军高官以他私人名义，特地到华懋饭店宴请维克多·沙逊。一巡白兰地过后，他大大地恭维了维克多·沙逊一番，然后，很礼貌地暗示，要是中国货币贬值，沙逊王朝将必定崩溃无疑。

"这可难不倒我，"维克多·沙逊安详地否认，"我在中国已是大量透支了。"

"维克多·沙逊居然透支?"日本人摇头不信。

"当然。"维克多·沙逊说,他非常合乎时宜地将自己的单眼镜片拿下,细细擦拭,然后,再将它慢腾腾地夹回眼眶,"你得明白,当你家邻居正被强盗抢的时候,你是不能在家里放钱的。"

宴会在一片尴尬的静默中结束,叨陪末座的日本官员都保持沉默,以等待他们的长官从被抢白的耻辱中恢复过来。他剔着牙,在脸上安排出一点笑意,终于开口说:"告诉我,沙逊爵士,你为什么这么反日?"

维克多·沙逊专心致志地修剪着一条新雪茄,过了一会,才回答道:"我一点也不反日,我只是非常亲英和亲沙逊而已。"

这语气和方式,与其说"非常的英国",像沙逊自己解释的那样,不如说非常的上海。

孟建新怀揣着这些问题,想象着走过去打个招呼,就说:"幸会,维克多·沙逊爵士。"然后将自己的名片递过去,上海租界史研究专家,这是个不错的头衔,不比当时写《上海史》的兰登先生差。这情形如此真切,他都能感觉到脚下的地板在微微弹动,因为人们正在跳一支节奏强烈的探戈。的确,这淡褐色的细条拼花地板弹性十足,保养得极好。

转眼间,人群中突然出现了一个矮小的中国男人,他正在与一个满头褐色卷发的英国女人跳探戈。那个中国男人穿了一身深灰色的开司米西装,朴素诚恳,与穿长衫的中国人大大不同。乍一见,他圆大的脸,江南人那种浮在面上的浅浅眉目,孟建新还以

六、毡帽

为是一张外国人制造的中国人面具,那模样很像启蒙时代欧洲工匠制造的小瓷人,也与巴黎咖啡馆天花板上的偶人相似。在外国人中间,这个中国男人充满东方情调,但他身上八十年代上海式的西装,却很突兀。他温和地带着那个露出一整条雪白肩颈的女子,合着音乐小步向前。那个女子看上去真是眼熟得很,她有一张东方人看来非常典型与美丽的欧洲脸,她兴致勃勃地望着共舞的男人,好像爱丽丝在漫游奇境中。她虽然与埃米莉不同——她们的身材很不同,她苗条有力的身材多了埃米莉所缺乏的当代感——但身体语言却很近似,特别是她们高高兴兴望着中国男人的眼睛,那种兴致高昂的,猎奇的火热光亮。甚至她们的穿着也非常接近,都是三十年代在东方殖民者俱乐部中流行的,闪闪发光的丝绸长裙,能看见东方裁缝细腻体贴、从不会喧宾夺主的手工。

这个女人不是埃米莉·哈恩,而是一个英国作家玛格丽特·瑟金特。那么,这是1991年的和平饭店。当那对舞伴转身的时候,他确切无误地看到了她左面嘴角下的一粒痣,他第一次认识它,是在红色封面的《上海》一书的作者像上。是的,瑟金特是《上海》一书的作者。

孟建新曾为导师翻译过它的某些章节。书中有个陌生的上海地名"NANTAO",还是导师告诉他,这是三十年代时,在上海的外国人对南市的称呼。孟建新喜欢这本书里提供的史料,英文的上海史著作里常常能找到在上海档案馆里已经难以寻觅的史料,但他不喜欢瑟金特书中对上海人的忽略不记。这是非常传统的侨民立场,《字林西报》式的立场——他们理所当然地认为上海是他们创造的。1949年后,北方人又理所当然地认为上海是他们夺回来的。上海人始终是沉默的本地人。所以，上海人习惯说"他们外国人"和"他们共产党"，他们知道自己是被抹去的小数点。因此，他觉得自己以一个地道上海人身份，做一个上海史专家，是有使命的。他的使命是测绘上海人自己内在和外在的世界。但有时，他又怀疑自己的英雄主义，他认为自己更是一个犬儒主义者，不过是有一颗明白的心。

他看见瑟金特随着音乐快步向前，径自走过了"英国的约翰"的桌子。在《上海》一书中，她专门有一章论述在上海生活的各色英国侨民，孟建新只是一时想不起来，她有没有提到这个在《字林西报》副刊里总是愤愤不平的老人。那张桌子上，此刻坐着的是澳大利亚的查金。

查金从悉尼的家中特地带来一些当年从上海带走的剪报，他打算拿来作为礼物送给和平饭店的。他甚至还记得当年，在上海家中的傍晚，待全家人看完《大美晚报》后——父亲通常是最后一个——他便剪下晚报副刊的照片报道专栏ON THE BUND的情形。那个专栏通常都是一张在外滩街道或者堤岸上拍摄的人物照片，配上简短的说明性文字，介绍一位新近出现在城市心脏的人物。大多数人都是来自欧洲的名人，或者富人，当然，都是二流的，这里到底只是一个位于远东的租借地。现在查金已经忘记为什么对它感兴趣的原因，如今能亲自带着那些发黄的纸片回上海，他觉得很是妥帖，却又不能置信。当年他们全家是辗转从天津离开中国，在上海侨民迁徙澳大利亚的通道即将关闭的最后时刻，几乎是落荒而逃。如今，他盛装端坐在维多利亚式舞厅里，手里握着一沓发黄的剪报。

六、毡帽

查金隐约还记得当年的外滩，堤岸的铁链紧贴着浑浊的江水，水面上蒸发着一种森凉的、污水与淤泥混合在一起的臭气。但他没有关于华懋饭店的记忆，他不认为自己从前去过华懋饭店，那是上海的有钱人去的地方，而查金只是一个出生在中产阶级家庭的青年，在圣约翰大学读英国文学系。在上海多雾的傍晚，在饰有流苏的台灯罩下剪贴报纸，就是他安静的消遣。

这支探戈舞曲已接近尾声，从灯光齐放的大厅深处的舞台上，传来一声直冲云霄的鼓乐之声，爵士鼓急促的鼓点如那些逝去的岁月般，越过相隔六十多年的两场化装舞会上起舞的人们，直抵到孟建新面前。

打鼓的老人已坐七望八，他熟悉他们的节奏，因为鼓点总是响亮而拖沓，充满了战后爵士鼓的帅气少年迟暮但纯粹的激情。越过人头济济的舞池，他看到年迈的老乐手们正在舞台上表演。九十年代他们正当红，一年三百六十天，日日在酒吧里演出，从无间断。因为这支乐队，沙逊的"马与猎犬"酒吧改名为"老年爵士"酒吧。小号手周长荣仰天吹出一个尖利的滑音，紧靠舞台的廊柱下，躺靠着一个穿白长裙的女人，她已睡熟了，她是1935年舞会上的西尔维亚·钱德勒，一盏与现在一模一样的金色DECO壁灯照亮了她涂抹着猩红唇膏的嘴唇。

那悠长高亢的滑音落下，如满地泻金，舞伴们彼此微笑着鼓掌致意。然后，他们向廊柱退去。如波浪起伏般，孟建新看到1935年的舞伴们还在跳着探戈，他听见他们的舞曲节奏鲜明，而且略快，所以跳舞的人必须更利落地甩动小腿。他看见传说中神秘的佳内特夫人和她的黑发意大利丈夫，他们的舞步里有种悲剧般的浪漫情怀，这大概就是他们在大多数装扮得色彩缤纷却看不出什么内涵的人中间出类拔萃的原因。孟建新看到不少女人在1935年穿着装饰有白色蕾丝的宽腰短裙，饰有白色羽毛的软帽，并用一杆长长的象牙烟嘴，那是模仿柏林二十年代的先锋女士们。这模样，与1991年舞会结束后的下午，去瑞金宾馆喝下午茶的女士们复古的装束很是相似。

此刻，电梯门"叮"地一响，再次无声地打开。里面出来一个装扮成阿拉伯王子的金发男人，他穿着白色长袍，裹着头巾，他是红光满面的威廉姆森先生。吧台边挤满了喝酒休息的宾客，女人们曳地的浅色丝绸长裙，在舞厅流泻出来的金色灯光里泛出非常三十年代的光泽。威廉姆森先生曾担心女士们的裙摆不够精致，不够长，不够三十年代；现在看到她们像长颈花瓶一样站立在修长的裙子里，并配着长及肘处的手套，他禁不住笑了。

此时，一张中国人宽大的圆脸从缀满金色亮片的燕尾服的男人背后闪出来，孟建新以为它仍旧是总经理的脸，但那张脸上多了两撇充满东方情调的小胡子，吓了他一大跳。接着，他发现那是张面具。穿了一身深色燕尾服的岗德先生戴着它，将他的舞伴，穿了一身闪闪发光长裙的莱斯利·费内小姐横抱起来，使她的双腿如那些真正的拉丁舞伴一样在舞曲结束时竖过头顶。

威廉姆森先生白衣飘飘，款款经过维克多·沙逊身边，手指上绕着一杯叫老上海的鸡尾酒。维克多·沙逊还在谈论战事，他正说到自己的另一个计划，要是欧洲犹太人大量涌入上海的话，他打算建立一个援助基金，直接帮助来上海的犹太人，比如在华懋饭店底楼腾出一个店面来为犹太儿童提供免费牛奶，但他并不

六、毡帽

准备为伦敦亲戚建立的帮助犹太人基金会捐款。

而威廉姆森先生正在回答专栏作家利奥的问题。

利奥戴了一副黑色绸缎呔,看上去与1935年舞会中的自来水厂总工程师没太大的时代鸿沟,都是黑色大礼服加黑色呔,除了他们的眼镜。利奥戴着一副大镜面的眼镜,那是后嬉皮士时代的风格。他被上海深深打动,"我发现自己对这个国家和人民相当倾倒。"他用的词很重,表示他喜爱的程度。"被富有差异性的美丽风景打动了,而且被经历过'文化大革命'后又开始可以自由自在表达自己意思的人民深深打动,还有那些多样的艺术和建筑宝藏。我肯定还要再来这里。"

威廉姆森先生则以为,打动里奥的不是城市,而是舞会。他说,他正在想,下一年的舞会也许可以去圣彼得堡,既然上海的沧桑历史能转化为如此感情丰富的内容,去同样经历着沧桑变化的旧俄帝都办下一年的贝拉·维斯塔舞会,也会是一个非常抒情,非常能享受历史和时光的选择。再下一次,也许可以去古巴,那是个雪茄,美女与革命浪漫主义的旧城,甚至那里也有老人唱了一辈子爵士。

"唔,这恍然如梦。"威廉姆森先生环视四周,轻轻地说,"我们享受的就是这恍然如梦呀。"

瑟金特踱到朝向黄浦江的长窗处,停了下来,她推开窗,夜风立刻鼓起了白色的长窗帘,好像维多利亚时代小说里的插图。她是这次舞会的非正式要人,因为她写的《上海》刚出版不久,正在热卖。然后,她向外探出上半身去。

孟建新知道瑟金特此刻在想什么。他后来读到她在《周日晨刊》上对此刻的描写。那时她也不得不想起三十年代在这间舞厅里举办过的化装舞会：

  他们在这间窄长的舞厅里跳着舞，从那里俯瞰外滩和黄浦江。黎明时分，他们打开窗子，让江面上那些船只深长的汽笛声和上海独一无二的空气中的气味充满房间，那是海草、煤渣和从下水道泛上来的污水混和在一起的气味。我在凌晨三点钟时，从当年相同的窗户处向外探出身去，似乎这六十年里，此地什么都没有变化过。

  从瑟金特的记叙中孟建新知道此刻，他此刻是在1991年3月17日的凌晨三点钟的时空里。维克多·沙逊已经成为一个传奇中面目不清的人物。
  瑟金特伏在黑色铸铁的窗上眺望黑沉沉的外滩，孟建新能闻到森凉的黎明微风中她身上被汗水和丝绸衣服混淆在一起的香水气味。孟建新想，这个英国人应该也与自己一样，具有来自天赋的历史感。
  历史学家大都有与过往的时间交通体察的能力，但孟建新却在少年时代就有了一种奇特而明晰的史感。这种感应让他能捕捉历史的细节，靠细节和直观的感受来判断，来建立自己的史观。这是一种在感官中还原历史的能力，他更像一个作家，或者演员。在上海史的研究中，他不是主流，但他有其他人不可小视的能力，就是他的研究总是新鲜独特的。他的成果总被人出于爱慕而模仿或者批评，却无人能得其神韵。
  当他逐字逐句翻译《上海》时，他对她的笔触也深有体会。此刻，他站在她身边，看着楼下的路灯光反射出她眼睛里的恍惚，便

六、毡帽

断定她正是自己的同类。这神秘的时刻也令他着迷：那是突如其来的，有时俯身在散发着尘埃气味的旧报纸上，有时却是在拥挤的人行道口，等待过街绿灯亮起来的时候，这是身心分裂，身体的某一些部分突然明确地感受到了过去时代的体温，就像握住了对方的手掌那样真实具体。他与她所要的就是一种恍然如梦，他们借此顺利地滑入历史的通道，像坐上滑滑梯那样呼啸而下，几乎不能控制速度。在那里，感同身受的细节越过故纸堆，纷纷涌现出来。

从目前看来，他是成功的。他总能比别的同事更容易申请到各种项目资助，更容易得到各种上海史研讨会的主题发言邀请。在海德堡大学，哈佛大学，伦敦大学亚非学院和巴黎高师这样的上海史研究重镇，他也是受欢迎的人。他总能给人带来独立见解的清新之气。所以，美国西岸那些鼓吹"中国中心论"的学者有时将他作为一个例证来证明本土立场的可能性。但没人知道，这一切来自他的唯心主义世界观。与绝大多数男人不同，他愿意受神秘力量的摆布。从不想战胜它，或者逃避它。他在自己的世界里与它共生。

他最幸运的，就是当他对历史的禀赋刚刚萌芽时，便得到他中学时代班主任的点拨。这是一连串幸运的巧合组成的，就像下跳棋一样。

第一步，他的班主任正好是历史老师，而且是七十年代初从社会科学院的历史研究所下放到中学里教书的研究员。第二步，他的班级正好为《太阳帝国》摄制组在外滩拍摄的太平洋战争镜头做群众演员。第三步，班主任正好懒得布置周记题目，要他们自由发挥。第四步，他和班上的男同学在大喇叭里的指令下在外滩走动时，正好与扮演吉米的英国男孩撞个正着，那男孩灰色的眼睛紧紧盯住他，目光像钉子一样扎过来，他突然感觉到逝去的那个时代如此真实，真实到令人疼痛不已。第五步，他正好将这个在他看来奇异的瞬间写了下来，他的本意是想写出它的不可思议。第六步，他去年级组办公室帮英文老师搬小黑板时，正撞见班主任桌上摊着他的周记簿，老师刚看完，正有些激动，于是叫住这个班上资质中等的学生，对他说了历史的妙处。第七步，办公室里正好没人，要是有其他老师在，大概班主任就不会这么真情流露。正是老师对历史澎湃的真情猛烈冲击了他少年时代封闭和紧张的心灵世界。他的人生就这样突然一拐，驶上自己的轨道。

老师拍拍他的周记本，建议他不妨将来读历史系。"学了历史，你就会对表面现象有洞察力，知道到底什么才是过眼云烟。"老师特意问他这么生动的文笔是从哪里得来的，让他受宠若惊。他说弄堂里有个大朋友，有时自己从他那里借小说来看。大朋友特别告诫他要多看《参考消息》，要模仿那上面摘录的外国报纸里的用词，还有琢磨用细节来说明事实的手法，所以他每天都看《参考消息》。他看到老师微笑了，赞了一句："这个方法真聪明。"后来，还让他在班会课上把周记读给全班听，特意介绍了他读《参考消息》的事。老师聪明地将他的经验归纳到"善于在各种报纸中吸取营养，不做八股文"。

此后的人生便顺理成章。中国诞生经济奇迹的九十年代，上海学成为中国近代史研究领域中最受人关注的亮点，海外上海学发展迅猛，许多人都想通过对上海的研究发现中国经济奇迹的秘密，或者发现西方世界与中国沟通的共同文化基础，上海再次成为西方与中国之间的桥梁。这是上海史研究者的好时光。这个好

六、毡帽

时光，不是因为地理大发现的时代，而是因为上海的经济起飞。

她亲手触摸和平饭店冰凉的黑色钢窗的时候，与他在外滩穿着灰色的戏服奔跑的时候，都是他们各自心中豁然开朗的时刻。所以，他们都不自觉地努力寻找与历史正面相遇的机会。他猜想，瑟金特应该也有她感受历史真实的时刻，也有某一对眼睛突然如钉子一样扎过来的那一刻，那个启发她的人是谁呢？会是个中国人吗？她也有一个老师发现并鼓励了她吗？她似乎很同意"打击-反应"模式，在她的书中能看到这个上海研究模式的结构，但她更多的，也是站在英国人立场上的反应，站在打击方的立场上。那是她的血缘立场。

孟建新一直都认为，一个历史学家的血缘立场是最重要的，在客观的前提下，血缘立场带人去发现更为真切的，因此也是更有说服力的历史。当历史研究渐渐多元，这种血缘立场的重要性便显现出它独特的生命力。孟建新当年翻译到"他们打开窗子，让江面上那些船只深长的汽笛声和上海独一无二的空气中的气味充满房间"，他曾想，那里一定不光是书中提到的从下水道泛上来的污水气味，他相信瑟金特只能闻是污水的气味，而自己则不然。

孟建新走到打开的窗前，黄浦江畔雾气重重的深夜，他总是觉得自己闻得到四伏的鸦片沉重的香气。这种在传说中栩栩如生的气味让他既想深深呼吸，又有强烈的窒息感，就像他的哮喘将要发作前夕那样紧张。然后，他就能听到自己气管里发出尖利的哨鸣音。

孟建新想，他不能说自己仇视鸦片，那种感情更像是害怕。他害怕与它联系在一起。但这害怕里又分明有些欢喜。那种欢喜，是对某种奇迹的期待。这种矛盾的感情，应该就是在痛苦中的成长和改变留给人的复杂感受。他探索上海的过去，就会碰触到这样的感受。他认为自己因此触及到这个城市的原罪，而且对它耿耿不能忘，这是他不同于瑟金特的血缘立场。

在孟建新看来，对上海租界的故事和观点，立场和角度，缺陷和独到之处，长处和弱点，他和她正好互补，倒真能称得上是彼此最好的另一半。要是他们能合二为一，应该就是一个完整的上海。

孟建新感到遗憾的是，他能看到她，但他不能真的与她交谈，她根本就不知道他此刻的存在。他与她，从未谋面，却有如此难得的相似之处，真令人感慨。

孟建新站在当年瑟金特伫立的窗前，打开窗子，夜风拂面而来。在这和平饭店歇业大修前的最后一个星期，和平饭店已经停止预订和平厅的宴会，所以，这个大厅空空如也，四周寂静无声。

"百年寂寞何时了"，孟建新心中浮现出这个句子。实际上，这是老师说过的一句话。

当他中学毕业，果真考进历史系，再遇到老师，他仍旧围着那条格子围巾，老师也回到大学来教书了。当年就因为老师研究的是对意识形态一无用处的租界历史，才被下放到中学教书的。老师有一次闲话的时候，突然对租界历史研究长叹了一声，"百年寂寞何时了呀！"那句话竟深深打动了他。上海开埠百年，前面是洋人的立场，后面是北方人的立场，留给上海人的，就是那长久的沉默与寂寞里，对融合与对立的理解。

这时，孟建新的身后突然传来脚步声，接着，戛然而止。他回

六、毡 帽

过头去,隔着空旷的狭长舞厅,看见门厅大红的丝绒帷幕旁,流线型的吧台泛着金属灰白的亮光。那里背光站着一个握着照相机的年轻人,那个年轻男人穿着一双在地板上吱吱作响的美式跑步鞋。

"吓了我一大跳。"那人喘着气,"这黑灯瞎火的,老饭店的窗前,突然看到一个黑影。"

孟建新笑了:"你以为我是这饭店里从前的鬼魂了吧。"

"正是,我以为是沙逊呢。可我想,这也不能啊。但转念再想,也不一定啊。"年轻人说了一口幽默的东北话。他是东北一家时尚报纸的记者,特地赶在和平饭店歇业大修的最后一个星期来目击和平饭店的歇业。孟建新知道自己已回到2007年4月。这个四月饭店里日夜游荡着各种报纸、杂志的撰稿人和摄影师,和平饭店的歇业变成了一件与历史相关的时尚事件。里奥当年在他的目击记里写过,贝拉·维斯塔死了,和平饭店万岁。

"你怎么就断定我不是鬼魂呢?"孟建新站在窗前问,他一边闻到深夜的春风里,瑟金特在1991年的文章里提到的气味。其实,那不是下水道的气味,而是春天时分苏州河水散发的特殊气味。那是一条用到熟烂的河道,九十年代初,日益变浅的河床上堆积着淡灰色的淤泥,它们将强烈的土腥味溶解到乌黑的河水里。这淤泥,就是整个外滩的地基。"说不定啊说不定,我的坟墓就在外滩,1846年时,这里是李家场,李家的坟场。那时候,维克多·沙逊还没生出来呢。我难道不可以是个李家的鬼魂吗?"

"先生,你是逗我玩呢。"年轻人努力镇静自己,悄悄捏紧了拳头。

PIECE.07

纪念碑·叁

成为和平饭店

　　2011年凉爽温和的夜色让人想起一则巧克力广告。此时已过午夜,隔着南京东路,外滩十八号天台上传来激烈的摇滚乐,晚会动物们体内的酒精已经渐渐燃烧起来。站在沙逊套房的卧室窗前,我能看到在夜风中飘扬的五星红旗下,天台中央,吧台上的霓虹灯映照着站在桌子上跳舞的人们,和年轻女子飘扬的短裙。滚石般的音乐声中,一江细波涟涟的水突然变成了橙红色,那是浦东金融区高楼幕墙反射出来的灯光,幕墙的大屏幕即使在沉沉黑夜里,也在滚动发布纽约和伦敦的金融指数。

　　我所站立的地方,在多年前,这里还是维克多·沙逊的私人公寓,而非沙逊套房的时候,曾是他的私人浴室,墙上镜箱的镜面,在我遇见时已浮尘重重,我的手指在上面擦出一道明亮的镜子。那镜子的水银已没有了新镜子的锋利光芒,有淡淡的黄色。贝拉·维斯塔舞会过后,和平饭店特意在浴室的黑色大理石墙面上钉了一块金色铜牌,注明此间浴室为维克多·沙逊私用,饭店作为文物妥善保存。而今,浴室消失在卧室前端,那里斜放着一张维多利亚式的紫色卧榻。

　　卧室外间,从前安放长沙发的拱顶窗前,如今摆着一张大桌子,还有一架老式的望远镜。原先沙逊阁的服务生们,晚上常常不敢独自在这套间里工作,与我年龄相仿的人,喜欢集合在沙发那里讲鬼故事。我以为自己会害怕一个人住在顶楼被深色护壁板环绕的沙逊公寓里,与他们一样。但是恐惧迟迟未至。

外面书房的灯光单纯开朗,使沙发靠垫上缀着的亮片和流苏在灯影里闪闪烁烁,这是对装饰艺术的摩登风格的回归,却令我感到陌生。原先嵌在书房壁板中的壁炉虽说保留下来了,但已无法使用。是的,这里已经不是原来的样子了。不光是空间与光线已经改变,四壁那已八十年之久的柚木护壁板,也不再是从前那样的深褐色,干燥,像树皮那样带着木头的纹理。它们现在变得如此光滑,发红。原先那股维克多·沙逊即将在冥冥中现形的古怪气氛已荡然无存。如今这里的每一团阴影,都符合现代人想要的舒适的怀旧,但绝无上个时代消失后遗落下来的真切的阴郁。

这座大房子衣衫未变,气质已然不同。在响彻外滩上空的狂野音乐声中,我明白自己不会再享受到那种恐惧了。

遗憾浮现出来,它就像一条缺氧的鱼,不得不跳出水面来寻找氧气。

在我看来,即使是外滩的大房子,也只有这一座能激起人们心中对时光遗痕深深的痴迷,和奇异的,对享受恐惧的向往。我总能在和平饭店里看到面带恍惚的人们轻飘飘地走着,一边东张西望,好像走在梦里,小心翼翼捧着自己对时光与世事的各种感念。在这里，找到了什么，与找不到什么，同样都是收获。

这栋房子就像个美女，每个见到过她的人，都对让自己惊艳的那一刻念念不忘，都对她的变化斤斤计较。因为总是伤逝和追忆，所以"从前"就变得难忘。

"不再像从前"，这从我心中涌起的遗憾，有趣之处在于，这个"从前"是何时呢？我访问过的人，包括我自己，常常情不自禁地说起和平饭店的从前。这个从前，大多是我们各自与它初次相遇的时候，每个人都有自己与这栋房子的从前。从这里出发去勾连它的一小段往事，好像一张网撒下海去，捞上来一条小鱼。当然，海里是有无数条小鱼的。

我第一次走进沙逊阁的玻璃门，所见早已不是三十年代的私寓，也不是五十年代的高级客房，而是九十年代的小宴会厅。大圆桌上铺着缎子桌布，旧沙发旁放着一张旧梳妆台，靠垫是织锦缎的百子图。护壁板的搁物架上，陈列着景德镇白瓷瓶和穿着民族服装跳舞的彩瓷小人。护壁板里隐藏着挂衣物的壁橱，那里的抽屉底板不是薄木板，而是用淡黄色的细藤条编的。我记得自己忍不住在抽屉暗处找了找，妄想找到当年匆忙离开的维克多·沙逊遗落的旧物，比如一个装柯达胶卷的小铝圆盒。这便是我的从前。我想象自己打开里面存着的一卷胶卷，发现里面有维克多·沙逊

七、纪念碑·叁

拍摄的哈恩姐妹的裸体。

此刻，天花板上面的塔楼俱乐部一团寂静，我在那里见到如今的和平饭店总经理康墨尔。当年，华懋饭店的总经理在阳台上遇见他的女客人，他们谈论说，站在塔楼俱乐部的阳台上俯瞰黄浦江，好像自己正身处世界的中心。在同一个阳台上，我向康墨尔先生转述七十年前的这段谈话时，同样在面容上能找到中东血统特征的总经理微笑了一下，否定道，现今的我断断不会这样想。在地板下面的英国套房里，圈椅和沙发上放着用沙逊家族明信片上的赛马图案刺绣的靠垫，那是沙逊家族后人新近带给饭店的礼物。

越过1929年考沃德写《私人生活》的房间，1972年欧洲左翼学生访华小组讨论谁能坐在靠近周恩来最近的位置上的会议室以及1986年怡和洋行重返外滩的临时办公室，底楼，丰字形的大堂里，华懋的铸铁灯具闪闪发光，华懋的灵缇犬上的金边在闪闪发光，华懋的大理石地面也闪闪发光。自1956年这间大堂被分割成三段后，过了半个世纪，它再次完整重现在外滩。1996年，不远处的汇丰银行大厦整修中发现隐藏在石膏后面的壁画之后，这个大堂的修复，使得外滩大楼中隐藏的旧日宝藏又一次重见天日。

那个夏天，我戴着散发出别人汗味的安全帽，走进刚刚拆除隔离物，还没来得及清除垃圾的大堂，一个到处贴满写着"保护"白色纸条的大工地。靠手电筒的光,才能查看到天庭上被尘埃塞满的花纹和玻璃,1929年的铸铁楼梯摇摇欲坠。那时,楼上客房1929年的空间结构已被摧毁,粉碎了的碎砖石川流不息地沿着垃圾道坠落下来,在地面上发出沉闷的扑倒声,并夹杂着尖利的碎裂声。这个失而复得的大堂深陷在永逝与重逢的迷茫之中。它空荡荡的,像毫无防范的孩子般的无辜,又像老人在垂死时的放任。我的"从前",是这种沧桑流散中的惊艳。我的这个大堂从前,恰好建立在1940年代那些已经走进这间大堂里来的人们的"从前"被毁坏的基础上。

傍晚时分,我和上海侨民梁佩珍在大堂里谈了一会。她从父亲那里知道,当年的大堂,夏天开放冷气,是整个外滩最舒服的地方。父亲公司里来此办事的职员总是尽量拖延回办公室的时间。这是她的从前。

她父亲在四十年代曾在外滩十八号的远洋保险公司工作,五十年代离开上海前往澳大利亚。而六十年代初,我父亲的中波航运公司进入外滩十八号,我们的父亲很凑巧地在不同的时间,用了同一间办公室。那个傍晚,我们的父亲都已经离开人世,而我们在灯光璀璨的八角亭边上讨论,是否能在他们从前的办公室里,为我们的父亲举办一个小小的旧物展览,将他们俩留下的照片,钢笔,领带,手表,皮鞋

七、纪念碑·叁

放在一起。她父亲喜欢踢足球,我父亲喜欢游泳。她父亲是地道的上海租地者的后代,我父亲是地道的早期共产党官员,他们非常不同,却都是因为极偶然的原因,使用了同一栋建筑里的同一间办公室。在时间上,他们恰好彼此承接。我和她,都认为将他们两个人的遗物放在一起展出并无不妥。

这种奇妙的连接,让我们忍不住微笑。

这房子的魔力在于,它总能让人堕入它的时光隧道里。它似乎属于每个人,又包容了形形色色的"从前",串联成它自己细节蜂拥的历史,无人能专属,即使沙逊家族也不能。我相信人们总是向往自己的那个从前安好无恙,不论它们是否彼此冲突。这房子的魔力还在于,它竟能化冲突为一座纪念碑的丰富细节。

七、纪念碑·叁

- NOTE -

和平饭店八楼，2006年11月拍摄

- MORE DETAIL -

透过玻璃上的夜雨，能看见街对面旧皇家饭店1937年被炸焖的塔楼已修缮好了。这已经是2006年。望向烟雨弥漫的江面，也不能看到停泊在江上的日舰出云号。这间房间，开始时是华懋饭店的小图书馆，战时曾是侨民"九点一刻"俱乐部放映欧洲新闻片的地方，后来是著名的扒房，日后开M on the BUND餐馆的米歇尔曾在这里当过一个多月的主厨。2008年，和平扒房结束，这里成为餐厅机动用房。2011年从这扇窗子望过去，对面的屋顶花园正在开下午茶会，阳光灿烂的塔楼旁，参加茶会的女士们的衣饰上，都多少带着一些薰衣草的紫色。

七、紀念牌、墓

- NOTE -

和平饭店大堂，2009年5月拍摄

- MORE DETAIL -

2008年正在修复中的和平饭店大堂，四处都是被激起的浮尘。那时我已经和和平饭店采访了好几年，似乎已经习惯了顺了那个狭长的大堂。当有人告诉我，曾经有人在半夜看到穿着鬼魂从这个大堂里浮游而过时，我还特意在深夜里下楼来看过。但是当时不能理解那人所描述的"巨大的，暗影重重的，时隐时现的灯光"的大堂。直到这一天我见到正在修复中的十字形大堂，见到灯光在纵横的深深大堂里如何被切断，或者延长，才理解早先听到过的那个"时隐时现"。也有人在回忆录里写到和平饭店狙击藏匿多时的亲日分子，我也是在这时理解了为什么实施暗杀后，暗杀者能轻易从大堂脱身。

七、纪念碑・叁

-NOTE-

和平饭店大堂八角亭，2009年5月拍摄

-MORE DETAIL-

从1956年做的木隔板中扒出华懋饭店的玻璃八角亭顶时，玻璃上的积尘层层叠叠，即使夏日午后强烈的阳光，也不能穿透它。但已经能看到尘埃中的灵缇犬绿缇大身上，那些镀金的线条仍在微微闪光。浮雕上的油漆虽然多有皆起，却仍旧保持了原来的颜色。在这蒙尘的穹隆下，不光曾有维克多·沙逊走过，还有1941年日本海军陆战队的关家大佐，他在这里等待过华沙屠夫梅尔。梅里尔·上海商里隔都里的犹太人解决方案。德国的三种解决大方案：或者把犹太人驱赶到船上，开到大海里，任船沉没；或者强迫犹太人到附近的盐场做苦役，直至累死；或者在崇明岛建立死亡营，集体屠杀。但这些计划最终都没有实施。战后，大家大佐因为这些计划的被动推迟，最终逃脱了被审判的命运。再后来，顾准在这里未往住，他是最后一个走进玻璃穹隆下的人，一个共产党的经济学家。一夜之间，他从上海最重要的经济官员成为反革命。他曾经是思想激进，主张彻底消灭资产阶级的人，此后几十年的磨难将他锤炼成一个思想更加深邃更加深邃的理想主义者，一个中国社会主义市场经济的理论先驱。当这玻璃顶带着尘埃再现时，和平饭店的历史演变也终于连成了一片。而多年以后，命运中都带着某种朋裂的痕迹的男人，

PAGE (243)

七、紀念牌・參

- NOTE -

和平饭店八楼和平厅。1991年3月拍摄,私人收藏

- MORE DETAIL -

以怀旧为主题的化装舞会,曾经为和平饭店带来了这寻身份的诗意。怀旧是需要气氛和地理空间来烘托的,正如当年卞贝芯·维斯塔夫会放弃澳门的老酒店转来上海的和平饭店,是因为日本富商赖顾废的海边酒店修缮一新,夫去了可以让人重归往昔的童话中仙女撒下的尘埃。后来,卞贝芯·维斯塔塔转去了俄罗斯的圣彼得堡,后来,又转去了古巴的哈瓦那……他们一路追寻着迹去的时光,一路逃离修缮的失落。对贝芯·维斯塔的成员来说,上海的和平饭店也最终成了逃离之所。

七、纪念碑・叁

-NOTE-

和平饭店底楼老年爵士乐酒吧店堂,2007年4月拍摄

-MORE DETAIL-

2007年4月酒吧歇业当晚,空无一人的八角桌椅,以及使用多年的蜡烛灯。2008年,酒吧被整体搬移至华亭宾馆继续营业。后来,所有的桌椅被整旧如新,继续搬回和平饭店老年爵士酒吧中使用。那翻新后板为光滑,并呈现出红棕色的桌椅,过去岁月的痕迹已荡然无存。

七、纪念碑・叁

-NOTE-

和平饭店英国套房，2001年2月拍摄

-MORE DETAIL-

2001年的英国套房。此时，当年为迎接贝拉·维斯塔格筹会，特意从郊县招待所里寻找回来的华懋饭店旧家具，已经又使用了十年之久。那些在抽屉凹边的缝隙处垫了半圆形细木条的家具仍旧被服务生保养得很好，甚至那些菱形的拉手都还能使用。等到再过了十年，英国套房的家具再次更换，老式的、带有滑轮的床架被高席梦思双人床代替，沉郁的风格被国际化的明亮和愉代替，套房内的家具难分新旧。要当真分辨，就得打开抽屉，那些缝隙处没有半圆形细木条的，就是新做的。

PAGE （ 249 ）

七、纪念碑·叁

- NOTE -

和平饭店套房,2011年10月拍摄

- MORE DETAIL -

2012年4月,改造成现代空间的和平套房内,特意配置了DECO式家具与器皿,明亮豪华的光线让人一时生出不知身处何处的恍惚。这间套房可以是在伦敦,也可以是在新加坡,或者香港。它的确要舒适许多,套房原先的宽大箱子间已经化身为化妆间,与浴室相连。的确,这个飞行的时代,不再像三十年代的饭店套间那样需要专门存放邮轮长途旅行需要的大箱子空间了。时光如水一般向历史的深处退潮,和平饭店的趣味也改变了。

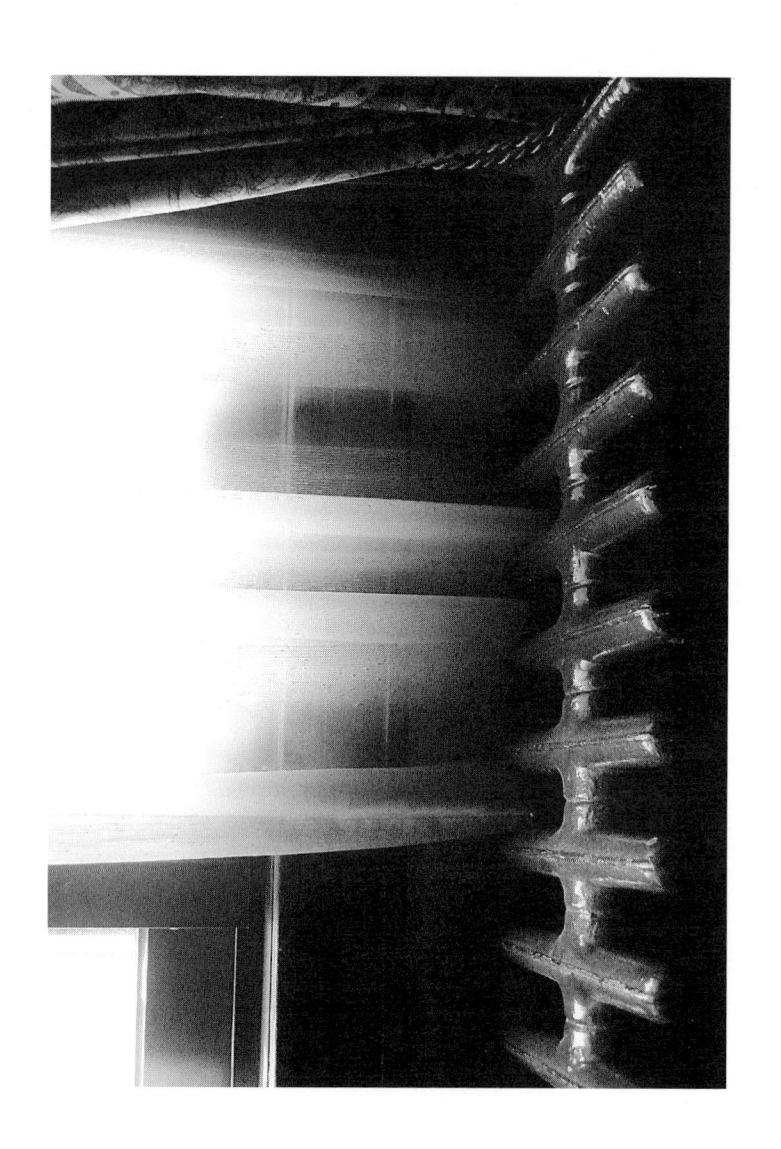

七、纪念碑·叁

-NOTE-

和平饭店套房,2007年4月拍摄

-MORE DETAIL-

1929年客房里的时髦旧物热水汀,在2008年的饭店整修中,连同墙体内的暖水管道一并消失。

七、纪念碑·叁

-NOTE-

和平饭店九楼九霄厅大门，2006年12月拍摄

-MORE DETAIL-

和平饭店时代的九霄厅大门上，有两盏双面拉力克玻璃灯。每天傍晚，九霄厅灯火通明，酒杯闪闪发光，从门上的玻璃能看到流转的金鱼。直到贝拉·维斯塔餐会启蒙了和平饭店，人们才知道这两块双面拉力克玻璃，价值已高达半座和平饭店。可它们还是稳稳地坐落在九霄厅的木门上。直到饭店改造，这两块玻璃才被取下未收藏。

七、紀念碑・参

- NOTE -

和平饭店十楼沙逊阁，2003年5月拍摄

- MORE DETAIL -

沙逊私寓自用的浴室曾是一个富有传说的地方。传说中的维克多·沙逊由于飞行事故，身体留有残疾，而对浴室保持极为私密的状态。他说可以与女人同床，但不与她们合用浴室。他的浴室连接着卧室，是一个用度.黑色大理石包裹起来的空间。浴缸的龙头直到2003年，一直功能完好，可以调节冷热水。2008年，浴室沙逊私寓扩建为和平总统套房时被拆除。

七、纪念牌·叁

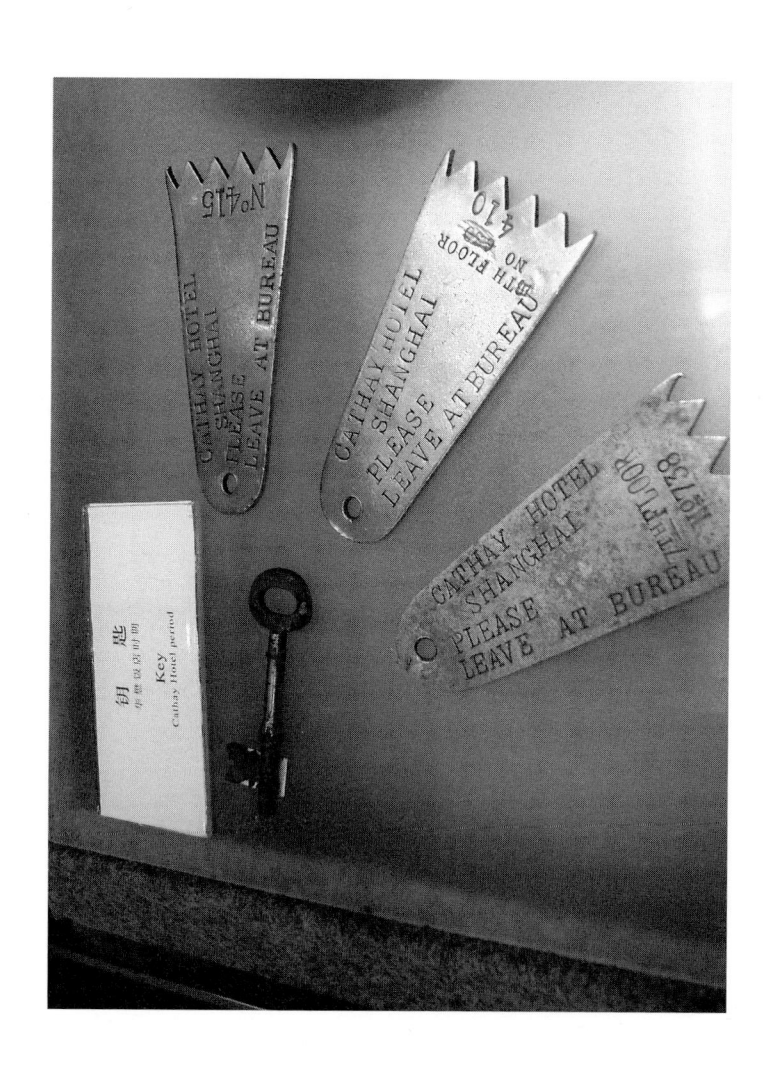

钥　匙
华懋饭店时期
Key
Cathay Hotel period

-NOTE-

和平饭店百年和平博物馆，2007年4月拍摄

-MORE DETAIL-

和平饭店店庆时，曾试图建立一个小博物馆，承接与挖掘老饭店的历史。最初这个小博物馆在三楼门厅一侧的走廊里，挂了一块装饰着艺术线条的墨绿色铜牌。那里陈列的华懋饭店的客房钥匙牌，是华懋饭店仅存的几件旧物之一。华懋饭店没有客人登记簿，没有完整的一套餐具、茶具、烟具、卧具留下来，也没有信封、信纸、名片留下来，甚至没有客房装饰物留下……2011年，和平博物馆在费尔蒙特和平饭店的夹层里开放，这些洋铁小钥匙牌仍旧是最重要的展品之一。

PAGE (259)

七、纪念碑·叁

-NOTE-

和平饭店八楼龙凤厅，2007年3月拍摄

-MORE DETAIL-

龙凤厅钢窗上的云头变形窗把手，完好保留到2011年费尔蒙特和平饭店开张。

七、纪念碑・叁

- NOTE -

和平饭店大堂，2003年11月拍摄

- MORE DETAIL -

修复的部分大堂。三十年代安置茶舞乐队的二楼小阳台上，放置了一尊大理石的裸女雕塑，现已消失。现在这里是费尔蒙特和平饭店历史学家梁佩珍最喜欢的秘密角落，有时她在中偷闲来这里喝杯咖啡。她曾设想过要在这里举办一次读书会，读海事时代人们的回忆录，讲和平饭店历年来积累的鬼故事，拿一台幻灯机，从这里向下投影一张十九世纪的鬼船图片。夏天时大堂的冷气太凉，她带一件薄毛衣来这里，想起她父亲晚年闲谈上海生活时说过的故事……当他差办公室的年轻职员来华懋饭店送文件，如果是夏天，职员就会在这里耽搁一会儿才回办公室，因为这里的大堂冷气很足。

七、纪念碑·叁

- NOTE -

和平饭店八楼和平厅，2007年4月拍摄

- MORE DETAIL -

和平厅的门厅里一直都有个金属吧台，八十年前的钢板曲线处，一直都闪耀着传奇的三十年代上海DECO对现代化的狂热追随。现在，越来越多的人将二十年代到四十年代上海时髦大街上出现的ART-DECO建筑称为"上海DECO"，这个称谓将这些建筑与芝加哥、迈阿密和德国各地的ART-DECO建筑区分开来。上海DECO，对上海意义又不光是一种曾经时髦的建筑，还是上海曾经融入过世界潮流的证据，这种证据对一个旧通商口岸都市来说，有家谱般的意义。上海赋予了DECO时代这逐光声电化的热情，闪闪发光的都会热情在DECO的曲线上闪耀，它总显得比别处的DECO更消费主义些，也更天真简单些。2007年，这个金属吧台消失在饭店的改造中。

七、紀念碑・參

- NOTE -

和平饭店八楼和平厅，2007年4月拍摄

- MORE DETAIL -

这个维多利亚式的狭长舞厅，曾是上海最时髦的舞厅。世事变迁，如今晚上去舞厅跳交谊舞已不时髦，城中的晚会动物再不会相继出现在这里，那些兴致勃勃的单身汉和终于打扮停当的未婚女子们，总是都市夜晚最令人兴奋的部分。如今，他们从和平饭店门口掠过，前往更时髦的外滩其他建筑里的酒吧，或者餐馆。如果他们去跳舞，他们去跳迪斯科。这个时代夜晚享乐的颜色，不再使用金黄色和大红色，这个时代的灯，也不再用水晶玻璃吊灯灵瞻。这个时代舞曲震耳欲聋，头上梳着一个硕大发髻的白俄女人，风情万种地与地板的意大利支夫在弹簧细木地板上旋转起舞的情形，已是整整七十年前的情形。现在这个舞厅保留下来了，虽然颜色已经变化。它更重要的功能，是大型宴会厅。

人们站在弹簧地板上把酒言欢，仍能感受到弹簧在地板下有时震颤一下。

成为和平饭店

-NOTE-

和平饭店底楼大堂走廊,2008年9月拍摄

七、纪念碑・叁

-MORE DETAIL-

华懋饭店大堂中的旧门与华懋铜把手。传说中是特意从芝加哥订制而来的,如今被完整保留下来用在费尔蒙特和平饭店的门上。旧的铜把手不够用,便仿制了一些。

成为和平饭店

―NOTE―

和平饭店底楼大堂通道，2009年5月拍摄

七、纪念碑·叁

- MORE DETAIL -

饭店大修时，大堂的通道里曾堆着每天从楼上各处清运下来的建筑垃圾。堆积如山的垃圾里，能看到酒廊里用旧了的假花，套房里被拆除的箱子间的旧木架和小块旧地毯，八十年代使用的美标洁具碎片和浴室的大理石残片，还有散架了的圈椅，沾染着黄色污渍的沙发靠垫，以及各种敲碎了的砖头和瓷砖。那几乎可以说是一个消失的和平饭店。

成为和平饭店

和平饭店沙逊阁,2005年3月拍摄

七、纪念碑·叁

-MORE DETAIL-

直到2007年沙逊阁被拆的最后一天,维克多·沙逊卧室的衣橱里还保留着放内衣的抽屉藤底。2003年,抹去藤条上的浮尘,藤条还呈现出淡黄色的光泽。这些与护壁板浑然一体的抽屉,在沙逊离开后,放过日本海军犬冢大佐的衬衫。后来,又放过苏联海军将军的内衣。它们最终消失在2007年的饭店大修中。如今,沙逊套房的抽屉只用一层薄木板衬底,不再用这样的藤底。直到我在斯里兰卡的殖民酒店客房的抽屉里发现了同样的藤编底,才发现这原来是海事时代,东方曾经流行过的某一种时髦。

成为和平饭店

-NOTE-

和平饭店南京东路边门，2009年2月拍摄

七、纪念碑·叁

— MORE DETAIL —

和平饭店后院的垃圾道,日夜不停地卸下各种建筑垃圾与废料,还有整批的废弃地毯。整个后院终日尘土飞扬。

成为和平饭店

-NOTE-

和平饭店横贯南京东路与滇池路的大堂，2007年3月拍摄

七、纪念碑·叁

--- MORE DETAIL ---

2007年的大堂,虽然只是狭长的一翼,可也灯光璀璨,各处可见各种几何形的黑色铸铁的漂亮线条。本地人以来这里喝咖啡,会朋友,听爵士乐为乐事,本地的画家陈逸飞在这里拍摄过他最后一部电影。访问上海的政要们,在九十年代,也以来这里听一晚上爵士乐为国事访问中的轻松插曲。这如今看来短小的一翼,算起来,却是阅历最丰富的一翼。

成为和平饭店

-NOTE-

和平饭店大堂，2009年9月拍摄

MORE DETAIL

大堂在修复中的情形常常让我感到迷惑,它像是任何一座这二十多年中每个上海人都熟悉的建筑工地,充满烟尘、水泥气味,遍地坑坑洼洼,或者由于铺了木板而变得摇摇晃晃……每个人都知道这是它的进行态,几个月后,它就会变得崭新光鲜,好像被海螺姑娘收拾过一样,快得不可思议。可它却有些不同,当它变得崭新光鲜后,却让人能看到它遥远从前的面貌,而不是它未来的样子。

成为和平饭店

-NOTE-

和平饭店大堂八角亭，2011年12月29日拍摄

七、纪念碑 · 叁

— MORE DETAIL —

修复后的和平饭店大堂八角天庭。阳光透过玻璃天庭洒入大堂，富丽堂皇。八角亭四下的浮雕庄严，呈现着这座建筑在不同时空中的面貌。修复了的茉莉咖啡座，杯碟声清脆柔和，那里恢复了早先的英式下午茶，有人用柔和清晰的英文在那里朗诵茶叶的历史。维克多·沙逊爵士的素描肖像竖立在维克多甜品店对面的大理石墙上，指引客人去往大堂夹层中的和平饭店小博物馆。从黄铜旋转门的缝隙中，能听到不远处海关大楼的报时声，那是《东方红》乐曲中的一句。

PIECE.08

纪念碑·肆

成为和平饭店

　　1937年8月14日，正潜伏在上海的中共党员王炳南和他的德国太太安娜去华懋饭店底楼的甜品店吃冰激凌，他们刚离开半个小时，中国空军的飞机就误炸南京东路。从汇中饭店屋顶滚落下来的炸弹震碎了华懋饭店甜品店的大玻璃，另一颗炸弹直接落在华懋饭店的正门前，炸塌了玻璃雨棚，并炸死了一个美国女教师。这一天，中日开战。

　　维克多·沙逊日后对人说起上海的爆炸，他说，在他四楼的办公室里，只感觉到窗子上有点震动，整个大楼坚固如旧。轰炸之后，他在上海的办公室里度过了数个不眠之夜，终于下决心将资产转移出中国。日后看来，他最正确的决定，就是即使售出他在虹桥的著名别墅，也不出售沙逊大厦。

　　这栋大楼至今仍旧是外滩最出色的建筑，而且，随着岁月沧桑，它的张扬炫耀渐渐圆润沉着，岁月与阅历的重量，增加了它的分量。在外滩这样始终富有象征意义的地方，纪念碑随着时代此起彼伏，但这栋房子却始终伫立原处，它的黄铜旋转门不停地转动，始终接纳着这个城市中最重要的人物，与这座城市共荣辱。而且，随着时间给予它越来越多见证与保留历史的机会，它便日益像一件殖民时代独特的古董那样，越来越显现出自己的价值。

　　只要这栋房子依然日夜灯火通明，沙逊家族的传说就

八、纪念碑·肆

不会消失，只会常新。他家那些古老的鬼魂只要想出现，就永远有适宜的显灵之处。即使是在对外滩这些大楼的历史讳莫如深的时候，沙逊阁的玻璃门旁也挂着维克多·沙逊戴着一只单片眼镜的模糊不清的照片。说起来，在外滩大楼里，唯有他的照片长长久久地陈列在原来洋行的墙上，被人认得。如今人们根本不认识怡和洋行大班的脸，虽然许多人认识汇丰银行门前的铜狮子，却只有很少人知道这对狮子以当时汇丰银行两个经理的名字命名，以纪念他们对银行的贡献。但是，只要来到沙逊阁，人们就会认识维克多·沙逊的脸，只要在他的公寓里吃饭，就必定有人情不自禁说起他家的传奇。说着说着，有人就会惴惴然左顾右盼，似乎沙逊正在他书房的暗影里坐着。

2007年以前，这饰有深褐色护壁板的房间也常常吓着年轻的服务生们，所以沙逊阁自然形成的规矩，晚上总是两个人一起进房间。这些年轻人并不清楚沙逊家族的故事，甚至搞不清楚维克多·沙逊和大卫·沙逊的关系，沙逊这个姓，对上海人来说，差不多只意味着一个人。但这样含混的认识，并不影响他们在这套公寓里感受到的神秘威慑。

他们甚至懂得享受这种恐惧的气氛。在大雨滂沱，室内一片迷离的下午，他们常常聚在"他"的客厅窗前轮流讲鬼故事。至于鬼故事的内容，却总是与沙逊无关。一直讲到他们中某个人忍不住发出一声惊叫，然后，他们一个个飞快逃过幽暗的房间，全都撤退到厨房里。那里灯火通明，炉膛里温暖的蓝色火苗在跳跃。到了那里，才是安全的。

当年沙逊阁的服务生们，随着沙逊私寓改造成沙逊套房，大多离开此地。

现在人们通常去大厦底楼那间名叫"VICTOR'S"的甜品店。它取名维克多，以纪念一去不返的华懋饭店主人维克多·沙逊，与当年的沙逊阁异曲同工。如今甜品店里最受欢迎的位置，仍是那几张摆放在沿街大玻璃窗前的圆桌。如今的饭店经理康墨尔与当年的饭店经理奥瓦迪亚一样，也是一个有中东血统的中年男人，他也是自己在上海经营这间饭店，未与家人同来。与当年的奥瓦迪亚一样，他也有管理富有地方特色的古董酒店的丰富经验。

自己工作的地方名叫VICTOR'S的原因，手脚麻利的二十岁的上海女侍应生解释说："维克多是我们饭店的创始人呀，我们要纪念他。"她说着点了点贴在大玻璃上鲜红的VICTOR'S，它们在阳光里闪闪发光。对八十年代那些阴霾的下午，惊叫着从沙逊阁的褐色皮沙发上跳将起来，逃进厨房的年轻服务生来说，这个女孩已是纯粹新人。

今天的她，做得一手纯正好咖啡，又烫又香，有热情单纯的眼神，举手投足也已训练有素。她眼中的维克多·沙逊，不是模糊老照片里，戴着老式单片眼镜的犹太鬼魂，而是甜品店斜对面，和平博物馆照片里那位面容和蔼的体面老绅士。照片中，他欢欢喜喜地陪着华人明星黄柳霜，兴高采烈地牵着漂亮的赛马，从从容容地死在了1966年的一次心脏病发作。

女孩子做夜班，常常要在店里工作到深夜。但她从未有过那种迎头见到鬼魂的感觉，甚至从没想到过。我问她怕不怕，她惊奇地望着我问："怕什么？"

甜品店的冷柜里，白色细瓷方碟中有做成绿色金字塔形状的手工巧克力。在金字塔巧克力的顶部，点着一小团金色。一柜子花花绿绿的甜品与蛋糕里，它最特别。在这里，沙逊大厦的绿顶不是什么法老的坟墓，荣耀与永恒的象征，而是一块甜蜜的绿茶巧克力。它顶端饰有一片金叶，那是费尔蒙特和平饭店特色食品的标识。

八、纪念碑·肆

-NOTE-

和平饭店与滇池路对面的中国银行大厦，2011年10月拍摄

-MORE DETAIL-

外滩的各种传说中，最著名的就是沙逊大厦与中国银行大楼高度之争。传说中，当时掌管中国银行的宋子文确实希望中国银行大厦的高度超过旁边7米高的沙逊大厦；但维克多·沙逊动用家族关系与金钱，硬将中国银行大厦的高度压低，上海工部局也出面干预，最终，中国银行大厦不得不比沙逊大厦低了七米。沙逊大厦就此保住了外滩最高楼的地位。后来中国银行公布了民国二十三年的管理理事会记录，中国银行大厦不得不低于沙逊大厦已成无奈。

八、紀念碑・肆

- NOTE -

南京东路华懋饭店门口,历史资料照片

- MORE DETAIL -

1937年8月下午,落在华懋饭店门口的炸弹。虽说是中国飞机为轰炸黄浦江里的日本舰"出云号"误炸南京路,但这次偶然的轰炸,却如宣告了上海租界的死讯一般,租界的太平日子就此结束。炸塌了的华懋饭店玻璃雨篷雨篷似乎预示着华懋饭店遍地晶莹尖锐的碎片,再无完璧之时。

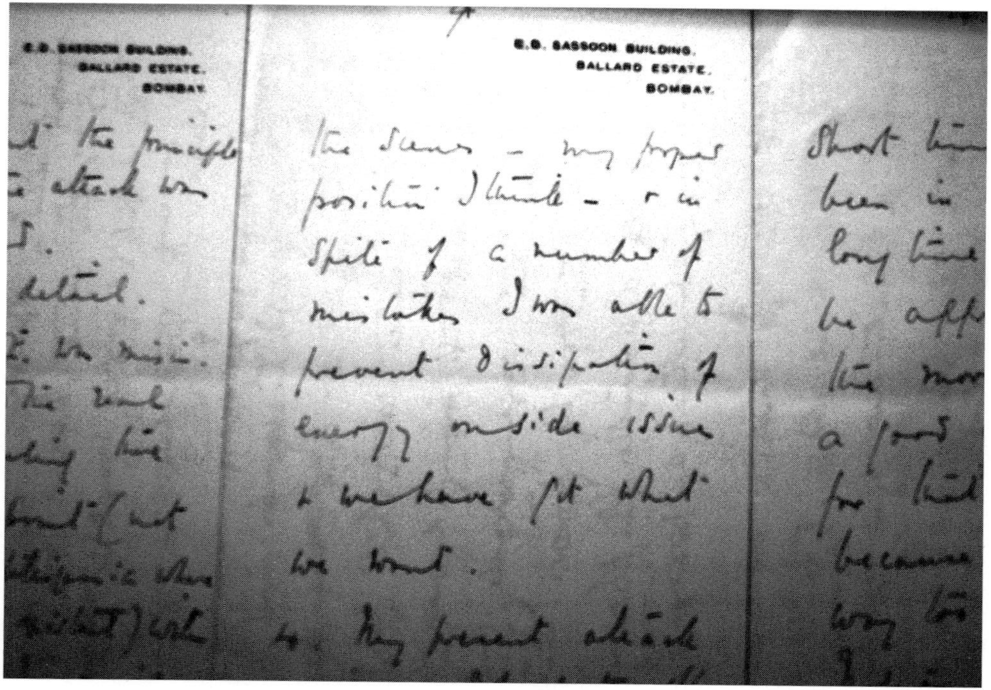

-NOTE-

维克多·沙逊书信,他救大英图书馆复制

-MORE DETAIL-

维克多·沙逊在租界爆发可危时,写给英国政府的租界形势分析,现存于大英图书馆档案之中。经过数次日本旅行,他对上海租界前景表示悲观,他认为,日本人将夺取上海租界,他们的目的不是与英国人分享。中国人最终将从日本人手中夺回上海,但他们将不再会邀请外国人来帮他们管理自己的城市。因此,他在太平洋战争爆发前及时撤出了在中国的大部分财产,前往拿骚群岛。

八、纪念碑・肆

-NOTE-

从改建扩建后的沙逊套房阳台上拍摄的外滩浦江建筑。2011年10月

-MORE DETAIL-

如今沙逊套房是外滩老楼中最昂贵的套间。从沙逊阳台上望去,当年外滩堤岸上那一长排洋行大楼,如今大多改变成奢华之地。大楼里的往事大多散落而不可追寻,大班们的故事更早已似是而非。大楼面向的浦江堤岸历经多次改建,堤岸上的纪念碑更是起起伏伏。唯有沙逊家族的故事总被提及,这个从巴格达来的犹太名字从未被真正遗忘过。与这座建筑的纪念碑联系在一起的古老名字不光活在传奇中,也随着和平饭店的修整一新,变得时髦起来。

PAGE (295)

八、纪念碑・肆

- NOTE -

和平饭店沙逊套房，2011年10月拍摄

- MORE DETAIL -

2010年后，沙逊私宅改造成总统套房，接受住客人的预订。改造好的沙逊套房里，沙逊时代的搁物架消失了。原先沙逊的书房里有一些四十公分高桌的书架，用来陈列沙逊从清朝贵族手中买来的皇室象牙雕刻。沙逊热爱中国的象牙着色雕刻人像，曾收藏过上百尊三十厘米左右的象牙雕刻，大多是中国古代人物，八仙姑，寒山与拾得，以及弥勒佛。当飞机事故留下的腰部剧痛发作时，沙逊便从楼下的办公室返回十楼，独自把玩它们，等待剧痛过去。日军占领外滩前夕，沙逊离开上海，带走所有陈列在此he 的雕像。在沙逊阁作为和平饭店最高级的小宴会厅的时代，总有些风格精美保守的中国手工艺品放在空下来的书架上。

PAGE （ 297 ）

八、纪念碑・肆

-NOTE-

和平饭店维克多甜品店里的"和平饭店"巧克力，2012年2月拍摄

-MORE DETAIL-

荷兰的甜品师傅制作的绿茶金字塔巧克力，名为"和平饭店"。这是一款只在和平饭店甜品店里销售的巧克力，客人也可以在茉莉咖啡座的下午茶里吃到。光阴如梭，沧海桑田，如今，和平饭店绿色的尖顶已成为一道温柔的甜品。

成为和平饭店

南京东路上的华懋饭店，历史资料照片

― MORE DETAIL ―

1949年5月一个清晨的华懋饭店门口，迷雾中。外滩解放。此时尼尔·巴伯正在上海目睹一个新时代的到来。日后他在回忆录《上海陷落》中写道：

远眺那些黄浦江上过往船只的，是岸边高大的旅馆，其中最壮丽的一家，就是有十层楼之高的华懋饭店。这栋钢筋水泥的高大建筑在外滩占了一亩地。它最高级的套房里声称有大理石浴缸和银制水龙头。水是直接从郊外的涌泉井喷泉引进旅馆来的。在它摩登的餐馆和舞厅里能看到最漂亮的河景。而它的马与猎犬酒吧则是城中最时尚的。

在华懋饭店，每个住客都有登记，要是这个人的确非常著名，他住过的套房就会用他的名字命名。那里最著名的，就算是尼尔·考沃德套房了，在那里，大师写了四天的《私人生活》。

从那间套房能看到英国领事馆，领事馆旁边，就是苏州河了。每个离开的上海地主都一定记得它散发出来的气味，就像精美的华懋饭店是这个城市的一部分一样，这条河也是这个城市的一部分，它散发着垃圾、人体和其他种种东西的气味，比如充满泥水的下水道的气味，香料的气味，以及在河面上飘荡的船屋的气味，那些船屋上有上百只炒菜锅。

而后，他目睹了华懋饭店的永远歇业。

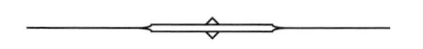

成为和平饭店

-NOTE-

和平饭店十楼沙逊阁窗前，2003年11月拍摄

八、纪念碑·肆

-MORE DETAIL-

从沙逊卧室窗前看到的外滩。如今窗前红旗招展,像维克多·沙逊在三十年代末预测的一样。但是这些心里话他却从未对他在上海的大班同行们说过。在上海租界风雨飘摇的最后年代,他出现在众人面前的形象,一直是乐观地预见日本人最终要被赶出中国的。要是有人真的要放弃上海的产业,他便拿出自己的支票本,签支票买下来。这个剑桥大学的历史学学士,有自己对历史和投资的双重敏锐,并最终受惠于此。

成为和平饭店

-NOTE-

和平饭店十楼沙逊套房门厅，2011年12月28日拍摄

八、纪念碑·肆

MORE DETAIL

2011年，从维克多·沙逊离开上海后前往的拿骚群岛，送来了维克多·沙逊夫妇的大幅肖像。沙逊夫人的亲戚将这对夫妇的肖像赠送给和平饭店的沙逊套房，即改造后的前沙逊私寓。如今它挂在门厅最重要的位置。离开上海后，维克多·沙逊前往拿骚群岛，又成功地做了几笔巨大的投资，并享受着那里优惠的税收。他在七十七岁时，与他的护士结婚，终于成为已婚男子。晚年时，他由于对慈善的慷慨而受到广泛的尊重，以他的名义建立的心脏病研究基金会至今还在资助心脏病的医学研究。如今，他肖像旁边的复古伞筒里，插着一柄来路不明的斯迪克，它的金属柄上，是一个镀银的马头，暗示他对赛马的终生爱好。

成为和平饭店

-NOTE-

和平饭店十楼沙逊阁，2007年3月拍摄

MORE DETAIL

沙逊私寓中的沙逊浴室。这间浴室曾被和平饭店作为古董保留下来。后来，由于楼上塔楼俱乐部的阳台下水道堵塞，造成浴室墙体渗漏，渐渐崩坏。但即使在那时，当年埋在墙体里的热水系统仍可使用，墙上的黑色大理石也仍旧照得出人影。2007年，它在饭店大修过程中被改建，现成为卧室的一部分。

成为和平饭店

-NOTE-

和平饭店十楼沙逊阁，2001年7月拍摄

八、纪念碑·肆

-MORE DETAIL-

这扇玻璃门,和门上的把手都是早年维克多·沙逊使用过的。幽暗的门厅里挂着一帧他戴夹鼻眼镜的照片,那是九十年代和平饭店的职员从上海档案馆里找到,并复制好,悬挂在此的。照片里他穿着燕尾服,胸袋上插了一朵茶花,仪表堂堂。照片上的样子很符合后人对上海犹太富商的想象:"他们都是些如阿拉伯神话中那般精灵的鬼怪。"人们这样形容维克多·沙逊。这帧小照,也是当时整个外滩的旧洋行大楼中,唯一一幅公开展出的大楼旧主人的照片。

成为和平饭店

和平饭店十楼沙逊阁,2001年7月拍摄

-MORE DETAIL-

走进玻璃门，便是维克多·沙逊当年的书房。2004年，这里是上海最受欢迎的小宴会厅。上海市的各届市长都喜欢在这里宴请政府的重要客人，包括访问上海的外国政要。和平饭店的总经理也喜欢在这里宴请饭店的重要客人，包括宴请沙逊家族的后人和拉力克家族的后人。九十年代初，怡和洋行在中国的置业公司的办公室曾开设在和平饭店内，他们在这里庆祝过公司重新在中国开展业务。席间大家有一个永恒的谈话主题，那就是沙逊家族，以及上海传奇般既污浊又辉煌的过往。

成为和平饭店

---NOTE---

和平饭店十楼沙逊阁，2001年7月拍摄

八、纪念碑·肆

MORE DETAIL

维克多·沙逊是沙逊家族最后一代大班。与许多大家族的后代相似,沙逊家族的后代更愿意做艺术收藏,做慈善,当诗人,或者从事政治。沙逊家族在孟买,伦敦,纽约,拿骚各地,都支持着庞大的慈善机构和艺术机构,并建立了各种基金会支持心脏病和癌症的研究。随着维克多·沙逊的去世,一个奋斗了一百年的世界上最富有的商人家族,终于放弃了经商的传统。但是,积累了大量财富的沙逊家族仍旧过着物质上和精神上都极为丰富的生活。一个英国政客说过,"任何人如果看到他的生活环境,都会向往革命。"

成为和平饭店

-NOTE-

和平饭店十楼沙逊阁，2001年7月拍摄

八、纪念碑·肆

—— MORE DETAIL ——

沙逊套房从沙逊私寓的格局上扩建而来,如今是外滩能看到江景的最昂贵的总统套房。原先的玻璃门后面的通道,现在改建成了一个小备餐室。原先的阳台改建成另一套独立的卧室。书房与客厅被打通,成为一大间客厅。黑色大理石浴室被并入卧室,浴室则向原先的阳台延伸过去,不再有面向黄浦江的窗子。在我看来,如今这里没有了那些置放过象牙收藏品的书架,没有了有过沙逊怪癖传说的浴室,没有了那些由古老的灯具带来的幽暗光影,即使它是最豪华的,也是乏味的。也许我总是将此地看作历史遗迹,而从未将它当做一间总统套房看待。

成为和平饭店

-NOTE-

大卫·沙逊肖像

八、纪念碑·肆

—MORE DETAIL—

犹太人的传奇中总是少不了命运的痕迹。传说中，从巴格达的排犹悲剧中逃亡的大卫·沙逊，半路上遇见一个算命先生，他为大卫·沙逊看了手相，并劝告他立即动身去印度。算命先生说，沙逊家在印度会发大财。命运指点大卫·沙逊家来到孟买。他将犹太人抄写《圣经》的羊皮纸挂在大卫·沙逊父子商号右面的门柱上，开始营业。那正是海事时代东方贸易的高峰期，欧洲和亚洲间通商能带来巨大的财富。大卫·沙逊发现孟买正是欧洲和东亚之间重要的口岸，而对中国的贸易，则是一座尚未开发的金矿。大卫·沙逊自己坐守孟买，将他经过犹太商人家庭训练的儿子们派往重要的贸易城市开设分行。沙逊王朝就这样诞生。在远东的鸦片贸易中，沙逊家族第一批随英国商人前往中国。1850年前往上海设立沙逊洋行，在对中国的鸦片贸易中发了第一笔财，又在上海的地皮炒卖和军火交易里继续扩张。至维克多·沙逊主持的沙逊洋行，已是第四代，他将外滩的地皮再次炒到与纽约同样的价格。

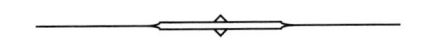

成为和平饭店

---NOTE---

菲利浦·沙逊肖像

MORE DETAIL

与维克多·沙逊同时代的沙逊们。他的堂哥西格菲尔德是英国著名的反战诗人。西格菲尔德与维克多都在剑桥读书,但却从未见过面。他的堂弟菲利浦是第一次世界大战时的英国航空副大臣。菲利浦与维克多性情相近,都热爱驾驶飞机,第一次世界大战期间,都加入英国皇家空军,菲利浦甚至还驾驶飞机飞回印度旅行。但他从未有过经商的兴趣,他与维克多也从未见过面。

成为和平饭店

-NOTE-

和平饭店底楼甜品店，2012年3月拍摄

八、纪念碑·肆

—MORE DETAIL—

当年被炸碎沿街大玻璃的华懋饭店甜品店原址上，2010年新开张的甜品店被命名为VICTOR'S。如今此处供应世界各地空运来的美食，窗外再也看不到血肉横飞的情形。

PIECE.09

私人生活

这是2007年仲春的一个中午，在上海外滩。

这是和平饭店七楼的一个套间。

琪琪用滴露牌消毒液清洁了靠在窗下的大浴缸。

接着，她将从家里带来的香薰蜡烛点燃，置放在浴缸沿上。又将客厅里的那盆水果也取来，挑出一只红色的蛇果，和一只绿色的嘎拉苹果，点缀在浴缸沿的另一边。琪琪将特地带来的润发露，清洁四肢死皮用的磨砂膏，清洁脚板用的磨石，还有日本进口的浴盐，一一放置在浴缸边上，甚至还放了一只有冰的酒桶，里面还当真插了一瓶气泡酒。这也是在家里准备好带来的。孟建新在电话里抱怨过套房的不适意，但琪琪并不介意，她不以为意地对他说，她会布置好的。她相信自己有让一个地方变得适意的才能，另外，她实际上也有堵住他去路的意思，她觉得他抱怨这些，是一种退缩和回避，她其实就是想让他无路可退。

她甚至还带来了一套索尼的便携音响，放置在大理石的洗面台上，它正播放她喜欢的老乐曲——保尔·莫利亚乐队演奏的轻音乐，《爱情是蓝色的》。接下去一首曲子就应该是《旧金山》了。音乐在陌生的大理石之间回荡着，的确有些生硬。与她婚礼那天在昏暗走廊里偶尔一瞥，所看见的金色灯光沐浴下的宽大浴缸一角的确不同，这里实际上是一间令人不能安心的浴室，琪琪不得不这么说。那些白色的美标洁具不论如何安置，总是不甚妥帖，它们不是显得太小而空荡荡，就是显得太大而挤作一堆，不协调是它的问题所在。她望了望洗面池上的那个看上去安然无事的龙头，它也是孟建新抱怨的一项内容，因为他刚碰了一下，它就一歪，几乎断落下来。还是她将它小心翼翼地扶正了。但是琪琪决

九、私人生活

定忽视它们。

琪琪在浴缸边上坐下,为自己倒了一杯酒,冰锐微黄色的气泡在舌头边缘爆破,微微的发麻。《旧金山》里那段清丽的小提琴声如春天纷飞而过的燕子一样,掠过她心里。某种令人熟悉的东西悄然浮起,好像燕子在地上留下的身影。比如,他们年轻的时候,家中那台笨重的先锋音响常常播放这支曲子的时候,低音喇叭震动了年久失修的木地板,它们在脚下微微颤动。还有冬天他们合盖一条棉被的时候,他们都贪恋对方的手抚弄自己的时候,手掌温暖,手指却有些湿。

她褪下内衣,在镜前一边将头发挽起,一边端详自己的身体。孟建新多年来一直习惯睡在她的左手一侧,他总是伸过左手来抚摸她右边的身体。琪琪觉得这就是自己左边的乳房比右边的要小的原因。他们这种床上习惯,已继续了半个人生。此时,她在镜中平视这个身体,乳房的不对称,显出了整个身体的寂寥。

这间浴室就是生硬。有些陌生的浴室能让人感到私密,而且舒服,让人能安心下来,查看平时不会仔细端详的身体各处,而它却始终让人觉得空落落的。于是琪琪又切了一半苹果来吃。裸着身体,吃半只猩红的蛇果,她因此想起《圣经》里的故事,吃了苹果,就被赶出伊甸园。这也令人不快。

琪琪伸手将浴室的窗子稍微打开了一点,她一向喜欢空气流通的浴室,喜欢湿身时微风吹起倒伏在皮肤上的汗毛,喜欢大敞着窗子洗澡⋯⋯年轻时,孟建新有时会冲进来,一边说"对面的人看见啦",一边乒乒地关窗子,一边一眼一眼地瞥着她的身体,然后,大多数时间,只要孟建新不去上课,他们就会做爱,至少会耳鬓厮磨一番。

窗子一开，街上的喧杂市声立即蜂拥而入，她又赶紧关严了。失而复得的安静让这里显得舒服了，保尔·莫里亚乐队的一支手风琴声从骤然失去的市声后跃出，明亮和淡淡惆怅的手风琴曲调弥合了市声中的烦躁与迫切，这是《灯光灿烂的小镇》。

温水渐渐深了，呈现出极淡的蓝色。窗下那一小块天光最亮的地方，浴缸里的水波如镜面一样明亮，而且沉甸甸的。琪琪一年四季都是站在浴缸里洗淋浴，这次她决定要洗一个鸳鸯浴。她在热水里滴了一些六神花露水，搅匀，温热的水汽蒸发上来花露水古老的香气。

琪琪将自己发凉的身体沉入浴缸，温暖的水像被子一样，一直盖到脖子上，身体终于有点松弛下来。

"孟建新，来洗澡。"于是她唤道。

浴缸里洒满下午的阳光，金光灿灿，好像很不真实似的。

琪琪肩膀上的水珠在一缕明亮的阳光里闪着光，好像她的心愿在闪光。孟建新怕光似的眯起眼睛。在和平饭店大修前享受一次和平饭店的套房，是她的心愿，能跟他一起洗鸳鸯浴，而且最好能重返年轻时代的柔情蜜意，能有一次成功的性事，更是她的心愿。孟建新知道她狼狈时，比如生孩子，炸猪排，整理换季被褥，这些她认为形状狼狈，但必须对付的事，倒不怎么愿意丈夫陪在身边。而她体面时，就希望与他共享，她是个很讲面子的女人，是无可挑剔的妻子。

他明白自己断断没理由不积极，可他还是嘟囔了一句，似乎不

九、私人生活

想大白天洗澡,一边顺从地脱下衣服。

她的身体真是白得耀眼,他已好久未注意过她的裸体,他发现她变得圆润了,年轻时发红的皮肤变得洁白细腻,完全是中年妇女成熟的身体,而且那裸体洋溢着已了解一切,并准备好享受一切的风情。不过这种风情在他看来是有侵略性的,自大的,如传说中的百慕大那样有吞噬的强制性,他不由将双手遮住胯下,像《圣经》插图里的亚当。但他赶快压下想要避开的愿望。

他快快地钻进水里。温水让他原本团缩在两腿之间的生殖器尤其感到舒服与安全。它越来越不好用了,总缩在暗处,像一小段火烈鸟的下巴。与琪琪相比,孟建新到中年后,渐渐对性松弛下来,他似乎很合适地为研究历史而生活着,成功着,不再能从单纯的性事中得到单纯的快乐。开始,他在一些压力太大,晚上难以入睡的时候寻求与琪琪做爱,做爱能让他消除压力,很快入睡。后来吃安定以后,做爱的安眠作用消失了,他就只在琪琪有明确需要时,才尽丈夫的责任,因为他知道这是她的权利,对他却是可有可无的了。

这是他进入四十岁后私生活中的秘密,就像历史事件里,总有一些隐秘的史料与公开的史料共处,宛如阳光下的影子。他将它视为有点个性的自然,所以他从未想过求医,甚至也没感到焦虑。他有点奇怪自己怎么没有那种小说里描写过的性焦虑,也没有像现代精神病学所说的各种由于性不协调带来的扭曲。对他来说性生活就是可有可无的,失去性生活也不是什么大事,个人生活也并未因此改变多少。倒是安定简单的家庭生活让他腾出更多的精力发展自己的事业,谋求更出色的国际名声。他想,这也算是弗洛伊德学说里的力比多转移吧。

只是夫妻生活有时不免尴尬而已。

有一天,他看到一份晚报,上面有篇文章谈到,社会竞争激烈,上海的中年男人有不少都阳痿,甚至许多年轻夫妻也是无性夫妻。他看完了文章,心中更是释然,原来这是时代病。

"胖了嘛。"应该说些什么吧,所以他瞥了一眼她在水纹里荡漾的身体,这样说。

"我没胖,是水波的放大作用。"她看了看自己水下的身体,说。

"哦。"他说。

她往旁边移了移身体,给他腾出更多的地方。"你别蜷着,像蚌壳一样。"

"哦。"他说,在原处动了动,小心翼翼,不想碰到她的身体。

尼尔·考沃德的剧本里怎么写的?他搅动水的时候突然想起那本天蓝封面的小书来,他在亚非学院图书馆里找到的。考沃德在华懋饭店的套房里写下的俏皮话,充满了二十世纪初资产阶级男女关系里的那种玩世不恭的俏皮,暗藏的紧张慌乱,斤斤计较的自私和来自人性的单纯期待。那是一个发生在大饭店里的故事,一对离婚了的时髦夫妇,在大饭店的阳台上偶遇,他们各自带来自己的新婚伴侣,在做各自的蜜月旅行。他们遇见对方,王顾左右言他几个回合后,发现各自心中有些可怕的东西,原来他们还爱着对方。他们非得马上逃开,以保证目前生活的安全。

九、私人生活

艾略特：我感觉很古怪。

赛毕尔：古怪？你什么意思——病啦？

艾略特：是的，病了。

赛毕尔：什么病？

艾略特：我们得马上离开。

赛毕尔：离开！

艾略特：是的，亲爱的，马上就走。

赛毕尔：艾利！

艾略特：我有种奇怪的预感！

赛毕尔：你一定是疯了。

艾略特：听着，亲爱的。我要你表现得非常甜蜜，耐心，善解人意，别不高兴，或者问任何问题，或者出什么别的招。我绝对相信，我们的幸福未来就取决于现在是否立即离开。

赛毕尔：可是为什么？

艾略特：我不能告诉你为什么。

赛毕尔：我们刚到。

艾略特：我知道，但没办法。

赛毕尔：怎么了，到底发生了什么事？

艾略特：什么也没发生。

赛毕尔：你失去控制了。

艾略特：我现在一切尚正常，可要是再待上一小时，我这儿就真难说了。

赛毕尔：你喝醉了？

艾略特：我当然没喝醉。我什么时候喝醉过？

赛毕尔：那么，下去好好吃顿晚餐，亲爱的，然后你一定会觉得好多了。

艾略特：别打岔，现在跟我玩幽默可不管用，我很认真。

赛毕尔：但是亲爱的，讲点道理。我们刚到，箱子还未打开，这可是我们俩的第一个晚上。我们现在不能走啊。

艾略特：我们能到巴黎去度过我们俩的第一夜。

赛毕尔：可一时半会儿，我们到不了那里。

艾略特：（努力心平气和地）你听我说，赛毕尔。我知道这事听上去很让你抓狂，而且你也看不出什么理由，但我这边已经十分确定，而且再三考虑过了。我几乎能通灵的，我已有了准确无误的感觉：大难将至。如果我们在这里再逗留，骇人听闻的事就要发生。我知道。

赛毕尔：（坚定地）这可真是歇斯底里的胡言乱语。

这赛毕尔是艾略特的新婚妻子。孟建新觉得自己十分理解艾略特被女人逼得走投无路的感受，表面上看是因为不知情的赛毕尔，看到内在里去，是他前妻阿曼达还在心中作乱。那些时而自私时而虚伪的俏皮话里，藏着对人性这样东西的体谅与惧怕。相比英雄气的贵族，资产阶级变得纤细和真实了，他们不再与它作战，也不做道德判断。所以神经质的阿曼达对维克多说自己为心中的道德感不安，她怕自己不知道什么该做，什么不该做。阿曼达这番话立刻震动她的新欢维克多。而维克多·沙逊在七十七岁的高龄终于当了一次新郎。他对朋友解释说，七十七岁，他想自己应

九、私人生活

该有足够的智慧对付结婚这件事了。算起来，他们这些结白色领呔，晚餐时换礼服的人，是同一个时代的。

孟建新躺着打量四周，这间浴室的空间还是1929年的，有高大的天花板，有朝向街道的浴室窗子。当年尼尔·考沃德在这里写《私人生活》时，这里还是崭新的，浴缸是大理石的，龙头是银制的，里面流出的是专门从静安寺引来的泉水。

"那半个苹果是给你留的。"琪琪用下巴点点切开的半个苹果，"吃掉吧。"

"太酸了。"他望望那微黄的果肉。他瞥见她沉甸甸的乳房在肋骨边上沉浮，就好像一只沉浮在水中的苹果。亚当也是在半被劝说，半被诱惑下，才吃苹果的。

"不酸。"她取过苹果递到他手里，"一点也不酸。"

她从前也给他买过些补肾的滋养品吃，也这样哄着他，逼着他吃掉，好像浙江古老小镇上的农民用黄酒喂养小牛，使它的肉烹调起来更好吃。他就开始不举。

那段日子有些狼狈。在床上，他勉为其难，但仍无功而返，只好从她身上下来，落回到自己那一侧床上。有时在慌乱中落到他不习惯睡的一侧，还得再越过沉默的，雪白的，随着呼吸微微起伏，好似风暴前的大海般的妻子的身体，落到自己那一侧充满凉意的床单上。当在自己的那一侧蜷缩起双腿，盖上被子，他常想起幼时做错了事，一整天提心吊胆等母亲回来追责，直到母亲臭骂结束，面壁反省结束，得以退下，刷牙洗脸睡觉，自己的心情，于羞耻中冉冉升起了终于新生的感激。

后来，心里的怨烦慢慢变成了自暴自弃，他就消极起来。看妻子自以为秘而不宣地忙着为他补肾壮阳，心里还笑眯眯地叹一声，徒劳的女人呀。

当他咬下去，汁水从牙齿间流入舌尖，他皱起整张脸："酸！"

她笑着扑到他怀里，紧紧抓住他的裸体。

琪琪不像赛毕尔，她是假装没想这么多。

她假装自己还可以天真烂漫地表达自己的性欲，比如扑到一个总想缩起来的裸体上，制止它缩回到一只壳里面。

假装坚信丈夫只是一时劳累而已。当丈夫在自己那一侧床上转过来拉住她胳膊，用拇指轻轻抚摸，好像小狗求饶，她就伸手过去也抚摸他的手指，然后就到静安寺的雷允上买鹿鞭酒，她也知道伟哥是一种蓝色的小药丸。

二十五岁结婚，结婚以后，日子一直都像飞一样掠过，学生一届届毕业了，孩子一天天长大了，从药店买的粉红色避孕套一包包不紧不慢地用完了，一只只被团在卫生纸里丢掉，家中老人一个个过世了，她才真的害怕起来。这世上没什么能留得住，父母过世的第一个中秋节，下午她在教师办公室里批改作业本，突然听到走廊里有同事对话，同事说，今天一定要早走，回娘家晚了，母亲会不高兴。这时她才发现，自己没有娘家了，人到中年，连来到这个世界上从未变化过的娘家，竟然也会失去。

琪琪这时对失去有了切身的体会，她知道这些重要的失去都是发生在平淡的日子里，从不会像电影里发生的那样电闪雷鸣，而是发生在无声中，甚至心中的惊愕都是无声无息的，突然就发

九、私人生活

现自己站在了悬崖边上。

琪琪没经历过这些,她有点应付不来,所以她有时假装自己不知道自己悄悄地成长为中性人了,有时她又假装自己和丈夫一样性趣寡淡了。

"你别蜷着,像蚌壳一样。"她劝说丈夫道。然后,就着自己的杯子又倒了半杯气泡酒给他,"尝尝。在巴黎春天楼下的城市超市里买的,全进口的英国气泡酒。"

"你特地去买的?"他尝了尝,味道真的不错,正对他的口味,他不喜欢酒精。

"买了一箱,十二瓶。"她说。

"口味不错。"他说。

即使是气泡酒,还是有些微醺,也许是因为泡在热水里的关系。他们舒服地并肩躺着,裸露在水面外的皮肤感受到柔和凉爽的春风。音乐很好,里面的手风琴声在众多的小提琴声中,显得有点感伤。

他握住她的胳膊,她便将身体转向他,靠近,贴在他身上。她感受到他身上毛茸茸的汗毛。后来生怕做爱不成,反而尴尬,他们都不再脱光衣服,整个过程充满试探性的仓促和即兴,她的身体已经很久没碰到他身上的汗毛了。她一动不动地搜索着皮肤上的苏醒,那是她第一次与他赤裸相拥时,皮肤上发痒的感觉。

孟建新将妻子拥进怀里,在水里,这好像是具全新的身体了,像鱼一样滑,好像非得抓紧似的。所以他在手臂上加了力气。这种新鲜和不安的感觉使他集中了注意力。

然后,他摸到一只乳房,盈盈满握,几乎是一只陌生的乳房。

妻子的身体真是改变了，或者是因为他们这些日子几乎停止了身体接触，它比印象中更柔软，光滑，微凉，总之，它唤起了他的兴趣。

他想自己是夸大了陌生感，这不过是因为在一只大浴缸里，在水中，换了一个地点。地点的变化和位置的变化，给人带来陌生感觉。感觉则会将本来熟视无睹的东西改造成另外一件东西，所谓唯心主义。孟建新想起自己在欧洲进修期间，深夜有时特地找成人节目看，看着欧洲A片女星足球般的乳房，每次都想起琪琪的身体，每次都因为距离而模糊了具体的感受，而能感受到对琪琪身体的好感，那是兴趣和安全交织的感受。他想，琪琪一定不会相信。他要的陌生感，不是绝对的陌生，而是熟悉中的陌生，如小钩子那样敏捷地钩起因为熟悉而沉没于一团死水中富有意义的遗忘物。他想，也许琪琪的身体太熟悉了，才导致自己的索然无味。也许中年男人需要一具新鲜陌生的身体，就像多年的上海史研究总是在殖民一方留下的资料里打转，所以一个本土声音的表达就是新鲜的。

孟建新放弃评价，放纵自己的陌生感，他感到这种感觉刺激了他的兴趣，他能感到小肚子有些发烫，那是血液开始集中，去支持他的生殖器。他明白这时他得尽量夸大自己的兴趣，煽动自己的渴望。他将信将疑地等待自己兴奋起来。但他不敢多动妻子的身体，他怕自己又和从前一样，只是让她更难过，而不是满足。

他只是紧紧抓住妻子的身体，不由自主地将自己的下体贴住妻子的身体。

他们仍是沉默的，试探性的，在一只跃升于波涛般起伏不断

九、私人生活

的小提琴声之上的手风琴伴奏下，他虚弱地，但顺利地开始做爱。在放满了水的浴缸里，他不得不半扬着身体，而不是紧紧伏在她身上。于是他目睹了在波光潋滟里，妻子身体的起伏。他想，她真的是个成熟的女人了，她真的比年轻时代更能享受性爱，她看上去很沉稳，皮肤上泛出一层桃红，看上去很舒服。他非常庆幸自己满足了她。从妻子身边的不锈钢喷水球上，他看到一个变形的自己，裸体。

他不知是为妻子，还是为自己感动，他去吻了妻子的嘴唇，这曾是他们做爱时一定会做的，但在尝试式的做爱中最先放弃的动作。好像如果不能成功做爱，他们就没资格深吻对方。

他尝到妻子口腔里微酸的酒精气味。

赛毕尔：来杯鸡尾酒？（艾略特没说话），怎么了，艾利？
艾略特：我感觉古怪。
赛毕尔：什么意思，古怪？你病啦？

她的舌头很活泼。这让他感到了她高兴的心情。他既高兴，又反感。这种反感让他更有力量，他腰上加了力，听到身体与水碰撞，发出了哗哗的声音。

他们都没出声，直到他射了精。

琪琪小心翼翼地控制着自己的感情，她不敢放纵自己。这些日子来丈夫的失败，每次都给她身心带来创伤。这种痛苦并不单纯，里面还有被抛弃感。每次丈夫结束努力，无声地从她身上爬下去，如一片竹笋的叶子被贴身剥下，她裸露在空气中的身体都感到被剥离的寒冷。其实，她怀疑这不光是丈夫身体上出了问题，更是她自己出了问题，她怀疑自己的身体如同小孩子的旧娃娃，已无吸引力，所以被抛弃。所以，她最先控制的，就是自己享受性爱的渴望。出于自卑、愤怒、不解、犹豫和自尊。

她时常想起小时候在床底下找到的旧娃娃，躺在尘埃中，因为搁置久了，赛璐璐的脸上泛出各种带有污痕的指纹，那些细小的污渍，每天都玩的娃娃身上也有，但不会泛出来。她对女人变老最切身的认识，就是小时候床底下找到的赛璐璐娃娃。在琪琪看来，被男人无可奈何地抛弃，就是确凿无疑的老。她像绝大多数女人一样，从小到大，从未认真想过自己将如何变老这件事，青春似乎是永不消逝的，少妇的日子很漫长，她们对自己的想象力，到了少妇阶段便自然停止。

琪琪感觉到丈夫阴茎在进入时的勉强，因为它不够硬，又很着急，它输不起。但她假装一无所知，等了一会，她才假装开始走向高潮，她得控制自己假装的速度，让一切恰到好处。这是为了鼓励丈夫继续努力，也是为了自己享受些欢愉。不过，她觉察到丈夫也和自己一样，小心翼翼地夸大自己的欢愉，他的喘息不那么自然，不需要那么大的力气。

琪琪觉得自己心中的被抛弃感，被同舟共济的感情代替。她紧抱住丈夫狭小的腰，张开双腿，感觉自己像片久旱的洼地那样无条件地开放。琪琪真是被自己感动，她从未想到自己会这样大方。

他射了精。这让她松了口气。虽然她没有满足，她需要更长时间，更多内容，需要一张平整的床，需要他身体的重量，这重量限

九、私人生活

制她的行动,才能给她进入高潮的可能。浴缸并不舒服。她以为浴室里更有情色,现在知道,浴室只合适调情,不合适做爱。但不论怎样,这次总算有始有终。

她扶他在自己身边躺下。她看到荡漾的水纹慢慢平息下来,水中有几缕混浊的细流,或许是溢出的体液。她读到过什么科普文章说,精液在热水里会很快变成固体。于是她追着那几缕半透明的黏液看,看它们在平息下来的水波中沉浮,好像空气中的尘埃。然后,它们再次接近了他水中的身体,那摇摇欲坠,难以捉住的情形,就好像他常常说起的历史研究中被偶尔发现的素材。她飞快地瞥了他一眼,心中想:"啊,一个阳痿的历史学家的身体。"

他们都没说话,好像生怕说错什么,会打破这微弱但已来之不易的满足感。从前他们年轻时,做爱后是话最多的时候,他们常常相拥闲聊,最后的满足,是畅所欲言的亲密。变化是这样一种令人总是难以接受的东西,即使是正确得无可挑剔的变化,还是带着某种可以体会到的悲哀。仿佛彼此安慰般的,他们在水中握着手,因为在水里泡得太久,他们的手指肚上已起了一道道深深的皱褶。水已开始变凉,但他们都没有起身。

在沉默中,他们听到从各种缝隙里传来的声音。

黄浦江里水鸟尖利而微弱,带着或长或短滑音的嘶鸣,20路公共汽车在南京东路口刹车发出的尖叫声,汽车喇叭此起彼伏的鸣叫,驳船经过外滩江岸时扑扑的马达声和深沉的汽笛,它们混淆在汽车喇叭声里,毕毕剥剥地响。短促而模糊的人声,或许什么人在喊叫,或许只是流动小贩的叫卖,层次丰富的人声淅淅沥沥地响，偶尔能清晰地听见，一两个声音像夏天池塘里的鱼跃出水面那样跃出，那大多数是尖锐响亮的女声，或者女孩子，男人的声音总穿不透这么远。经过楼下的旅游团中，导游手中打开了电源的电喇叭声，如箭一般尖锐地射来。像东方各处的通商口岸城市的滩地呈现的气氛一样，它从未有水边的恬静和明媚，它是匆忙和生机勃勃的。这种混杂喧闹的声音，是从Aldous Huxley, Denton Welch, Harold Acton, Christopher Isherwood, Eugene O'Neil开始，到Noel Barber, Harriet Sergeant 等等反复描绘过的，属于上海的声音。还有电梯上下时微轻的震动声，服务生的推车压过门外地毯沉闷的声音，以及他们自己的呼吸声。

　　海关大钟的《东方红》乐曲飘进敞开的窗户。在他们小时候，这首曲子曾像天主教的赞美诗充斥在天主教徒的生活中一样，充斥在他们的每日生活中。后来，它好像穿旧的鞋子那样，理所当然地消失了。现在它又来了，荡漾在整个套房中，覆盖在他们湿漉漉的裸体之上，令人恍惚错愕。琪琪想起刚才孟建新的身体在浴缸中激起的哗啦啦的水声，孟建新想起那个一碰就整个掉进自己手掌里的水龙头。

　　大堂里熙熙攘攘，但却动荡不安，好像电影院散场时的那种热闹。老客人纷纷回来再住上几天，赶来采访的记者们在黯淡的大堂里用闪光灯照相，上海人过来最后吃一次咖啡，端着杯子禁不住东张西望。孟建新看到二十几个老人，统一戴着红色的OLD CHINA HAND胸牌站成一圈，等着入住。那应该是在美国西海岸的上海犹太人社团回来了。孟建新在加州大学做访问的时候，

九、私人生活

去参加过这些老人的上海研讨会。似乎现在全世界都知道，这是和平饭店营业的最后几天了。

阳光灿烂的下午春意融融，在饭店旋转门的门口，一个正在等车的女人穿着橘红色的薄裙，好像迎风招展的旗帜。隔壁桌子上，一个上了年纪的欧洲人，晒得黝黑，头上浅口的白灯芯草帽上，箍着一条蓝色带子，穿着白色帆布鞋，非常春天。孟建新身处在狭长的大堂最深处的咖啡座里，像一只坐在沉沉井底，仰望远天的蛤蟆那样，浑身冰凉地想到，所谓春天，是从阴雨绵绵的冬天终于挣脱出来，却在暖风里迎来满地樟树落叶和茶花褐色的落英。万物虽然复生，但也有些扛过了整个冬日的，却扛不过春日太激烈的暖意与生机，便纷纷死去了。和年轻时代一样，每次做爱以后，他都会不由自主地陷入某种抑郁的情绪中，身体也变得十分虚弱，却灵感丛生。

这时有个花白头发的男人急匆匆地擦过门口还在等车的女人，闯进门来。他挂着一根镀了亮闪闪克罗米的老式手杖，行为古怪。在大堂里的什么地方，突然有个头发梳得一丝不苟，穿着宽腿西装裤的中年男人向他迎了上去，那是个非常焦急和厚实的背影，衬托出花白头发男人一脸得意的微笑。那张脸是维克多·沙逊的。

中国飞机的炸弹误炸南京路，炸弹引起的气浪摧毁了华懋饭店面向南京东路的大玻璃，并炸死了正在甜品店里吃冰的美国女教师后的几天，维克多·沙逊将自己关在三楼的办公室里，度过了几个不眠之夜，然后决定放弃上海。他的头发，在那几天里变得花白了。孟建新没想到的，是花白了头发的维克多·沙逊不光仍旧留在外滩,看着租界军队如何在他饭店门口堆起沙袋,他还在零星的交火中,带着他的照相机冲出饭店,去拍摄照片。他不光喜欢拍摄哈恩姐妹的裸体照片,也喜欢拍摄英国军人伏在麻袋后面的样子。他真是好兴致啊。

那么,那个厚实的背影就是华懋饭店当时的经理。孟建新一时想不起来他带着中东色彩的名字来,他是沙逊家的亲戚,他一直当着这家饭店的总经理,直到五十年代只身逃离上海。孟建新眺望着他的背影,想起了他留在大英图书馆档案里的照片,他长着一只丰沛的、中东人的长鼻子。1952年时,华懋饭店深陷财政危机,他被员工堵在饭店办公室里几天不能脱身,因为向人民政府交付变得极为昂贵的地租后,他无论如何也拿不出钱来发工资了。

越过他忧患重重的背影,孟建新望着维克多·沙逊闪闪发光、兴致高昂的脸,想,这就是他留在上海最后的样子。孟建新站了起来,他想,要是能找到那些他拍摄的照片,这将会是怎样的成功呢?

这时,大堂里的那些老犹太人不见了,取而代之的,是一群眼眶上带着阴影的少年,他们穿着皱皱巴巴的粗呢大衣,却是裁剪不俗的老款式。那些少年,其中还有些儿童,集中在门口的商店门外,每个人手里都拿着空玻璃奶瓶。孟建新猜到,他们是那些老犹太人,不过是他们的小时候,刚刚从欧洲亡命上海的时候,他们来开设在华懋饭店底楼的犹太人商店里取免费的牛奶,那是维克多·沙逊资助的犹太难民儿童的牛奶。犹太难民逃亡上海,维克多·沙逊将华懋饭店底楼最昂贵的商店空了出来,给难民出

九、私人生活

售他们随身带来的细软，使他们有钱安顿下来。

"大饼。"孟建新听到有人说了句生硬，但非常清晰的上海话，"大饼。"

"鸦鸦乌。"又有一个声音笑嘻嘻地跟上来，这句说得重音不对，引起一阵哄笑，于是，又有一个声音出来纠正说，"我阿妈说，是侱侱——误。"

孟建新知道这是那些犹太老人记忆中的少年时代复活了，"大饼"是上海街头传统的早点，"鸦鸦乌"是上海老话里，对一种不太地道的状态的形容。如今，用洋铁汽油桶烘出来的大饼已经在街头绝迹，鸦鸦乌也只有老人才会说了。上海的过去有时就保留在天涯海角的老人的记忆里。喝过免费难民牛奶的犹太孩子们，后来称自己为OLD CHINA HAND。

"我妈妈给我写了一张有拉丁注音的上海话纸条，"一个声音说着地道的美国话，卷着舌头，没有一点点鼻音，"阿拉。"那声音怯生生地说。

"那就是上海话里面的第一人称，我的意思呀。"有好几个声音几乎齐声说。

孟建新看到几个老人围着一个中年的褐发女子，将手掌扪在胸前，他禁不住微笑起来。

"嗨，孟先生！"

这时孟建新看到一张苏格兰人强悍敦实的红脸膛，像一条破浪而来的船似的，破开大堂里四处浮动的幽黯，向他驶来。那是强生。

强生的脸远不像《太阳帝国》中扮演吉米的演员那样清秀白

皙，但他们的眼睛都是浅灰色的。他认识强生，还是因为西蒙的关系。这个英国人常年为来上海的外国人做外滩的导游，但他却是西蒙在伦敦大学亚非学院的同学。强生现在消费上海历史，孟建新并不觉得意外，甚至他觉得这就是英国人一贯的作风。但有一天，他在报纸上看到，上海市优秀中学生寻访外滩经典，为学生们讲解外滩历史的人竟也是特邀专家强生。强生为上海本地的孩子们讲解了和平饭店大堂的壁灯用的拉力克玻璃，带他们去屋顶花园看江上风景，这在孟建新看来，才是在上海发生的不同寻常的有趣事情。他不光消费，而且强势到可以对中国孩子做权威的解释。

孟建新站起来与他握手时，看到他手里握着的一套自备的华懋大厦老照片，大堂里被保留下来的DECO建筑细节，灯，天棚上的藻井，黑色的铸铁栏杆和栏杆上的灵缇犬徽，还有一张旧时丰字型大堂的效果图，孟建新是第一次看到那张红褐色的铅笔画，但他假装没在意，因为他知道，强生是不会让他细看这张图的，要是他知道孟建新居然也没见过这张图，不知道会多么得意。所以，孟建新只是安静地微笑，在嘴里转转舌尖，那上面还留着咖啡的淡淡刺激，微酸。

强生介绍跟着他的一对欧洲男女。

"他们是来参加英语文学节的英国作家，你一定知道，米氏餐厅将香港的英语文学节拉到上海来，在楼下的酒吧办了个分会场。"强生说着将手中的书递给孟建新。"你看到我的新书了？写的正是和平饭店的历史。在福州路的外文书店有零售。"然后他收回书，扫了一眼孟建新面前的咖啡，"你在等人吗？"

九、私人生活

"我随便看看。"孟建新说。

"嗯,哪里是随便看看,你要做和平饭店改变的见证。"强生飞快地瞄了一眼四周,判断说。"这是个见证外滩历史变迁的好时候,下次写在书后面的注释里,生动有趣、聪明。"他接着说,"我猜想这里改造后,上海人会觉得有巨大的失落。我猜想这里将变成第二个贝拉·维斯塔饭店。"

"怎么,你也对世界古董酒店的全球化管理抱有怀疑?"孟建新问。

强生大笑着拍了拍孟建新的肩膀,"你和我,我们都学历史出身,知道商业行为的杀伤力,孟博士。"

"你一定知道加拿大的费尔蒙特古董酒店管理集团吧?他们的先头部队已经到上海了。你一定已见过艺术装饰派建筑修复专家彼得·哈罗德博士了吧?他也来了,从维也纳特地请来的。他们带来了一整套华懋饭店当时的装潢照片和全部内装修图纸。"强生飞快地发布着和平饭店新合作方的消息。强生一向喜欢在可能形成竞争的人面前表现出压倒一切的强势,喜欢喋喋不休。孟建新看着自己周围幽黯的一切突然变得嘈杂,不禁心烦意乱起来。

"那么你此次有什么伟大的发现?"强生适时提起他的兴趣。

"我知道你一月份又去过亚非学院做演讲,是西蒙请的。你有一张正确的东方脸,第一手的研究成果当然一定受重视。"

孟建新没理会他,"你看人们依依不舍,"孟建新用手在四周划了个圈,"从世界各地来到这里,向和平饭店告别。其实你我也是他们中的一员。"

"那么你和我一样,也认为这次和平饭店将寿终正寝。无论它会如何地修旧如旧，那都是华懋饭店的新时代了。"他用灰色的眼睛飞快地挖了孟建新一眼。"这是很丰沛的感情啊。"

"这张如假包换的东方脸，还能干什么呢？就是为给这样丰沛的感情做注释的吧。"孟建新调笑地摸摸自己的面颊。从萨义德开始，本土的声音被提升到"绝对正确"的高度，但他知道这个高度的可疑，只有融合才是上海的绝对正确。孟建新看着强生的那双灰色的眼睛，在光线暗淡之处，那玻璃珠的样子，让他想起多年前演吉米的英国孩子，他们一起在堤岸上奔跑，一起穿过焚烧太阳旗的火堆。

强生要带客人去沙逊公寓看看，然后上屋顶花园，这也是学生们参观的路线。孟建新看到他的客人背着一只仿制的解放军黄书包，帆布上印着毛泽东穿军装的侧面像。于是，他对强生建议说："也许你可以为他们解释一下海关钟声的故事。"

"已经在参观海关大楼的时候介绍过了。"强生回过头来，得意地回答。"这是如今外滩重要的一环，不可或缺的声音啊。"他说完，向他的客人翻译了孟建新的建议。背黄书包的作家微笑着点点头，拿出自己的手机晃了晃，示意他已经将钟声录进手机里去了。

强生他们的背影一晃而过，之后，他看到一个年轻男人的身影在狭长大堂光亮处一晃而过，背着一架日产的单反照相机。他应该就是在舞厅窗前遇见的那个东北记者，他将自己当成了鬼魂。这个年轻人还在这栋大楼里寻寻觅觅，左奔右突，但孟建新并不相信他这就能真抓住要领，他只是个看热闹的围观者。

九、私人生活

这一刻,琪琪正站在向上升去的电梯里。她离开大堂的最后一眼,忍不住看了一下正在与外国人说话的丈夫,"他脸看上去可真白,而且有点浮肿。"琪琪想起从前他也是这样的,好像做爱是多大的透支一样。琪琪遥望了一眼那张脸,心想,这就是一个阳痿的历史学家在工作啊。

电梯里已经有一对工工整整穿着POLO衫的美国夫妇,他们带着个亚洲面孔的孩子。这一家也是参加和平饭店之旅的客人。饭店公关部的职员陪同他们参观大堂,酒吧,英国套房和八楼的餐馆,最后到达屋顶花园喝一杯咖啡。本来这个饭店之旅只是为了阻止在饭店里乱逛的外来游客,但到饭店要歇业前夕,许多住店客人特意参加这个节目,饭店公关部主任也亲自陪客人参观了,它成了富有人情味的饭店节目。

美国女人正对孩子絮絮叨叨地回忆从前。她说:"你真小,真精致,我只敢轻轻地抱你,怕把你压痛了。而你好像已知道了一切,你一下子就抓住我的头发不肯放。好像抓住了我,就安全了。这是你和我的第一次感情的碰触,你可记得杰森牧师说的,信徒与上帝的第一次碰触?那时我的感受,就是杰森牧师形容的那样。"她长着一张诚挚而又神经质的脸,就像那些整天在家侍弄花园的,保守而笃信天主的中年家庭主妇。春风乍起,必定犯偏头痛和花粉过敏症。

孩子摇摇头,"我不记得了。"这孩子有地道的美国口音,她将手臂交叉地搭在胸前,手缩进腋窝里,也是地道美国小女孩的习惯。

"那时你还没真正记事,当然不会有印象。"女人说,"但我永远不会忘记那种你带来的幸福感。我们下了车,我们在家就已预订好了房间。我抱着你从出租车里出来。你紧紧抓着我的头发,亲爱的。我们一起走到柜台去拿钥匙,爹地大声对柜台里的职员说:哈恩一家的房间。原先,我们只是哈恩夫妇,那一次,我们改称哈恩一家。从那一刻开始,我们就是一家子啦。"

"但我又似乎记得什么,我觉得刚刚那个大堂很熟悉。"孩子继续说,"不过,也许是因为它很像我们在芝加哥住过的滚石酒店。"

电梯门打开,龙凤厅里洒满阳光,发红的阳光从细木条地板反射上去,映照着天花板。天棚藻井里,遍布各种彩色的龙凤浮雕。如中国传统中对幸福的解释,龙飞凤舞之间,还有各种倒挂的蝙蝠与夜明珠,象征幸福的到来。大家都仰面轻声赞叹。琪琪则回想起自己婚礼时仰视这个金光灿灿、热闹非凡的天棚时,心中鼓乐齐鸣。

"我记得它!"一个孩子的声音铃声般地响起。"我记得这些扁扁的云。"琪琪以为这是自己心中的声音,接着,她发现这是那个被领养的中国孩子在说话,"我肯定记得它们。"她满脸通红,是高兴的。

"亲爱的,这是你的故乡。"她的美国母亲搂住她瘦小的肩膀,她们一起仰面看着,"这是龙和凤,你故乡的图腾,要是你记得它们,就说明你在很小的时候的确就有记忆,因为滚石饭店里没有这样的东西,这是中国人的图案。"

"好像你还穿了一件苹果绿的毛衣,肩膀上一边有一个金色的搭扣。我记得我将那件毛衣弄脏了。"小姑娘继续说。

九、私人生活

"真的,我是有过一件这种羊毛衫。"她的母亲点头,"我的上帝,孩子他爹,她果然记得。"她的圆脸突然涨红了。

"我穿着借来的白色新娘礼服,上面有别人留下,没洗干净的香水味道。"琪琪说。

琪琪想起婚礼时,正紧张的时候,孟建新突然发哮喘了,他的脸惨白着,勉力站在她旁边,喉咙里发出尖利的声响,好像冬天没关严的窗缝里发出的风声。其实他一直是文弱书生,只是年轻时她不懂这些而已。而且,她似乎喜欢这样长着一条文弱细脖子的男人,他们显得斯文。他一直不停地咳嗽,发出各种奇怪和令人害怕的细小声音,让琪琪觉得摇摇欲坠。

她记得龙凤厅的圆桌面上铺着猩红的桌布,在令人眼花缭乱的天花板下。她记得在婚礼进行曲中她挽着他走进龙凤厅去,那时他刚往喉咙里喷了药,一股化学试剂的气味。她记得自己很恼火,他发觉了自己的恼火,悄声抱歉说,"我也不知道怎么发哮喘了。"可琪琪不相信,要是是突然发作,怎么会将喷雾剂随身带着呢?显然是有备而来的。

"这位女士,"小女孩对琪琪似乎很好奇,她悄悄招呼琪琪,"你真的是在这里举办的婚礼吗?多么浪漫呀。"

琪琪笑了,"可不是。"琪琪看着小女孩淡棕色的面孔上隆起的颧骨,心里想,这是江南一带乡下人的遗传特征,乡下的亲生父母将这小女婴丢弃,但却因此,有了如此疼爱她并尊重她的美国父母,这孩子可真是好命。

"中国人也在婚礼上交换戒指的吗?"小女孩问。

琪琪将左手伸给小女孩看,无名指上,戒指上一粒淡黄色的南非钻石闪闪发光。结婚十周年时,孟建新出差去香港中文大学,用讲课费买了这个戒指给她,替换掉了原先那个赤足金的老凤祥戒指。说起来,二十多年前老凤祥的那个风格老式的戒指才是她真正的婚戒。

"好看。"小女孩一本正经地赞美了一句。

"你会说中文吗?"琪琪问小女孩。

小女孩摇摇头,"妈妈送我去中文学校过,但是太难了,我学不会。"小女孩将自己的脸扬起来,让琪琪注意看她的眼睛,"你看,我最近很努力喝牛奶,我的眼睛就变颜色了。你发现吗?"说着小女孩努力瞪大一双丹凤眼,"我的眼珠不再是黑色的,而是咖啡色的。你看!和我妈妈的一模一样。"

哈恩太太远远地望着她们微笑,"哦,茱莉。"显然她已猜到她们在谈论的话题。"哦茱莉,黑眼睛才是独一无二的,我最喜欢。"

"这是真的!"小女孩很认真地强调说,一边奋力睁大双眼给琪琪看。

"当然是真的。"琪琪答应她,她甚至认真地看了看茱莉的眼睛,乌黑的,纯洁的,孩子的眼睛,"真的有点咖啡色的了!"

"对呀!"小女孩快乐地向她母亲大叫起来。

"那么,中国人结婚时也要互相发誓不论患病还是健康,都永不抛弃对方吗?"小女孩接着问。

"我们也这样发誓的。"琪琪顿了一下,旋即肯定地回答。

"然后,就到夏威夷去度蜜月了。"小女孩说,"真浪漫。和我爸爸妈妈一样,他们还在阿甘坐过的椅子上照了一张相片呢,当

九、私人生活

然,那时我还没出生,这是常识。"

琪琪想起浴缸里的一小缕灰白色的漂浮物。

乔治万路过华懋饭店大堂去他办公室的时候,偶尔发现一个军官领着五十多个国民党士兵走了进去,他们看上去又礼貌又坚决。军官宣布,因为驻军司令的命令,他要征用十二间房间安置机关枪,控制外滩沿江地带和其他重要地点。乔治万看到,士兵们带着满满的子弹夹,戴着德国式的钢盔,叮叮当当地走过华贵气派的走廊和柜台。他们带着铁锅,锅盖,米,蔬菜,甚至还有木柴。他听到一个兵天真地问:"我们的骡子安置在哪里?"

华懋饭店的经理想劝说那个军官给他些时间,让他将贵重家具安置好,把一些要腾房间的客人安置到其他旅馆里去。但军官温和而冷淡地说:"客人不需要离开旅馆,我们就等在这里,等你们腾房间。"

客人们还是被紧急转移走了(如果他们当时不在自己的房间里,也先行转移了他们的东西)。同时,饭店的侍应生将塔楼夜总会里的贵重家具都搬开,三角钢琴,可以移动的地毯,家具,酒。将手工雕刻的龙,丝绸灯笼和其他墙上的装饰物都一一取下。不一会,就只剩下镀金的菩萨像,独自在神龛里微笑。

孟建新看到了另一个青年记者的样子,他是乔治万,那个留在外滩目击上海解放的英国记者,在巴伯的书里,他见到过乔治万在上海总会被海员俱乐部征用前喝酒的照片。记者们都有一种随时准备攫取的机警的神情。

大堂里乱哄哄的,和现在的情形有些相似,不过多了一条驴子。这条驴子不是用来点缀化装舞会的，而是用来驮机枪的。共产党的军队已经在外白渡桥的那一端了，眼看就要进入外滩，国民党的守城部队征用和平饭店顶楼的阳台和房间，作为守卫外白渡桥的最后一个制高点。楼下沙逊洋行的大门口，又用沙袋堆了一个掩体，里面也有一个兵伏在沙袋后面，不过，维克多·沙逊再也不会从三楼的办公室里冲下去拍照了，他离开后，再也没有回来。

这也是士兵们头一次进入饭店内部，五十多个年轻男人，抱着长枪，也是四月发生的事。是的，不是旅行箱，照相机，护照和满脸长途飞行带来的疲惫之色，而是机枪和子弹夹。

强烈的不安席卷了大堂里本来度假的欢愉和享乐气氛。在孟建新看来，这一刻，是真正的租界的临终时刻。

孟建新觉得有点喘不上气来。"中国人会最终赢得对日本的战争，但他们绝不会再邀请我们与他们共治。"维克多·沙逊在太平洋战争前对上海的预言终于变为现实。他早已经知道，连同他自己，也最终要被中国人统统赶出中国去。孟建新想，也许就是因为这样，他才最后没有售出华懋饭店，他失去了这栋大厦，却使得这座外滩的纪念碑始终保有沙逊这个名字。这应该是四代在远东做生意的，面容黝黑，鼻梁上带有一个凸起的犹太精灵的真正过人之处吧。

鸦片的气味又来了。

孟建新开始咳了起来，但气管却越收越紧，他听到了哮鸣音，尖利的，如风过隙般的。孟建新身边只有一张塑料房卡。这时，他看见有个穿中山装，狭长脸，长下巴的矮小男人急匆匆地穿过荷

九、私人生活

枪实弹的士兵,向另一条走廊走去,那是通往沙逊洋行三楼办公室的走廊。孟建新认出他是顾准。看到顾准满面忧戚不甘之色,孟建新想,这一定是他已知道自己被撤职的消息了。他是想彻底消灭民族资产阶级的,不光全盘罚没他们的财产,甚至也消灭他们的生存土壤,他也是这样在上海实施的。但由于他的做法太酷烈,他在三反开始后不久就被撤职。

孟建新知道,顾准出现在大堂,那应该是1952年。二月他被撤职,此后,他就再也不会出现在这个建筑里了。这时它已经不是上海最豪华的酒店,而是上海市财政委员会的办公室,两个月后,上海最重要的三百零三个民族资本家就要集中在这里,交代他们的五毒罪行。那时,荣毅仁就要出现了。

孟建新努力呼吸着,犹豫着,不知自己是不是应该即刻上楼去找喷雾剂。紧缩的气管好像风箱一样赫赫地响着,它一定细得像一根针了。可是,每到缺氧的时候,他就能看到更多,感官变得非常灵敏。他此刻认出来,与顾准擦肩而过的那个外国男人,眉毛高挑,深色头发整齐地梳向脑后的,正是共产国际远东情报小组的间谍佐尔格,他与日本共产党在上海的成员常在这里见面,这是1941年他被捕前。"凡是在上海的重要人物,总有一天会推开这扇旋转门,进入大堂。"这是谁说过的话?谁说的?孟建新努力想着。这话带着上海侨民特有的自负与自满,想必是句老话。可说话的人一定没想到,租界早已消失,这扇带有黄铜把手的玻璃旋转门却依然转动自如,重要人物也源源不绝地推开它,走进这里。

孟建新看到了少年时代的自己也推门进来了,穿着《太阳帝国》里那件灰布褂子。

屋顶花园上夕阳璀璨，江声浩荡。人们在夕阳里眯缝着眼睛，走来走去地照相留念，或者面对江面若有所思。在绿色金字塔顶下面的骑楼上，一个澳大利亚电视小组正在准备拍摄夕阳下的黄浦江。琪琪看到白色帐篷里铺了白桌布的长条桌上，团团围坐着几十个美国老人，他们正高举起粉红色的鸡尾酒，彼此说着"CINCIN"。

俯视黄浦江，那里细波潋滟，一派金色。

"那老头是谁？"茱莉点着堤岸上的陈毅铜像，漫声问道。

"是我们上海的第一任市长，1949年后的。"张小姐回答。

这是饭店之旅的最后一站，公关部为他们预留了一张看得到江面的桌子。他们刚一坐下，就有一个年轻男人过来自我介绍说，自己是采访饭店歇业的记者，想听听他们的想法。

每个大人都有一杯冰冻的青岛啤酒，给茱莉的是冰巧克力，"这是上海春天难得的好天气，客人们都喜欢到屋顶花园来晒太阳，看风景，喝点冻饮。我们和平饭店的屋顶花园，是外滩沿江一带大楼的屋顶花园里最老的，风景也是最好。因为我们这幢大楼，正好坐落在黄浦江弯道的最中央，人家说沙逊当时和汇丰银行造楼时一样，也请风水先生来看过。外滩本就是个聚宝盆，和平饭店这个位置，正好是聚宝盆的底，一定聚财，而且只进不出。"张小姐为大家指点。

"那雕像可做得不好看。"茱莉仍旧在看那尊铜像。

"我只是非常，非常喜欢它现在的样子。刚刚张小姐向我们

九、私人生活

解释必须变化的原因。饭店的空调系统太老了,管道系统也太老了,必须要修理,我很理解。中国人管理饭店的经验不如外国管理集团,所以接下去要让加拿大人来管理饭店,我也理解。但我仍不能忘记和平饭店里中国式的一切,因为这与我们家的幸福相连。"哈恩太太对年轻的记者说。"这算是由个人经历决定的。我们之所以在网上偶尔看到和平饭店要整修的新闻,马上就决定带孩子来上海旅行,是因为我们的孩子是从上海领养的,虽然无法找到她的生身父母,可我们还是希望孩子能记住她来和我们在一起时,最初住过的地方。对这地方的记忆对她很重要,对我们也很重要。"

"我们住在中西部的小城,要买重要的东西都是跑去芝加哥,要是我们旅行,也必须在芝加哥转飞机。在我看来,和平饭店也许最像壮丽一英里上的滚石饭店——我的孩子也这样认为,但和平饭店里的中国味道,则是令我们永远纪念之处。"哈恩先生接着说。

突然,他将脸转向那个开始喝她的那份巧克力的孩子:"茱莉!"他压低嗓子叫了声,然后他的声音突然变得甜蜜,"茱莉亲爱的,你一定也有评论。"

小女孩却被吓着了,她满脸通红。她飞快地埋下眼睛,结结巴巴地说,"我喜欢,和害怕那些四通八达的走廊,还有电梯旁边放着的高背椅子。" 她紧紧捏着拳头,将它们藏在桌下。"我希望将来自己长大后再来住这家饭店时,已经不怕这些走廊,只剩下喜欢了。也许,我也会像这位可爱的女士,在这里举行婚礼。"

琪琪好奇地看了一眼那对紧握着的、发青的小拳头,然后她才看到，在小女孩的大腿旁，还躺着一支不锈钢的长柄勺子，搅巧克力用的。

琪琪抬起头来看看绿色的金字塔顶上瓦楞深处阳光的阴影，她想，也许那孩子将来会来这里补办一个婚礼，可她和孟建新，再也不会来这里住了，没必要了。她一点也不想对那个年轻记者说什么，所以她起身去了厕所。

琪琪刚走进女厕所，尾随而来的哈恩太太便一把拉住她的胳膊，她悄声说："我很抱歉，女士。"说着，哈恩太太的泪水突然涌了满眼。"我真的很抱歉，这也是困扰我和我丈夫最重要的问题，但请你一定相信，我们一定会找到解决之路。上帝会带领我们找到。请求你给予茱莉更多的时间来找到力量，而且我们不会让茱莉把那把勺子带回房间的。"

哈恩太太以为琪琪已经发现茱莉试图偷走那柄勺子。可琪琪从未想到过这一点，她吃惊地看着哈恩太太，怎么也想不出小女孩要偷一把勺子的理由。

"没有理由，亲爱的，正是没有理由，才这样可怕。"哈恩太太苦恼地随手打开水龙头，将手放到水下冲着。"她自己一定也不想这样，所以她这时候一定会紧紧握着自己的手，想控制住自己，可怜的茱莉！"

这个小女孩，无论到哪里，总要随手拿些对她毫无用处的小东西回家，尤其是勺子。即使到亲戚家做客也是一样，"好像一种本能一般。当然我们不可以这么说。"哈恩太太的泪水终于决堤而出。"可我确实不明白，她这到底是从哪里学来的呀！怎么告诫，怎么疏导都没用。我们甚至买过各种各样的勺子给她，还是

九、私人生活

止不住她对别人家勺子的爱好。我家厨房,已有整整一抽屉勺子,可还不够。我真要崩溃了。"

琪琪再三发誓自己绝不会说出去,其实,她从没想到过茱莉会带走那柄勺子。

"真像噩梦一样呀。"哈恩太太哭着说,"那种循环的噩梦。但是我还是爱她。"

琪琪伸手抚摸了一下她微微颤抖的手臂,似乎想安慰她。琪琪开口说:"一切都会好起来的,以它自己的方式与规律。"可是突然,她的声音哽咽了一下,自己的泪水也落了下来。

晚上,琪琪与孟建新上了床。这是最后一夜,明天七楼的客房就清客了。大床上只有一条长被子,琪琪感觉到孟建新悄悄往她这边移了移,又停了下来。

婚礼那天,房间里的镜子就是椭圆形的,不过从前的灯罩不是这样纸壳子的,服务生捏过的瘪档还留在上面,从前的灯罩下方有圈流苏围着。琪琪拉起孟建新的胳膊枕着。大床对面写字台抽屉上的拉手也是那时的样子,现在它看上去摇摇晃晃,像是要被人抛弃的样子。从前的拉手从琪琪黑暗的记忆深处浮现出来,它好像一轮DECO风格的太阳一样耀眼,与眼前的这个对上了号。她想,以后再也不会看到它们了。

她想起那天孟建新上床就睡着了,但她心中却没什么抱怨,反而觉得很心安,只有一点空落落,一晃便没了。

直到半夜醒来,他们才开始做爱。他们是上个时代拘谨的青年,直到新婚之夜,才结束自己漫长的童贞。第一次似乎很快就结束了，然后他们才发现将大床中间的那块床单弄湿了。他们便移到她的这一边睡。

那天孟建新将手臂伸过来让她枕着，在黑暗中轻笑一声，说他想起了康德对他的学生说过，性生活就是一连串忙乱的行动。想起这些，她至今都不怎么肯定，他这么说是解嘲，还是因为感到了幸福。性的确能让人感到幸福，一种像白煮蛋的蛋黄那样结实具体的幸福。直到现在，这样迟了，她才体会到原先有些心满意足的晚上，枕在丈夫的手臂上，还来不及穿上内衣，丈夫身上的汗毛毛茸茸地扎着她的皮肤，那是种早上吃下一整个蛋黄后，胃里感受到的富足。

琪琪伸手过去摸了摸他的身体，他连忙用手拉住她的，好像制止。可是停了停，他又主动将她的手拉过来，放在自己的小腹上。

可她抬起手，掠过他的小腹过去捏他的侧腰，说，"你才是胖了，吃东西要注意点了，你爹爹那么胖。"

"我体重没变化。"他说着也伸手去摸自己的侧腰。

"松懈了呀。肌肉紧致，脂肪是松扑扑的一大摊，这你不懂呀。"她说。

他伸手过来捏捏她的侧腰，叹了声，"你果然比我结实。"他抚摸着她结实的大腿和小腿，好像抚摸他新书精装本的书脊一样，虽然爱惜，但毫无激情。"你将来一定活得长，肯定比我长。"

"放心吧，你会长命百岁的。活到别人都喊你老甲鱼，你还不肯死。"她笑嘻嘻地回嘴说。

九、私人生活

接着,她看到屋角那一块笤起的墙皮,是水管子漏水留下的痕迹。看到房门外面只开了一盏脚灯的走廊另一端,黑洞洞的箱子间。她想,以后它们也一定不会在原处了。

"我倒是想天长地久地活着。"他的手小心翼翼避开她的大腿内侧。她觉得自己心里有种蠢蠢欲动的痒,但她掉头不去注意它,假装自己根本就是一本书的书脊。

孟建新将自己的手伸到肚脐那儿,用手指挖了挖肚脐。小时候他是极瘦的小孩,肚脐眼瘦得向外凸起。年轻时也瘦,如今肚脐被结实的脂肪埋成一个小洞。他悄悄将手指伸出来闻了闻,那股似乎从肚肠深处出来的臭味还与以前一样。

琪琪感到他折过身体来拥住了自己,她感到他脸上笑了似的动了动,好似年轻时代求欢。她心头一跳。可立刻闻到一股暖暖的,淡淡的腥臭。她"哎呦"一声,忙将他的手指打开。

"你想得到这是什么味道吗?猜到我就给你一万块钱。"孟建新死死捉住她的肩,嘿嘿笑道。

"你放屁啦!"

"不是,是肚脐眼的味道呀!"

他笑的时候,眉梢往上高高扬起,就好像一个恶作剧成功后的男孩子。

她想起来自己少年时代有一阵也喜欢挖耳朵,挖肚脐眼里面凝结成块的分泌物。她伸手到自己的肚脐眼里挖了挖,将手指伸到他鼻子下,他连忙转开脸去,大叫着说:"臭死啦。"但她不让他转过去,她翻身爬到他身上压住他,一边说,"你让我弄,不许躲开,让我弄!你是男人,就该让我弄的。"他们有时也私下里打打闹闹，琪琪打不过孟建新，孟建新便要让她。

"你小时候一定也喜欢挖肚脐眼。"孟建新嘻嘻地笑着躲，一边说，"小时候，特别是冬天时，在被窝里放屁，挖肚脐眼，然后自己闻，开心得不得了。是哦？"

"这才叫不是一家人，不进一家门。"琪琪说着，伸手下去捏捏孟建新的肚脐。他一把捏住她的手腕，"你又想搞七捻三。"

"你自己的臭味道呀，闻闻不要紧的咯。"她被紧紧抓住，心里却喜欢他手上的力气。

他松了她，拍拍她的手："不要搞，好好说说话。"

于是，她从他身上爬了下来，躺回自己的枕头上。躺在烫得平整，微微发硬的白色塔夫绸床单上说说笑笑，到底比浴缸舒服多了。琪琪看到窗帘下的热水汀，它显然已经多年不用了，但她很高兴看到它仍旧在原处。她想，等到和平饭店改造好，它一定不会还留在原处了。从窗户缝隙里传来微弱而清晰的钟声，海关大楼顶端英国制大钟的《东方红》报时声，那洋腔洋调的熟悉声音，像母亲的手掌一样陌生而怀旧地覆盖在他们所在的这间即将彻底消失的房间里。

她伸手去握住他的手，他的手心里有层薄薄的手汗。她将他的手拉到他们身体之间的空隙里，放下。

他的手又大又软，好像床丝绵被一样覆盖在她的手背上，既体贴，又安全，那是一种万念俱灰之后的舒服。

"我下午在大堂里见到一个熟人，强生。"他说，"你呢？"

"在屋顶上看到有个被外国人领养的小女孩偷饭店的勺子。"她说。

九、私人生活

他在高高天花板下看到考沃德穿着浅色的衬衣,正俯身端详着他们夫妻的大床,脸上似笑非笑的。

艾略特:你怎么会在这里?

阿曼达:我蜜月旅行呀。

艾略特:太有趣了,我也是。

阿曼达:愿你享受你的蜜月。

艾略特:还没开始。

阿曼达:我的也没开始。

艾略特:哦,我的上帝。

阿曼达:我忍不住想,这是个小小的不幸啊。

艾略特:你幸福吗?

阿曼达:当然幸福。

艾略特:那就好。这儿没什么不对劲的,可不是吗?

阿曼达:你觉得呢?

艾略特:我已心醉神迷。

阿曼达:我真高兴你能这么说。我们应该在哪儿再见上一面。(转身)

艾略特:再见。(坚决地)

PIECE.10

其他

后　记

　　本书为非虚构小说，地点与事件皆建立在真实的基础上，但活动在其中的人物为虚构。非虚构小说写作并非在于记录事件，亦非在于塑造人物，而是企图在尽量真实的历史事件中表现人物内心世界与外界的联系。因此活动在本书中的人物，会在真实的环境中显出他们的文学意义。非虚构小说并非实录，它呈现出的现实、历史与虚构的关系，是富有象征和隐喻的。

　　本书写作过程漫长。一个在本地长大的作家亦是本地传统旅馆理所当然的陌生人，因为他最没必要住在同一城市的旅馆房间里。从开始起意写作《成为和平饭店》至今八年时间，感谢和平饭店给予我的帮助：和平饭店总经理陈野官、郑申根，和平饭店员工盛峰、程琪、马永章、俞惠敏、张积福，和平饭店老年爵士乐队周万荣、程岳强，费尔蒙特和平饭店公关部宋海晓、虞丹丹，费尔蒙特历史文化顾问梁佩珍，以及费尔蒙特和平饭店总经理康墨尔和华亭宾馆总经理董剑珍。

　　感谢美国爱荷华大学国际写作计划，主图书馆和太平洋研究中心，一年时间中，我得到了写作这本书的大多数资料。感谢伦敦大英图书馆中国部，帮助我在印度阅览室浩如烟海的东方档案

十、其他

中,查找到许多沙逊家族信件的原件。

感谢同济大学伍江教授,复旦大学李天纲教授,上海社会科学院历史所熊月之先生,上海档案馆陆其国先生,上海图书馆张伟先生,《上海一周》孙甘露先生、肖可霄先生等给予我的帮助。

感谢德国翻译家洪素珊女士给予我的帮助。

感谢《收获》杂志社肖元敏女士、钟红明女士给予我的帮助。

他们或提供自己的回忆与收藏品,或帮助我熟悉饭店,或与我讨论史料与写作上遇到的重重问题,或为我寻找到能解决我困惑的人……没有他们在每个对的时刻出现,就没有这本书的完成。

感谢上海文化发展基金会的支持,感谢上海作家协会耐心持久的等待与鼓励。

漫长的八年时间,最后一个句号,结束这本书。有人问我,你是如何庆祝这个时刻的?我回想那个时刻,最后一个句号以后,心中是一片茫然:不能相信自己从此不需要为它工作了。

跋

一切都会好起来,以它自己的方式与规律

读罢《成为和平饭店》,便感到手头这篇评述的产生,将伴随着长长的"阵痛"。然而感觉是如此新鲜而充满期盼,一种渴欲穿透的期盼。陈丹燕以感知层累而丰富的历史细节来还原历史的创作,似乎不尽止于"还原",而她沉浸于浩繁的中西文资料,游巡于那座金字塔般的"纪念碑"内,伴随着无数幻影,甚至魅影所编织的这部流动着的历史,又绝非泾渭分明般的昨与今、白与黑、中与西、是与非;甚至那色调也是沉郁中的明丽、明丽中的沉郁之炫目纠结。企望于章节标题找到它的内在逻辑,则必将徒劳。勺子、传真、桂花酒、毡帽、私人生活,五章小说体的叙事,间隔着两两为伍,伴图、散文体的《纪念碑》四章,使我想起玉谿生的《锦瑟》——别一种的无题。我所面对的似乎不是小说,而是一幅现代派绘画。遍布着暗喻的章节如同内含无数小色块的大色群,块然独立;由层出不穷的交叉、叠合、错置、穿越构成的叙事形态,又有似画面看来凌乱无序的线条。然而我知道,举凡现代派的创作,那貌似散漫的色块间必存在种种富含生命涌动的张力;而看

十、其他

似无序的线条则指示着散在的张力之辐辏汇聚。清理其叙事形态中隐然的意脉,在感觉其语言组织肌质联系的同时,体悟内含的意旨,应是有助于读者的解读方法。好在丹燕已给出了进入迷宫的钥匙。

以一种大饭店的单纯的、见多识广的方式,勾连与证明一个个沧海桑田的时代,这是任何一座单纯的纪念碑都无法比肩的丰富与生动。

这是和平饭店存在的理由。

结合本书后记所说非虚构小说着眼于活动在书中的人物之"内心世界与外界的联系";《唯美主义者的舞蹈·后记》所称"一个人的'阅历',看似只是接受命运,其实也是'出身'与'时代'在这个人身上的'无穷变奏'",可以窥见所谓非虚构小说的美学哲学意识。

作为占据一定空间的物件,丹燕认为,它之所以"存在",并非因为它封闭的躯壳,而是由于其中"开放"地涌动着以"活动"着的人的内心感知为核心内涵的时间流。每一时段所构成的一个个特殊空间前后勾连,互相证明,遂形成以色色人等之心理感知为本质的生生不已的历史,亦即"出身"与"时代"在一个人,也是世代相继的人身上的无穷变奏。和平饭店正是以这种上海百年沧桑中最为见多识广、最为开放的不单纯阅历,而具备上海近现代史"纪念碑"的意义。

以上相通于"空间美学"的意识,又与"发生认识论"暗合。

发生认识论认为，儿童在七八岁时，由孩提时期蒙眬印象所形成的初始认识图式，在"活动"中投射于客体，又接受客体的信息反馈而在解构中重新建构。这一过程循环不已，人的认识图式，便处于不间断的"活动建构"中。一个人如此，一个民族也如此。因此后一时段的认识图式虽是发展，而同时也是对前一时段认识图式的解构与建构同步的新的发生；自然又都指向那个初始图式——如同丹燕所体悟的"出身"与"时代"在一个人（一系列人同理）身上的无穷变奏一般。我想这也是她的书名何以要在"和平饭店"前冠以看似突兀的"成为"二字，何以要以叠合、穿越等手法来唤醒历史记忆，还原历史本真的用意所自。执此，以空间中的时间意识为关键，再来读这部小说，兴许会有"白云回望合，青霭入看无"的愉悦。

不妨暂且放下散文体的四章，先对尤其扑朔迷离的小说体五章的意脉作清理。因着前者两两为伍的间隔，这五章形成三个板块，首章《勺子》、次章《桂花酒》为第一板块。

首章的追忆，以2011年，亦即"当下"某日下午为展开的时间节点，以饭店大堂一侧的咖啡座——标志性构件之一为核心场景，而清咖的白色气雾似乎在传递着梦思。"上海市每一位重要人物，总有一天会推开那座黄铜旋转门，进入大堂"，今天，三组人物于此陷入沉思，依次为：

三个黑衣人——夏工之与他的母亲、妹妹雨中送丧后，来此重温六十年前的旧梦。1952年"五反"运动，上海303位重量级的工商业者在这间咖啡座交代"五毒"。这段历史现被视为新民主主义革命向社会主义革命转折的标志，在民主革命中壮大起来的中国第一代民族资本家至此已注定衰亡,似同夏父——303之一之每下愈况。夏家的追忆,因着父丧,不免如雨天般暗淡,尽管大修后的大堂分外富丽。然而工之的忆念又并非一片灰色。

"MASKEE",他对着303之首荣毅仁的影像,喃喃着这个1930年代体现上海精神的流行语,意思是"没关系","希望在明天"。这是荣氏多色调影像的主色调,藉此,他在重大历史转折关头,做出了沉毅果决的选择,不仅过了关,而且由此引领了荣家1980年代的重新崛起,成为新一代民营资本的领军者——历史似乎在循环中上升。应当注意,华懋——和平饭店四代沙逊的翘楚,第四任大班第三代人的维克多,因同样饱历沧桑的果毅,同样历史系出身而融合中西的敏锐历史嗅觉,在此与荣氏相提并论。这一伏笔的用意将由后文展开。而"勺子",则在章末以夏家孩子衔着银勺落地,而今它已发黑且留有噬痕的形态终于出现以点题,其暗喻的内涵,不难明白。

孟建新,首章第二组人物之中心,一位南下干部出身,在经济起飞年代成长起来的上海史、沙逊家族史专家。因着对已故导师的追思,同时被勾起的历史影像自然在四代沙逊,然而重点却非雄桀的维克多。也许同样由于阴雨,他看到了由自由而颓废的三任大班四代沙逊——"将人生视作一场无尽的晚宴"的阴鸷的艾格乃尔德,他最终死于赛马,也许是自杀;这影像应当是为维克多在后文亮相作着铺垫。已经成为国际学者的孟建新迥出同侪,然而他那幻觉中的"鸦片烟味"却意味深长。"一切历史都是现代史",这一听惯了的观点,在此被沉沉提起,又轻轻搁下。这同样须在后文来修正补充。

西蒙，第三组人物的中心，德裔旅英历史学家，1970年代欧洲左翼学生运动的中坚。1972年，因着对"文革"的东方幻想来到中国，入住"和平"，然而"要人"王洪文温文而其实草根的接待，引发了他堕入后数十年的幻灭的痛苦——纠结着对自己祖国战后初期缺乏反思的愤懑。在《莉莉·玛莲》——一首二战中德国流行曲，它奇怪地在中国出现——享受毁灭般的优雅而缠绵的旋律中，西蒙与那位面无表情的日本女子的舞蹈美轮美奂，他渴欲以舞后的一次酣畅的性爱与那女子一起了断那种幻灭感，而从后文我们会看到了断的希望。

三组人物的活动，各成线索，似乎杳不相关，然而不仅新修大堂的分外华丽与屋外淅沥雨声的反差为之营造了同一的氤氲，错落的叙事方法又在暗示着某种肌质联系，而且若不经意的"闲笔"在有意无意地将它们团捏起来：勾连夏、孟的是各自手中那杯清咖的淡白气雾；孟氏落座时眼梢间西蒙与日本女性惊鸿一瞥的舞影，以及两人为国际学术同行，又为二、三两线的衔接伏脉；而二人终于接谈，偶然瞥见三个黑衣人，则在章末为三组人物收绾。

值得玩味的是，首章影写的饭店那段历史是线索一（夏氏）与线索三（西氏）所呈现的1950—1970年代，然而为何中间横亘着线索二，孟建新关于沙逊家族与自身学术背景的粗线条记忆？我想这是因为专攻沙逊家族史——它与上海史始终纠结——的孟建新，在小说体五章的设计中，是"纪念碑"百年沧桑之贯穿始终的审度者，当然在他背后还游荡着另一位连审度者一并审度的陈丹燕。于是整部小说的底色、叙事方式、历史问题意识都在首章层出不穷的暗喻中初露峥嵘却引而不发,等待着后文的展开。

二章《桂花酒》,初看与首章杳不相关。核心场景跳到饭店又一标志性构件——"马与猎犬"酒吧,后来的爵士乐队酒吧,自然,融合着酒色的爵士乐声是此章艺术化的氤氲;而时间则跳回"2007",此时此地活动的人物,现实的、影像的,除了饭店永远抹不去的沙逊家族外,似乎完全换了一班。然而细味会发现,酒吧与咖啡店在大堂的位置正左右对称;串联此章的人物——1970年代末入行的侍应生阿四,连带着乃父饭店大厨及一众同仁,与首章303位资产者,过去视为矛盾对立面,现在则称作"社会共同体",彼此映衬;而时间2007年——上章2011年的四年前,在首章已由孟氏有关"四年前"的一闪忆念伏线。那位审度者在哪里?这谜底要到后文才明朗;不过首章后消失了的夏氏,在此却留有一抹投影,"五反"前夕离开大陆,1980年代始由香港回沪探亲的夏先生,应是夏工之的堂兄弟,他与阿四关于饭店特色饮品"和平饭店鸡尾酒"成分的讨论,成为贯穿全章的暗喻。

这一代员工神情略显懈怠而又秉承了大厨那一代周至的制式服务,这应是两个五十来年,华懋时期与国营和平饭店时期企业精神纠结的投影。他们有着一同于前辈的作为大饭店一员的由衷自豪,却因着这古董酒店一隅永在的维克多肖像之强大气场,有一种魅影时现的恐惧,而我们知道,恐惧与敬畏本是兄弟且孪生。阿四因乃父的熏陶,是这一代的佼佼者,她托着和平饭店鸡尾酒,勾连起本章又一组人物,呈现开放气象的英语文学节之海外作家群。应和着移植自原英属殖民地菲律宾的爵士乐声,他们关于"后殖民文化"的讨论,应是上章荣、沙并论历史意象的初步深化。新一代冒险家强生虽娶了中国太太，血液里却始终留存着前殖民者强势霸道的因子。女作家乔伊，西蒙旅英时的室友，出身南亚、后殖民文学的代表人物，她对于强生的做派，憎恨而又纠结着一种爱意；在由此而勾起的与红发男子性爱的影像中，她弗洛伊德式地感到，对方是在征服，自己也终于征服对方，别一种融和中的征服。这使我想起黑格尔以主奴关系为喻对宗主国与殖民地文化冲突的阐述，不过乔伊的感受已经消解了这位老人欧洲中心论的痼疾，而透视出后殖民文化渴望自立的冲动。于是和平饭店鸡尾酒的暗喻意义浮现出来了：威士忌是其底料，不过当下已由传统的苏格兰黑方换成了四朵玫瑰标识的美国货，如同影响中国的西方文化主流，已由欧洲转化为美国；然而那散发着江南清新韵味的桂花酒，是其中永恒的成分。从未创新的阿四创新了，她加重了桂花酒的分量，却又加了点樱桃甜酒，还缀上个鲜艳的红樱桃。尤其对于后者，夏先生与乔伊感到"太甜"，只有夏的友侣，永远时髦的爱丽丝好生喜欢。强生说后殖民地人民在全球化时代还对海事时代念念不忘，这是当今世界最大的时差；乔伊则认为，总是飞奔着企图追赶、抹煞一切地域性的世界潮流，是后殖民文化的真正不幸。这杯新创的鸡尾酒关切着两者且抟合了一、二章的问题意识，其深含的文化意蕴将在后文逐次展开。

　　跳过三、四章《纪念碑·壹》《纪念碑·贰》，五章《传真》、六章《毡帽》构成叙事的第二板块。场景又移步换形至饭店的核心构件：餐厅龙凤厅、舞厅和平厅。代表"上海DECO"的契丹风格纹样被反复描述，成为在此举办过的两次盛宴后狂舞的共同背景。勾连1991与1935这两次舞会的，正是那位似乎"久违"了的审度者孟建新。他在2007年的那个下午，叠合着两次舞会的影像，展开着乔伊们的论题，也回溯着自己认识图式的初成与深化——原来《桂花酒》中，他也潜在地在场。

由威廉姆森先生发起的1991年"维拉·贝斯塔"——这名称上章已由乔伊提及——主题舞会，几乎克隆着1935，在《传真》一章中，它是实写。季晓晓，1990年代的实习员工，上承阿四为此章开场，她的师长董经理、总经理们，在使西蒙感到幻灭的"文革"时期，保护了饭店免遭浩劫；而现在三代人一起于国营饭店举步维艰之际，果断承办了那场当时担着风险的舞宴，不仅破天荒地在四天中创汇百万美元，而且因为尘封近半个世纪的历史记忆终于被唤醒，而使饭店在两年后成为唯一厕列于"世界100家最著名酒店"的中国饭店。"传真"虽是季晓晓、威廉姆斯为筹备1991年舞宴的商务传真，却又双关着1935年对1991年"唤醒"意味的历史传真。请注意，这"1935"呼应着首章线索二——孟氏对沙氏的回忆；"1991"则是首章线索一、三，夏氏、西氏关于1950与1970年代中国印象时间上的延展，内涵上的演进；而"1991"对"1935"的叠合，则回溯了《桂花酒》一章开放气象的由来，而同样意味着"唤醒"。

舞会次日清晨，依然舞妆，风魔了的500名海外客被外滩晨练太极的上海市民平静接受，那段中西交汇的街头狂舞，暗喻着城市又一个"真正强劲的文化多元时期"已经到来。不过六章《毡帽》开头的这段描叙，已是2007年饭店房客孟建新的历史影像。由此，他更被勾起对于另一幅外滩狂欢景象的追忆。1985年，中学生孟建新参与了电影《太阳帝国》的拍摄，他与英国儿童杰米扮演着在外滩欢庆1945年抗战胜利的中外流浪儿。当一顶有气味的旧毡帽扣到热烘烘的头上时，他感到"穿过了简单的少年时代，回溯到了前世"。顿悟般地，他对于历史的初始认识图式"开始萌芽"，因着他前世的"血缘"（出身）——一个出身山东的平民、于1949年接管华懋的南下干部；缘着他的时代——世界反法西斯战争的胜利，中西共庆于上海。后续的小说叙事，便在他始于这"萌芽"，纠结着血缘立场与时代冲击的历史意识中展开。而2007年这天下午，他那叠合着对1991年、1935年两次舞会丰满感受的历史再考量，应是他认识图式在内心——外界对流中的又一次活动建构，并展示了当下一位不俗的中国史学家对《桂花酒》中开始的，关于"后殖民（半殖民）文化"讨论的时代纠结，同时又以血缘立场发展了"一切历史都是现代史"的陈熟论点。

在如影随形的1991年舞会影像的陪衬中，维克多·沙逊终于惊世骇俗地登场。在他举办的1935年"魔术师"舞会上，醉心于在殖民地虚拟起封闭的百年不变的英式上流社会的绅士、夫人们，是他的"粗俗"——鹤立鸡群的又一次反衬。在他对前者专横而揶揄的神情中，2007年的审度者，竟看出了与后来荣毅仁上海精神呼应着的"上海表情"。他对入侵日军以英式的嘲弄，表达了与上海人的同仇敌忾；他的家族在上海已四代，甚至比审度者还多了一代；在准确地预见到战争的发展与结局——胜利后的中国人决不会邀请外人共管后，他同样做出了重大的历史抉择，撤资上海，移居拿骚，却又不无深情地保留了华懋这座纪念碑。孟建新又一次在直观历史细节中还原历史，尽管鸦片烟味仍挥之不去，他却乔伊式地在憎恨中感到了一种隐隐的喜欢。他终于称他为

"上海这座城市养育的世界公民","维克多一代的上海人"……

"维拉·贝斯塔死了,和平饭店万岁",澳洲新南威尔士大学的里奥教授如是说;"我被经历了文化大革命后又可以自由自在表现自己意识的人民所深深打动",澳大利亚专栏作家利奥又如是说。这是1991年寻梦舞会的参与者,两位后殖民文化人对上海进入又一个强劲而文化多元时代的新鲜感受。从里奥"后嬉皮士时代"的装束中,我想他应是以硅谷人士为典型的波波族——波西米亚式的布尔乔亚——当代西方知识精英。他们尼采式地由反思市民社会的颓废中,企望在自由生活的同时,寻找精神回归——在尼采,是古希腊精神;在里奥们,寄望于起飞的当代中国。西蒙1950年代的寻梦中国,在新的时代被积极地呼应——历史在又一次地循环上升,而孟建新则对其中"中国中心说"的影响有所警省。回忆着女作家瑟金特在和平饭店面江铸铁窗前闻到的是永远的臭味,孟建新想,这似乎应与自己闻到的"鸦片烟味"互补,于是他对北来的青年记者戏称,自己许是外滩前身李家坟场的鬼魂;他其实在开始质疑自己的血缘史观。

纠结的孟建新,又跳过两章一组的《纪念碑·叁》《纪念碑·肆》,进入了小说体最后一个板块,第九章《私人生活》,这本是那位由首章起便时时一闪的"有一点点哲学化,实际而缺乏理想的资产阶级剧作家"尼尔·考沃德,1929年,在华懋七楼一个套间写下的剧本名。它在西方长演不衰,是对市民社会至今颓靡的暗喻。2007年孟建新入住的正是那套间。孟太琪琪,在首章2011年那个下午,已由孟氏一闪的"四年前"记忆伏脉。现在考沃德的《私人生活》,自然成为孟氏伉俪"私人生活"的历史影像——在国营饭店大修前，设备破旧与昔日华丽对照的氛围中。不必惊诧于此章中有些大胆的性描写，这本是考察大饭店流动的历史必要的有机成分，而读下去便更会明白，这描写是又一个内涵弗洛伊德肌理的精神暗喻。

经过中午贾勇而依然勉强的性事后，孟氏来到正举办英语文学节的咖啡座蜷缩一隅，如同《私人生活》中依恋前妻却急急逃避的艾略特。前两个板块闪现过的种种影像，重要似维克多，细小如桂花酒，此时都以相承或相反的方式纷至沓来，这使本已虚弱的史学家更加烦乱而敏感。似乎渴欲"西蒙"般地与自己纠结的思绪"崩裂"，他看到了"三反"过左政策的擘画者顾准从大堂掠过，顾准终因"阅历"而告别过去，成为"社会主义市场经济"最早的拟想者；这应当是作者对孟氏史观逻辑发展期盼式的暗喻——"融合才是绝对的准确"，他别出于"将本土意识提高到绝对正确高度"的流行观念如是想，而不满于"权威"地为孩子们导游和平饭店的强生，这清醒的想法，又伴随着引发哮喘的鸦片烟味……

不过作者的期待，已由真正强健而开朗的琪琪含蓄展现。对于丈夫身体与精神的欠强健，她不满而充满爱怜——"这是一个阳痿的历史学家在工作呀"，由这声暗喻性的叹息开始，琪琪的现实活动，便跳跃于孟氏纠结的影像之间。她邂逅了犹太人哈恩一家，他们当是《毡帽》章中那位与维克多同样不群的埃来莉·哈恩的后裔。两代人都喜欢中国人，不过1930年代埃来莉专注于俊朗高大的中国男士；而新世纪的哈恩夫妇则领养了一个失怙的中国女孩，这次又不远万里带着孩子由美国到中国寻根，处处流露

十、其他

出真情的关爱。然而他们是否完全理解这孩子的心理创伤呢？叙事基本结束于回应首章的一把"勺子"。女孩想藏起一把饭店的勺子，羞愧而痛哭的哈恩太太无意间流露出对这细故的血缘立场——"正是没理由呀，好像一种本能"，这似乎暗喻着：如同中国对西方，西方人对中国人文化基因的真正理解，也仍有长长的一段路要走。琪琪则"从未感到过小女孩要带走这把勺子"，她只是感动地安慰着那位善良的太太："一切都会好起来，以它自己的方式与规律"，自己也流下了泪……

没有篇幅再详析"隔断"小说体三板块的散文体四章了，仅提挈如次：它们不仅丰富着小说体未尽的历史细节，更与后者在结构上互动而圆融，每两章纪念碑，大致上前章承前，后章启后；在历史意识上互补与深化，"彼岸的陆家嘴金融区，是此岸外滩的儿子"，这句伴图文便是这类点睛之笔。请尤其注意这四章的时间节点。一、四两章都是总揽性的抒写，而前者提示着饭店过往的时代，后者则思索着2011年大修后饭店与时代的未来走向。而居中的二章则分写2007年前三次，2011年一次作者巡礼和平饭店的感受。请排比一下，便可见出与小说体五章的时间序列正相一致。至此，我们可以对这幅"现代派绘画"的脉理与归趣作结了。

小说对和平饭店百年沧桑的追忆，其立足点恰恰是2007—2011年的当下。当时饭店将由国际集团管理，并进行现代化改造，由此引发了作者的"问题意识"——现代化情境下的中国文化走向。

也因此，在小说体与散文体间隔的表层文体形态下更流贯着一条史论性的意脉。史学家孟建新那缘于出身，应于时代的心理变奏成为吸纳百年影像,展开叙事抒情议论的一个个焦点的连线。而作者则对于审度者的意识做着朝向未来的再审度。以"后殖民(半殖民)文化"为透视点,深藏于小说体三板块的观念:一切历史都是现代史——是基于血缘立场的现代史——对血缘立场的再思考,结束于身心更健全、比史学家更敏感的琪琪。作者其实提出了这样一个关乎上海文化今后发展的史观问题:鸦片烟味确然是历史事实,丹燕在书展讲座中自陈也经常闻到。然而在全球化情境下,我们是否可以用更强健宽阔的体魄胸怀,将"中西文化的融合",由注重包括技术的物质层面,提升到更注重创造这些物质的精神层面上的有益成分。维克多·沙逊可否视作建构上海历史的上海人的一分子,这个历史而又关乎未来的问题固然刺目,然而不仅"上海每一个重要人物,都总有一天会推开这座黄铜旋转门,进入大堂",上海市民哪一家,又不将外滩作为外地亲友游沪,甚至先于城隍庙的第一选择来推荐?简单的生活现象,也许指示着纠结的理论问题之解决方向。小说末"肚脐"——它是连结母体的脐带的遗痕——小说的最后一个暗喻,对于挥之不去的原罪的鸦片烟味是否也可作"肚脐"观?"一切都会好起来,以它自己的方式和规律",丹燕对那悬而未决的前瞻性史观问题怀着美好的愿景。

历史文化的发生发展、解构建构之复杂性,历史观念更新与历史情感的纠结与待探讨性,由直观细节还原历史的创作思想,使丹燕毅然舍弃了"好像历史书"的本书初稿,而以八年心血,三易其稿,最后以现代派绘画风格的这部小说呈献于读者,其原因当在于此。可贵的是充满画面,由无数暗喻所撒落的"色块",以史识的发展为肌质联系，并借助前述细针密纳般隐然的呼应、伏线，融成了一个内含历史意识的文学言语统系，使我们似乎在扪摸这纪念碑的主要建筑构件、变幻氤氲、无数细节中，随着其中生生不已的人物，进入作者历史的更是前瞻的问题意识。因此，这部小说是历史的，更是文学的，是一个"有意味的形式"，也当是丹燕文学里程中的一座"纪念碑"。

写到这里，不禁想起，丹燕的血缘立场又是什么呢？本书《纪念碑·叁》无意中漏泄了天机——一个地道的早期共产党员，后供职于中波轮船公司的革命者之女。在忆旧的表层形态下，"和平饭店"这座开放的纪念碑所透现的对重大问题的深切的现实关怀，也许就是当下这个"真正强劲而又文化多元的时代"作用于作者以上双重的血缘立场的心理变奏。由此，再读她从《上海的风花雪月》而起的上海题材系列创作，当会有新的感受。

赵昌平

2012年10月

再版后记

本书初版时，岁月算是静好的。

我答谢图书编辑和杂志编辑一干人，邀请大家去了一次和平饭店，跟大家一一去看了看那些出现在书里的地方，讲了一下我在那里的经历，算是一次"陈丹燕的和平饭店导览"。承蒙赵昌平先生和赵夫人欢喜，他们也一起来了。赵先生站在大堂八角厅里，若有所思。后来我知道，他童年时跟随他的父亲第一次进和平饭店，他的父亲竟然就是上海民族资本家中的一员，他跟父亲来，在这里吃了一客冰激凌。那时，大堂已被分割开了，所以，那天他是第一次看到修复后完整的丰字形大堂。

赵先生在北大中文系读的本科，是古典文学专家，上海古籍出版社的社长，却更是位见多识广者。他从未拘泥于一隅，主持了海外上海学丛书《上海史研究译丛》在古籍出版社的出版发行，也主持出版了二十八册之巨的《上海工部局董事会会议录》。说起来，我写《公家花园的迷宫》，书里面要做一个黄浦公园在董事局会议记录中的长成史，用的就是这二十八册里的史料，那套书，还是他当年借我回家细看的。赵先生是对我写作关怀重大的人。待"外滩三部曲"最后一本书《成为和平饭店》出版，他为我写了

十、其他

这个长文。许多闲谈未尽的讨论,他就是这样一一写了下来。

这个长文他是用小楷写就的,写完录入电脑后,他将那卷小楷宣纸的手稿送给我留念。赵先生跟我先生也相熟。我握着那卷手稿回家,我先生脸上的样子,好像怕我担不起赵先生如此大的善意。

从未有人这样仔细地珍惜过我的写作,这样拳拳引导,而且爱惜。

我有阵子,在书里要用到塞尔维亚的一部长诗,韵体的,我从未写过古体诗,于是就去求赵先生。他给了我一些自己写的诗,告诉我看中哪一种,他再来具体教我。那些诗,竟然是写给忽突离世的赵师母的。我才知道他夜夜不眠,就等静夜到来,他可以在诗里跟亡妻相聚。

那次相聚在衡山合集楼下的咖啡座里。我带了白玫瑰,去祭赵师母的。他浅浅一笑,说我算是及时,他每周有个为亡妻灵前换新鲜花的日子,那天的午夜正到了该换花的日子。

分手时,赵先生还喝完了杯里的咖啡,他真是个教养良好的君子。

那时已是秋深之时，天色晦暗寒冷，从窗上，我看见赵先生捧着花过马路的背影，他走得那么快。那时我想，下次见面我要问问他，是不是他少年时不光喜欢写诗，也喜欢打篮球。那时，他是不是个帅气的，浪漫的男孩子，跟他中学时喜欢的女生包国芳青梅竹马，一起白头。

我希望能看到他美滋滋地，在脸上笑影一闪。

然而不久他就离世了，毫无征兆的，没有痛苦的。

承蒙你庇护，赵先生。今天《成为和平饭店》再版了。

陈丹燕

2020年于上海

十、其他

注释与引用

杨奎松《1952年上海"五反"运动始末》,《社会科学》,2006年第4期

杨孟亮《我在华懋饭店当西崽》,《炎黄春秋》2005年第2期

陈丕显《陈丕显回忆录:在"一月风暴"的中心》,上海人民出版社,2005年

姚治邦《臭老九的人生》,子归原创文学网

Jackson, Stanley. *The Sassoons*, London: Heinemann Ltd, 1968

Maisie J. Meyer, *From the Rivers of Babylon to the Whangpoo: A Century of Sephardi Jewish Life in Shanghai*, University Press of America, 2003

Sergeant ,Harriet. *Shanghai*, John Murray Publishers, Ltd. 1998

Barber, Noel. *The Fall of Shanghai*, Coward, McCann & Geoghegan, New York, 1979

Noel, Coward. *Private Lives, An Intimate Comedy In Three Acts*, London, S, French, 1947

Baker, Barbara. *Shanghai: the Electric and Lurid city*

Shanghai-Yaah! Party Fever in China, Sunday Morning Post Magazine, 24 March, 1991

成为和平饭店

Peace Hotel pulsates as invasion hits Shanghai, South China Morning Post, 18 March, 1991

High Society, Epicure, June 1991

Leo at Large, Sydney Morning Herald, 23 March, 1991

Having a ball in Shanghai, Sydney Morning Herald, 21 March, 1991

Excitement mounts for China Coast Ball, South China Morning Post, 7 March, 1991

Shanghai shindig set to supplant Bella Vista Bash, South China Morning Post, 9 March, 1991

China Coast Caper, Metro Talk, June 1991

The mother of all balls, The Correspondent, May 1991

White ties just right for wild night, South China Morning Post, 5 April, 1992

Great ball of China, Sunday Morning Post Magazine, 24 March, 1991

图书在版编目（CIP）数据

成为和平饭店/陈丹燕著.－上海：上海文艺出版社.2020（2022.2 重印）
ISBN 978-7-5321-7736-3
Ⅰ．①成… Ⅱ．①陈… Ⅲ．①纪实小说－中国－当代
Ⅳ．①I247.5
中国版本图书馆 CIP 数据核字(2020)第 118141 号

发 行 人：毕　胜
责任编辑：陈　蕾
装帧设计：杨　军

成为和平饭店
陈丹燕　著
上海世纪出版集团
上海文艺出版社　出版
上海市闵行区号景路 159 弄 A 座 2 楼　201101
上海世纪出版股份有限公司发行中心发行
上海市闵行区号景路 159 弄 A 座 2 楼 206 室　201101　www.ewen.co
苏州市越洋印刷有限公司印刷
开本 889×1194　1/32　印张 12.375　插页 4 字数 266,000
2020 年 8 月第 1 版　2022 年 2 月第 3 次印刷
ISBN 978-7-5321-7736-3/I・6145　　定价：55.00 元

告读者　如发现本书有质量问题请与印刷厂质量科联系
T：0512-68180628

NON-FICTION WORK OF CHEN DANYAN

陈丹燕作品
外滩三部曲

The Bund Trilogy

《成为和平饭店》

成为"和平饭店",
成为上海的历史见证

《公家花园的迷宫》

一段扑朔迷离的公案
一座身世传奇的公园

《外滩:影像与传奇》

影像式表达与非虚构讲述
联袂再现
外滩前世今生的传奇

上海文艺出版社

SHANGHAI LITERATURE AND ART PUBLISHING HOUSE

NON-FICTION WORK OF CHEN DANYAN

陈丹燕最新作品
陈丹燕的上海

Chen Danyan's Shanghai

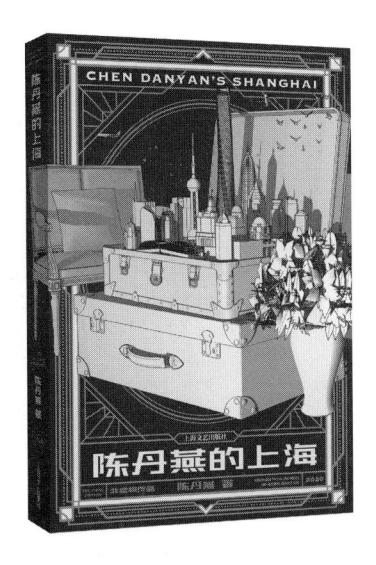

就像马可·波罗为威尼斯而生，陈丹燕为上海而存在，上海也因她而更动人。
《陈丹燕的上海》从1960年代开场，不仅有风花雪月，更有风雪里的人间烟火。
不仅有红颜往事，更有往事里的锅碗瓢盆。
最有意思的是，社会主义时期的少女记忆，构成了书中的潜文本。

上海文艺出版社

SHANGHAI LITERATURE AND ART PUBLISHING HOUSE

NON-FICTION WORK OF CHEN DANYAN

陈丹燕作品
上海三部曲

The Shanghai Trilogy

《上海的风花雪月》

上海总是充满生机、冲突与野心。它不曾清高避世，也不曾铿锵激昂，但它的风花雪月里，却遍布细小而坚实的隐喻。

《上海的金枝玉叶》

她是上海永安公司老板的千金，她叫戴西。
陈丹燕从数十张一岁到九十岁的私人影像入手，勾连起这个历经磨难却依然芬芳洁净的女子，沧海桑田的一生。

《上海的红颜遗事》

她是旧上海电影明星上官云珠的女儿，她叫姚姚。
陈丹燕沿着幸存者痛苦的记忆攀援寻找，使这个上海女子的悲怆往事，成为上海历史的独立见证。

上海文艺出版社

SHANGHAI LITERATURE AND ART PUBLISHING HOUSE